U0904070

——《文艺百家谈》编委会

安徽省文学艺术界联合会　编

文藝百家谈

WENYIBAIJIATAN

『2011 年第 2 辑总第 15 辑』

合肥工業大學出版社

图书在版编目(CIP)数据

文艺百家谈/安徽省文学艺术界联合会编．—合肥：合肥工业大学出版社，2012.2

ISBN 978-7-5650-0678-4

Ⅰ.①文…　Ⅱ.①安…　Ⅲ.①文艺评论—中国—文集　Ⅳ.①I206-53

中国版本图书馆CIP数据核字(2012)第026485号

文艺百家谈

安徽省文学艺术界联合会　编　　　　责任编辑　朱移山

出　版	合肥工业大学出版社	**版　次**	2012年2月第1版
地　址	合肥市屯溪路193号	**印　次**	2012年2月第1次印刷
邮　编	230009	**开　本**	787毫米×1092毫米　1/16
电　话	总编室：0551—2903038	**印　张**	12
	发行部：0551—2903198	**字　数**	269千字
网　址	www.hfutpress.com.cn	**印　刷**	合肥星光印务有限责任公司
E-mail	hfutpress@163.com	**发　行**	全国新华书店

ISBN 978-7-5650-0678-4　　　　定价：17.00元

如果有影响阅读的印装质量问题，请与出版社发行部联系调换。

目　录

马克思主义文艺理论中国化研究

文艺创新发展论坛

·黄梅戏影视剧创作现状及未来发展

专题研讨

·许辉文学创作研讨

理论探研

作家作品论

文艺记忆

艺苑纵横

正文版式 快 然
尾 花 晓 莺
投稿邮箱 wybjbjb@126.com

在安徽省马克思主义文艺理论学会第四次代表大会上的致辞

●郎　涛

在党的十七届六中全会刚刚胜利闭幕和省第九次党代会隆重召开之际，安徽省马克思主义文艺理论学会举行换届大会，总结工作，交流经验，规划未来。这对于进一步深化马克思主义文艺理论的研究、学习、宣传，推动安徽文艺大发展、大繁荣具有重要意义。在此，我谨代表省委宣传部向会议的召开表示热烈祝贺！向与会的各位领导、各位专家学者，表示诚挚的问候和良好的祝愿！

近年来，安徽省马克思主义文艺理论学会，在省社科联的领导下，在省出版集团及安徽文艺出版社等单位的大力支持下，在社会各界人士的关心下，组织我省广大文艺理论工作者认真学习马克思主义经典著作和基本观点，着力回答全国及安徽文艺创作生产、传播的现实问题，积极开展学术交流等活动，推出了一批高质量的研究成果，涌现出一批优秀的专家学者，对安徽文艺事业的发展繁荣起到了理论导向和思想保证的作用。

党的十七届六中全会顺应时代新要求和群众新期待，对深化文化体制改革、推动社会主义文化大发展大繁荣作出全面部署，提出建设社会主义文化强国这一战略目标，开启了中国特色社会主义文化建设新征程。省第九次党代会发出了“努力打造充满活力的文化强省”的响亮号召。借此机会，结合学习贯彻六中全会和省九代会精神，我就进一步加强我省马克思文艺理论工作提几点粗浅的建议，供大家参考。

一、坚持正确方向。要始终坚持用马克思主义中国化最新成果武装头脑，用科学发展观统领文艺理论建设，把马克思主义的立场、观点、方法贯穿到理论研究的全过程，倡导正确的文艺批评导向，积极引导我省作家艺术家自觉践行社会主义核心价值体系，坚决抵制庸俗、低俗、媚俗之风，充分发挥文艺引导社会、教育人民、推动发展的功能。

二、坚持理论联系实际。要大力弘扬马克思主义的学风，更加密切地关注当今世

注：本文作者系安徽省委宣传部副部长。

安徽省马克思主义文艺理论学会第四次代表大会于 2011 年 10 月 29 日在合肥市召开。

界和当代中国正在发生的广泛而深刻的变革，从安徽人民火热的现实生活中吸收和补充营养，从我省蓬勃发展着的鲜活创作实践中探寻规律，注重通过理论研究来推动和繁荣文艺创作，力避本本主义、经院哲学，克服脱离实际的不良风气，努力形成有鲜明时代特色的理论风格和与时俱进的理论品质，不断增强马克思主义文艺理论工作的生命力和感召力。

三、坚持开拓创新。要根据党和人民的新期望、快速发展的新形势和文化强省建设的新要求，认真研究文艺创作的新趋势、文艺思潮的新动态，运用马克思主义文艺理论的基本原理解决文艺实践和理论问题，既要坚守马克思主义文艺理论的价值导向，更要注重把握当代的文艺实践与创作环境对文艺理论的新要求，勇于突破陈规，敢于超越前人，努力争创一流，推出一批立足安徽实际、具有标志性的理论成果。

四、坚持兼收并蓄。要正确处理继承与创新的关系，放眼世界文化发展潮流，广泛吸收借鉴社会科学和自然科学之优长，既充分借鉴西方文艺理论研究的优秀成果，又善于从中国古代文论宝库中汲取智慧，为当代马克思主义文艺理论研究注入新鲜的血液，使我省马克思主义文艺理论工作始终保持蓬勃生机。

党的十七届六中全会描绘了中国特色社会主义文化建设的宏伟蓝图。随着我国文化建设新高潮的兴起，文艺理论事业也必将迎来前所未有的广阔发展前景。换届是学会工作新的起点。我相信，省马克思主义文艺理论学会的广大会员，在新一届理事会的带领下，一定会紧紧抓住难得机遇，团结一心，开拓前进，奋力开创安徽文艺理论工作的新局面，为建设美好安徽作出新的更大贡献！

（责任编辑　王灵均）

马列文论与当代文艺评论实践

●赵 凯

如何在文艺评论的理念与话语日趋走向多元的今天，让马列文论中国化的理论成果自觉融入当代文艺评论实践，保持马列文论在文艺评论价值取向与评判准则确立上的主导地位与强势影响作用，这是当代文艺评论能否开拓创新的关键因素。

一

马列文论在中国的传承与发展，时至今日已将近一个世纪，在与中国文艺运动实践相结合的过程中，马列文论作为一个具有主导地位的文艺的指导思想与价值话语体系，自然成为中国现当代文艺评论实践的思想基础与理论来源。对中国文艺事业的影响是难以估量的。但是，由于众所周知的历史因素与政治因素的影响与制约，文艺评论中政治功利主义的独断与文艺评论主体失落，马列文论的本来面目与完整形态乃至于理论的出发点横遭遮蔽、扭曲与任意取舍。被突出与强化的是为某种功利主义所阉割的局部论述与特指观点。于是乎，只见树木而不见森林，只见物而不见人的庸俗社会学与机械反映论形成风气，马列文论的灵魂与精髓离我们越来越远了。失去了科学的精神向度与价值取向，文艺评论的价值功能只能定位于是一定的政治意识形态的附属品，往往成为文艺界开展思想斗争的工具，其极端是使文艺评论蜕变为一种政治性的裁判，一种扼杀艺术作品与艺术家的手段。

马列文论在其中国化的进程中，真正实现学理逻辑与实践境界上的超越与发展，乃是随着中国社会的现代化进程与思想解放大潮的兴起一蹴而就的。改革开放三十年来，文艺评论随着文艺创作的变革发展，从评论观念到评论方式乃至评论话语上，都发生了深刻的变化。随着思想解放运动的深入，“文艺从属于政治”的提法得以修正，过去那种教条主义与庸俗社会学的评论理念为人们所唾弃，极端政治化的评论尺度与

注：本文为国家社会科学基金重点项目“马克思主义文艺理论中国化研究”（项目编号 10AZW001）的阶段性成果。

评论模式被打破，文艺评论在开拓创新的道路上不断走向开放性与多元化，呈现出前所未有的生机活力。文艺评论在新时期的复兴，是以其逐渐回归文艺自身作为出发点的，那就是文艺评论必须是对文艺的评论；文艺评论必须要评论文艺。因此重新唤醒中国当代文艺评论的本体意识，成为评论家拨乱反正走向未来的自觉追求。文艺评论这种科学的价值取向的确立，固然与时代进步与文艺发展有着必然的联系，但与马列文论中国化进程中的拨乱反正也息息相关，随着我们对马列文论原典形态的逐渐全面而完整的把握，我们对马克思主义经典作家关于文艺问题的立场、观点与方法的丰富性与开放性品格，也逐渐有了自觉而清晰的认识：在马克思主义经典作家整体的文艺思想与文艺评述中，所关注的不仅仅是文艺与社会的关系，文艺与历史的关系，他们同时也关注文艺与人的关系，他们是在人类自身发展的历史实践中去考察文学艺术，并以人的自由解放与人类社会的全面进步作为文艺研究与文艺评论的出发点与评判标准的。因此，恩格斯以“美学观点与历史观点”作为文艺评判的尺度，就不是孤立的、分割的，而是有机统一的，并且是与“自由自觉的人的类的特性”相联系的。“美学观点”、“历史观点”与“人学观点”实际上构成了马克思主义经典作家关于文艺评论尺度的“三维一体”，构成了当代形态马克思主义文艺批评思想的学理框架。“美学观点”作为对文本审美特性的要求，体现出文艺作为人类掌握世界方式之一的审美性原则，必然负载着人性因素与人文关怀；而“历史观点”作为对文艺在人类生成中意义的价值判断，其灵魂仍然不可能摆脱作为社会历史活动的主体的人。以这样的理论视野与思维逻辑去审视与评判文艺现象时，才能真正发现文学艺术的审美特性与终极关怀所在。对人的生命意识与人的生存状态的深刻关注；对人的独立价值与人性丰富复杂性的重新确证，总之，人学理念与人文精神的回归，丰富和提升了马列文论的思想内涵与学理优势，使马列文论在当代中国文艺评论价值功能系统的构建中保持主导作用成为可能。

二

传统文艺评论中僵硬的“二元对立”的思维模式与简单的“非此即彼”的价值观，应该在新的时代条件下得到调整与更新。如何自觉确立一种以和谐理念为基础的当代文艺评论的思维观与价值尺度，这是当代马列文论研究中面临的一个新课题。这是因为包括马列文论在内的马克思主义思想学说，是社会主义核心价值体系的理论基础。应该自觉而清醒的认识到，马克思主义学说既是批判的学说、斗争的学说，也是倡导自由与和谐的学说。马克思说过“新思潮的优点恰恰在于我们不想教条式的预料未来，而是希望在批判旧世界中发现新世界。”[①] 因而批判与创新就成为马克思主义学说的基本特点；马克思也称自己的学说是“批判的武器”而不是“武器的批判”。但马克思主义批判的目的不是简单的否定，不是形而上学的“抛弃”，而是充满着历史辩证精神的“扬弃”，是通过否定之否定而达到肯定，最终实现对一种新思想与新文化的构建。这

① 马克思、恩格斯：《马克思恩格斯全集》（一卷），北京：人民出版社 1956 年版，第 416 页。

其中仅仅强调事物内部与事物之间的矛盾对立是片面的。

马克思主义经典作家都十分重视黑格尔以否定之否定为特征的辩证法思想。黑格尔非常重视“扬弃”，“扬弃”是辩证的否定，它包含着肯定的东西，其结果是对立面的统一，而事物矛盾的展开及其解决是通过否定来实现的。因此，马克思把黑格尔的辩证法看做是“否定的辩证法”；恩格斯对辩证法做出规定时也指出“由矛盾引起的发展，或‘否定的否定’——发展的螺旋形式”[①]。辩证唯物主义的科学性就在于它所强调的是事物矛盾统一的辩证关系。与黑格尔不同的是，辩证唯物主义学说认可“否定之否定”的基础不是客观精神与自我意识，而是人类主体的社会实践。所以马克思主义学说就不仅仅体现出批判与斗争的锋芒，同时也蕴含着以对人的全面和谐的特性的揭示去对抗人的“异化”，从而建立新时代的理想主义与英雄主义的思想。用马克思的话来说就是“人和自然之间，人和人之间的矛盾的真正解决，是存在和本质、对象化和自我确证、自由和必然、个体和类之间斗争的真正解决。”[②] 马克思主义学说中所体现出来的批判与和谐相互依存、并立不悖的辩证法精神，对于当代文艺学思维方式的建立，是有着重要的启发意义的。

在马列文论的研究中，要纠正当下那种时尚的文艺批评的价值尺度，即否定是深刻的而肯定则是浅薄的，批判是深刻的而歌颂则是矫情的。这种把肯定与否定、批判与歌颂的有机关系简单割裂的思维逻辑显然是形而上学的，是对文艺批判精神与否定意识的表面化认识。批判与否定是文艺批评的重要特征，而不是全部属性。批判的目的是为了创新。文艺批评正是通过对对象的价值批判与价值重估以实现对象的超越并最终达到更高层次的肯定与统一。批判与创新不仅是历史的辩证法，也是艺术的辩证法。

三

新时期以来，随着西方美学诸多学派在中国的传播与影响，以社会学批评为基点和主调的中国当代文艺评论，开始发生裂变并逐渐出现多元发展的趋向，各种评论模式精彩纷呈：这其中有对人情人性的追问以及对人道主义的反思；有以文艺心理学作为学理剖析的评论视角，侧重于探讨文艺现象背后的心理因素的评论模式；有以文化研究为背景的着力于文化意蕴与文化冲突解读的批评倾向；有作为形式主义美学“反弹”的新历史主义与新的诗学原则；还有原型批评、比较批评以及文本细读等等。文艺评论多元意识与多元格局的形成，一方面与新时期文艺创作的丰富性与多样性的繁荣局面相辅相成；一方面也为自身的建设与发展打下了基础。但是，事物的发展往往具有两面性，丰富性与多元化的格局与走向，固然可以使文艺评论从守成与僵化的美学理念与思维模式中解放出来，从而获得文艺评论主体的自由与对象的拓展，但价值多元也容易导致价值迷乱，甚至会动摇与肢解当代文艺评论应有的价值取向与价值功

① 马克思、恩格斯：《马克思恩格斯选集》（三卷），北京：人民出版社1972年版，第521页。

② 马克思、恩格斯：《马克思恩格斯全集》（四十二卷），北京：人民出版社1979年版，第120页。

能，这是值得深思的。

面对西方学界诸多审美现代性的思想，中国当代的文艺评论应该坚持从马列文论的基本精神与基本原则出发，对其进行理性的梳理与判断，应该有所选择。这样，我们就不难发现，形式主义美学的所谓的语言转向，虽然在呼唤着文艺向本体的回归，但实际上只滞留在文本解读的层面上，它对文艺社会性与现实性的消解与颠覆，带有明显的浪漫色彩与乌托邦性质。文艺评论强调文艺的自律当然无可厚非，但因此否认和摒弃文艺的他律，则等于是否认与摒弃了文艺的根本来源。同样，后现代主义文化思潮尽管对消解以“西方中心主义”为内核的文化霸权思想以及僵硬的二元对立的思维模式不无助益，但其强调对中心的解构与对思想深度的削平，或是以历史话语来代替历史真实等，这种极端的非理性主义的思想倾向与学理逻辑，对于当代中国文艺评论的建设与发展是有破坏性的。恩格斯评论拉萨尔的剧本《济金根》时曾期待过文学艺术可能达到的理想境界，即“较大的思想深度和意识到的历史内容，同莎士比亚剧作情节的生动性和丰富性的完美融合”。这其中既有审美的要求，也有历史的要求，是融合而不是割裂，两者不可偏废，非美学的历史精神与非历史的美学精神，都会导致文艺创作与文艺评论价值功能的缺失，影响与消解文艺在社会历史进步与人类精神提升中的重要作用。

马列文论中国化的进程，实际上就是不断铸造其实践品格的进程，要科学地构建具有中国特色与当代形态的马列文论的学理系统，就必须使马列文论在与中国当代文艺的对话中获取生命活力与真理价值。伴随着改革开放 30 年中国人民的伟大的历史实践，中国当代的文学艺术取得历史性的突破和发展：文艺对人与人、人与社会以及人与自然关系的重新审视；文艺从政治与阶级斗争的维度向审美与艺术维度的转移与回归；文艺要素的丰富多样性与创作主体想象力的自由呈现，这些都拓展了文艺在当代的生存空间，展现了文艺的意义生成与价值取向的新境界。但是我们丝毫不能低估商品大潮影响下文艺价值失衡与价值困惑的态势，在文艺的娱乐化与文艺的市场化已经成为一种新的文艺现象时，文艺评论不能“失语”。那种对所谓个人化、私语化写作的迎合，那种对低俗廉价作品的屈就和违心炒作，只能败坏文艺评论自身科学性与审美性的价值追求，使文艺评论重新沦为一种丧失自主品格的工具，也即从过去的“政治化的工具”到今天的“商品化的工具”。面对纷纭复杂与充满困惑的文艺现象，文艺评论界仍然要坚守马克思主义文艺评论的价值导向与精神向度，仍然要把是否符合社会历史发展的基本趋势与人民大众的审美情趣，作为衡量一部作品成败得失的标准与尺度。在此基础上，文艺评论家要在马列文论基本原则的指导下，自觉而清醒地梳理与思辨一些有关当代文艺实践的重要的理论关系，譬如市场消费与精神引领的矛盾性与统一性；文艺回归自身与所谓“去政治化”倾向在理论境界上的差异性；主流文艺与通俗文艺关系的重新甄别与界定；文字阅读与图像直观之间的自主而互补关系的探讨；还有主导与多元、解构与建构、重读与改编等等，这些问题答案的寻求，我们都可以在马列文论的学理系统中找到理论的依据：马克思主义经典作家关于物质生产与精神生产不平衡的学说；关于资本主义商品生产与艺术审美“相敌对”的学说；关于历史题材创作中历史真实与艺术真实关系的学说；关于“两种民族文化”的学说等等，这些对于我们在当代文艺评论中廓清迷雾，化解困惑都是富有积极的启示与指导作用的。

四

当代文艺评论的开拓创新所面临的问题是复杂繁多的，除了应对变化无常的文艺现象、关系与理念外，当下一个最紧迫的问题，应该是如何重构当代文艺评论的价值立场与价值观念，也就是我们通常所说得文艺评论的标准。文艺评论界长期沿用的文艺评论标准，大致上有这样三种表述：即毛泽东同志提出的“政治标准第一，艺术标准第二”；恩格斯提出的“美学观点与历史观点的统一”；以及美学界与文艺理论界比较普遍使用的“真善美相统一”。“政治标准第一，艺术标准第二”作为文艺为政治服务的产物，在新时期文艺评论的实践中已经受到质疑与搁置；而后两种表述虽然涵盖了文艺评论这一学科的基本范畴、规律与特性，也即对文艺评论的价值取向给予了基本的认定，但仍有学者认为，这两种表述存有一定的时代局限性并缺乏鲜明的民族特色。因此，在新的历史时期与新的文艺实践面前，如何进一步完善具有中国特色与时代特征的文艺评论标准，是文艺评论开拓创新必须首先解决的问题。

笔者的意见是，在当代开放多元发展的条件下，文艺评论的标准的建立与完善，未必急于界定一个外在规定的统一的概念表述，但必须有一个真正体现学科价值取向的、符合时代要求的统一而明确的精神内核，在当代中国，这个精神内核无疑应该是马列文论的基本原理以及马列文论中国化的最新成果。作为文艺评论的科学的理论基础，它一方面必须具有世界观与方法论的意义，给予文艺评论真正提供科学意义上的指导原则，以历史唯物主义的精神，来统摄与规范文艺评论的价值立场与精神向度，并且这一切都显然是以审美性为基础的，文艺评论既是理性的实践，又是审美的实践；另一方面在充分保持其开放视野、批判精神与实践品格的前提下，马列文论在对当代文艺评论的自觉融入与渗透的过程中，必须充分关注当代文艺实践中所出现的新的现象、新的特点与新的问题，以丰富与增强自身的价值内涵与阐释能力。同时，保持马列文论在当代文艺评论价值确定上的主导性作用，并不排斥其他各种文艺理论形态在文艺评论重构中的积极作用，事实上马列文论在当代中国的学理延伸与批评实践，不可能是静止的、封闭的而呈现出一种孤立状态，西方文化和中国传统文化中的精华成分，都应该是马列文论学科建构中不可忽缺的知识资源。因此，马列文论教学与西方文论、中国古代文论等课程的教学，实际上形成了相互影响与有机联系的知识结构网络。譬如说西方文论注重对文艺创作主体、文本主体与欣赏主体的研究，他们所关注的是如何化解人性诉求与历史规律，人文情感与社会理性以及人类发展与自然保护的矛盾关系等命题的探讨，作为对僵化的旧理性主义传承的挑战与颠覆，对于现代人文精神的丰富和完善；对于“文学是人学”这一传统文学命题的逻辑体认与当代诠释，其价值与意义是不可否认的。同样中国的传统文化是博大精深的，“天人合一”的著名命题，表现出对人与社会、人与自然以及人与人之间关系的高度关注；老庄哲学所强调的是人与自然的超功利的无为关系，他们对人性与人生的阐释，更多的是表现在人的内在精神的层面，这些思想中的积极与合理成分同样弥足珍贵。如何克服民族隔膜与时代差异，如何通过思想筛选与学理整合，从而使众多文艺理论资源在马列文论的逻辑框架内和谐共生，并由此衍生与创造出能够坦然面对当代文艺实践的新的评论命题，新的评论阐释与新的评论话语，这是马列文论学者与文艺评论家需要不懈努力的。

（责任编辑　王灵均）

马列文论之意识形态论分析

●凌　晨

阿尔都塞曾谈到如何界定马克思学说中的重要概念意义，他说："必须先进行一系列的批判，做好准备，然后再确定成熟时期的马克思所特有的概念的位置。确定概念同确定概念的位置完全是一码事。"① 阿尔都塞的建议是切中肯綮的。马列文论中的意识形态的辨析也应该具备这样的方法论视野，文学不应当因其意识形态性而受到谴责，纯文学论刻意地标示出自身是唯一的真理，也不应该成为排斥文学"他律"的借口，需要谴责的恰恰是对文学的意识形态属性的掩盖和漠视。我们稍微反思一下，审美意识和文学怎么可能抽象地脱离其他意识形态关系，脱离社会存在和历史实践呢？历史理性和历史主体始终无法消解，审美理想和审美主体同样也无法彻底地解构。其实，在中国当代时代语境中，当下的文论建设一方面要随着人们的物质生活和精神生活的改变而变化，毕竟视觉革命和网络传媒对人类认知、审美以及道德甚至生存方式产生了深刻的影响；另一方面后现代文化的去中心化、去本质化带来了历史理性的缺失和审美理想的匮乏。文学艺术沉迷于游戏的快感和本能欲望化写作而乐此不疲，文学缺乏深度精神价值上的诉求久已！因此，审美意识形态论在当下的中国语境中，毕竟还是在马克思关于文学艺术的历史实践的思想视野之中，而远在后现代历史理性解构之外，因而具有了自身的时代理论建构意义。这一点不必讳言，也不可回避。

意识形态的二重性

从特拉西的提出到马克思革命性的改造，意识形态范畴的根本意义主要来自两个主导方面。一方面是特拉西为代表的法国意识形态理论，另一方面是德国古典哲学的巅峰黑格尔哲学。对这两方面的联系和区别，目前学术界的认识并不是很清楚。这也

注：本文为国家社会科学基金重点项目"马克思主义文艺理论中国化研究"（项目编号 10AZW001）的阶段性成果。

① 阿尔都塞：《保卫马克思》，商务印书馆，2006 年版，第 21 页。

直接影响了对马克思意识形态论的解读。

特拉西从感觉主义立场建立“观念学”意义上的意识形态论是无异议的，只是他并没有就其具体的内容作出深入的分析。他只是简单地说：“我宁愿采用‘意识形态’的名字，或者应该用意识科学。它是一个恰当的名字，因为它没有隐藏任何怀疑和未知的东西；它的确没有给思想带来任何原因意识。它的含义对所有的人都是非常明晰的，只要认识法语‘观念’一词，每个人都知道‘意识’的含义，尽管很少有人知道它的真实含义到底是什么。这是一个恰当的名字。因为‘意识形态’是意识科学的转变。”① 可见“意识形态”在特拉西看来只是关于意识经验的科学，并且它的含义是自明的，虽然人们真要给它作出本质性的判断也十分困难。黑格尔关于“意识形态”的思考直接影响并启迪了马克思，从而与特拉西纯粹静态意义上的思想观念体系有了质上的不同。黑格尔首次从人类社会发展的社会本质性为意识形态理论注入了巨大的历史感，这也就为马克思意识形态论作了重要铺垫。他的《精神现象学》抽象地分析了各种精神现象的社会性和历史性。他说：“在我的《精神现象学》一书里，我是采取了这样的进程，我从最初、最简单的精神现象，直接意识开首，进而从直接意识的矛盾进展逐步发展以达到哲学的观点……因为哲学的观点本身即是最丰富最具体的观点，乃是经过许多历程而达到的结果。所以哲学知识须以意识的许多具体的形态，如道德、伦理、艺术、宗教为前提。”② 从黑格尔这段话里，我们可以认识到，最高的意识形式哲学的意识形态是以道德、伦理、艺术、宗教等意识的诸形态的辩证转化为前提的。意识形态视为社会总的精神现象首次被提了出来，艺术作为具体的意识形态是内涵在其中的。因此，可以这么说，以特拉西为首的法国意识形态理论和以黑格尔为代表的德国古典哲学为马克思意识形态理论提供了两大思想背景。但是，这两大背景既有相连的概念内涵，又确实存在着质上的区别。相连的是特拉西和黑格尔都将“意识形态”看成与“意识经验”紧密联系的观念体系，其中“意识形态”都被视为中性意义上的概念。

但是，黑格尔和特拉西之间的差别也是显而易见的。黑格尔曾经对法国理论家那种抽象、静态和缺乏辩证性的意识形态论提出了批评。他说：“法国人所谓的‘意识形态’……是一种抽象的形而上学，是对于最简单的思维的一种列举和分析。这些思维规定并没有辩证地得到考察，他们的材料是从我们的反思和思想中取得的，而包含在这种材料中的各种规定又必须在材料中得到证明。”③ 黑格尔从其客观唯心的立场否定了法国意识形态论的感觉主义，认为纯粹的感觉主义的意识经验学，既抽象又片面。他更多地注意到了意识诸形态之间有机辩证的交互影响和转化。所以说，他的“精神现象学也就是意识形态学，它以意识发展的各个形态、各个阶段为研究的具体对象。

---

① H. Drucker, The political use of Ideology , London: Macmillan; 1974, P. B.

② 《小逻辑》，中文版，第103－104页。又见黑格尔：《精神现象学》上卷，贺麟等译者的导言：《关于黑格尔的〈精神现象学〉》，商务印书馆，1983年版，第15页。

③ 《黑格尔全集》第20卷，法兰克福1986年德文版，第286页。转引俞吾金《意识形态论》，上海人民出版社1993年版，第27页。

用辩证方法从发展观点来研究意识形态，这样就把意识形态学与意识发展史结合起来了。”[①] 因此，除了哲学立场的不同以外，黑格尔从两个向度对意识形态内涵的改造值得我们注意，一方面，意识形态被看成社会精神现象总体性的概括；另一方面，道德、伦理、艺术、宗教被视为哲学意识形态的分支，总称为意识的诸形态。在这两方面上，黑格尔大大地超越了法国意识形态理论家，后来马克思在建立他的意识形态学说的时候，很显然借鉴了黑格尔的成果。

另外，拿破仑从否定层面上来定义意识形态对后来意识形态范畴的内涵也产生了深刻的影响。拿破仑政治进程的演变促使了他对意识形态的认识前后相反，即从肯定其为科学转向斥责其为荒谬的诡辩术、不切实际与脱离现实的玄想。当然，这种否定意识形态论的看法可以上溯到培根的偶像论，但也因为拿破仑世界级政治家的角色，从而使意识形态的政治因素得到了空前地加强。可见，意识形态理论在马克思之前，不仅带有强烈的政治性、社会欺骗性等内容，还蕴涵了从总体性角度和中性层面来有机辩证地考察社会各类精神现象的特性。这是马克思意识形态论二重性的理论背景。当然，从马克思的意识形态范畴的提出到概念的成熟，这中间有着一个逻辑过程。只有对这种逻辑认识过程进行谨慎地考察，我们才可能弄清马克思学说对文艺具体的态度，才不至于陷入误读的境地。

针对当前学术界关于审美意识形态讨论，笔者一直在思索这样一个问题：如何就马克思意识形态论找到一条通向界定文学本质的途径？这里我想还是包含有一个方法论上的问题。也就是要我们进行的是一种思之追问：究竟在何种意义上回归到马克思文艺观本身。确实，马克思意识形态论没有直接地为文学作出质的规定。但这并不等于可以对之进行无原则的修正，无论是从左的方向还是右的方向，对文学是“审美意识形态论”的质疑，其实都无益于当前文论的健康发展。这些观点，要么是否认文学意识形态性而冠以“社会意识形式”，要么简单地认为马克思意识形态论只具有单向度性，质疑“审美意识形态”忽略了马克思在否定意义和消极意义上所持的彻底批判的态度。其实，即使在这些观点的内部，对马克思意识形态的认识，也是处于左右摇摆、四分五裂的状态。在他们眼里，马克思主义文学观几乎和文学本质的不可知论只有一箭之遥了。因此，笔者以为，前面所提到的阿尔都塞的方法倒可以给予我们启示。“直接阅读马克思的著作，并不能立即就明白马克思理论的特殊性”，[②] 我们首先要进行的是一系列的自我批判，反思自己在回到马克思学说本身时，是否因为认识上的偏差而遮蔽了马克思文艺观的历史与逻辑的地平线？因此，马克思意识形态论的特殊性一定要以厘清其概念位置为前提。否则，在马克思意识形态论下，文学要取得其质性边界无疑是一句空话。

因此，马克思意识形态论既不能只看作是对黑格尔唯心辩证法简单地剔除，也不能仅仅被视为从社会历史角度对特拉西们机械地改良。马克思意识形态论超越了他们，并使之在理论的建构历程中出现了质的跃迁。这种质变首先体现在逻辑地认识到了意

① 黑格尔：《精神现象学》上卷，贺麟等译，商务印书馆，1983年版，第21页。

② 阿尔都塞《保卫马克思》，商务印书馆，2006年版，第21页。

识形态的二重性，并将之放到历史唯物主义方法论原则中去架构。马克思学说对文学的理解不能脱离这个架构的支持。

那么，马克思意识形态论在逻辑上有着一个怎样的深入过程呢？这是理解其二重性的关键。首先，马克思继承了此前意识形态论的否定意义，在错误意识和虚假意义层面上使用了这个概念。在《德意志意识形态》里，马克思指出，“以费尔巴哈、布·鲍威尔和施蒂纳为代表的最近的德国哲学和以其不同的先知为代表的德国社会主义”，[①]其实都可以涵盖在青年黑格尔派的主观唯心主义和直观唯物主义的范围之内，都是一些抽象、思辨和缺乏批判性的思想或观念体系。马克思把它们称为德意志意识形态。很显然，这里意识形态大体上是拿破仑意义上的用法，是在贬义层面上使用的。马克思在批判这些青年黑格尔派时写道：“人们迄今总是自己造出关于自己本身、关于自己是何物或应当成为何物的种种虚假观念。他们按照自己关于神、关于模范人等等概念来建立自己的关系。”[②] 马克思在此批评了青年黑格尔派，认为他们是脱离了历史、人的社会生活的意识形态，正是他们唯心地从观念出发去解释历史和实际生活，结果使意识形态具有很大的欺骗性。但是，如果我们以为，马克思意识形态论仅仅只是揭示资产阶级意识形态的虚伪性的话，那么这种认识将是肤浅的。马克思还论证道：“意识在任何时候都只能是被意识到了的存在，而人们的存在就是他们的实际生活过程。如果在全部意识形态中人们和他们的关系就像在照相机中一样是倒现着的，那么这种现象也是从人们生活的历史过程中产生的，正如物象在眼网膜上的倒影是直接从人们生活的物理过程中产生的一样。”[③] 可见，马克思已经觉察到了那些德意志意识形态的虚假性还表现在：既颠倒了社会意识和社会存在之间的关系，又颠倒了观念学和社会生活的关系。在这里，马克思意识形态论只是取得了其辩证唯物主义的中介点。再进一步，马克思在《〈政治经济学批判〉序言》里把“意识形态”创新地纳入经济基础和上层建筑社会总结构中来阐释，“意识形态”范畴才首次聚焦在历史唯物主义的显微镜之下。关于这一点，李中一曾说到“‘意识形态’就更明确地不同于拿破仑时代专指思想理论体系的概念，也不同于‘德意志思想体系’的概念，而是一个包括理论、形象体系为一身的概念，而与古希腊‘意识形态’及黑格尔的概念有一致之处”，[④] 李中一的理解当然是正确的，这里是能够看到黑格尔的影响。但是，我们更应该注意的是，马克思历史唯物主义意识形态论同样已经超越了黑格尔建立在绝对知识之上的哲学意识形态（诸意识形态之中的最高形式），这是一次双重超越。也就在此刻，马克思意识形态论出现了里程碑式的变化，这也就为意识形态论二重性的逻辑深化取得了确定点。从这个逻辑确定点出发，马克思意识形态论呈现出了全新的意义。意识形态概念明显已经从纯粹贬义层面的论争滑向了对社会存在所决定的一切社会精神现象的总体性的概括。围绕历史唯物主义方法论原则建立起来的经济基础和上层建筑的社会总结构是

① 《马克思恩格斯全集》第3卷，人民出版社，1960年版，第11页、第15页、第30页。
② 《马克思恩格斯全集》第3卷，人民出版社，1960年版，第11页、第15页、第30页。
③ 《马克思恩格斯全集》第3卷，人民出版社，1960年版，第11页、第15页、第30页。
④ 李中一：《马克思恩格斯文艺学体系》，华中师范大学出版社，1994年版，第102—103页。

这种总体性概括的基本立足点。这是马克思意识形态论二重性的具体内涵。意识形态的二重性也就在个体和社会、特殊意识形态和总体意识形态、经济基础和上层建筑之间获得一种前所未有的张力。马克思主义文艺观只有在这个地平线上才能得到有效的阐释。

《〈政治经济学批判〉序言》的辨析

对于"审美意识形态"，无论是赞成还是反对，大家都离不开对《〈政治经济学批判〉序言》那段经典表述的阐释。确实，它太重要了，以至于杰姆逊感叹地说"而所有的马克思主义理论体系便都集中在这一页书中了"。[①] 这个评价且不论对马克思学说其他方面是否适用，单就艺术和文学来看，却一点也不过分。但问题是，为什么面对相同的文本，文学本质性的界定却又存在如此大的差别？当然，面对任何历史性文本，产生误读有时是难免的。但是，正如阿尔都塞所建议的那样，为了试着理解马克思思考过什么，我们必须做的，最起码是回到马克思，以便来思考"他想到过什么"。意识形态的二重性为我们这样的目标提供了一个最重要的契机。不厘清这一点，任何在马克思主义语境下对文学本质的界定，都将是对马克思意识形态论的曲解，因为它没有建立在对我们自己的认识作出深刻批判的基础之上。这里我们不妨重温一下那段经典性的表述：

"人们在自己生活的社会中发生一定的、必然的、不以他们的意志为转移的关系，即同他们的物质生产力的一定发展阶段相适应的生产关系。这些生产关系的总和构成社会的经济结构，即有法律的和政治的上层建筑竖立其上并有一定的社会意识形式与之相适应的现实基础。"

"在考察这些变革时，必须时刻把下面两者区分开来；一种是生产的经济条件方面所发生的物质的、可以用自然科学的精确性指明的变革，一种是人们借以意识到这个冲突并力求把它克服的那些法律的、政治的、宗教的、艺术的或哲学的，简言之，意识形态的形式。"

从上面的经典表述可以得出这样的基本认识：在社会存在决定社会意识的社会总结构里，艺术（包括文学）是放在以经济基础和上层建筑为纵轴和以法律、政治、宗教、哲学等诸意识形态为横轴所构成的坐标系里来考察的。基于这样的判断，马克思将他和黑格尔以及法国感觉主义区别开来。马克思说："德国哲学从天上降地上；和他完全相反，这里我们是从地上升到天上，……我们的出发点是从事实际活动的人，而且从他们的现实生活过程中我们还可以揭示出这一生活过程在意识形态上的反射和回声的发展。"[②] 一方面，经济基础对上层建筑以及意识形态施加着决定性的影响；另一方面，包括各种幻想、社会情感、思想方式等组成的意识形态之间也在交互作用，和意识形态的反作用交织形成了多维度的动态结构体。这里存在着不易察觉的吊诡。社

① 杰姆逊：《后现代主义与文化理论》，北京大学出版社，2005 年版，第 8 页、第 27 页。

② 《马克思恩格斯选集》第一卷，人民出版社，1995 年版，第 73 页。

会存在所决定的一切社会精神现象的总体性概括已经进入了马克思意识形态论的视域。也就是说，包括宗教、法律、道德、艺术等“社会意识形式”在一定的社会阶段仍将归属于意识形态。原始社会的社会意识作为精神现象仍将受制于生产力的发展水平，只不过这里还没有意识形式和意识形态之分。杰姆逊说得好：“也许历史上有过所谓的透明社会，在那个社会里现象与本质是同一的，也许原始社会就是一个透明的社会，也许共产主义的最高形式也会是那样，而这中间的一切社会都存在着现象与本质之间的差距。意识形态分析则是弥合这个差距的一种方法。”[①] 一言以蔽之，意识形态和社会意识形式其实是本质和现象的关系。文学作为一种社会意识形式只是表明了文学是一种社会精神现象，文学仍将归属于意识形态。

笔者想在这里说明一下上层建筑和意识形态的关系。因为这个问题直接影响着文学是否是意识形态以及意识形态和意识形式的关系。上层建筑是否等于意识形态呢？答案显然是否定的。就这个问题，朱光潜曾经在新时期初作过细致地辨析，得出的一些结论在今天看来仍具有现实指导意义。朱光潜在批评苏联当时文艺界的一些错误言论时说：“该文指责特罗非莫夫‘不承认进步艺术的上层建筑的性质，硬说“马克思把艺术当作一种社会意识形态，而没有把它列入上层建筑，他只把政治和法律列入上层建筑”’，我的看法显然和这个受斥责的‘硬说’不谋而合……”[②] 朱光潜不仅在这里肯定了上层建筑和意识形态的区别，还进一步赞同了艺术是社会意识形态的观点。另外，关于《序言》里的译文，他说：“建议将译文稍改动一下，‘……经济结构即现实基础，在这基础上竖立着上层建筑，与这基础相适应的有一定的社会意识形式。’这是按原文的直译，不至于产生上层建筑等于意识形态或意识形态只适应上层建筑的之类误解……”很明显，就朱光潜改动的译文来看，“社会意识形式”和“意识形态”是在同一层面意义上使用的。其实，马克思后面接着说的那句话表明得很清楚：“物质的生产方式制约着整个社会生活，政治生活和精神生活的过程。”从这句接下来的阐释中，我们可以知道，马克思是将“社会生活”和“政治生活”都划归到上层建筑的范畴之内，而将“精神生活”来代替意识形态。这也进一步证明了我们的观点，那就是，马克思已经觉察到了纯粹从虚假性和批判性的角度来理解意识形态，不仅不能把经济上形成的矛盾和国家、法、风俗、道德、宗教甚至传统文化实践地联系起来，还有可能混淆上层建筑和意识形态的关系。国内也曾有学者认为：“《德意志意识形态》第一卷第一张 A 节标题为《一般意识形态，德意志意识形态》，明显地表明了马克思恩格斯关于广狭两义‘意识形态’的区分，这是对历史上意识形态论的重大发展。”[③] 这不是没有道理的。因为这两种用法时常互相交织着使用，逻辑上存在着辩证地转化。所以，笔者以为，意识形态是一种多元的交互影响的机制，本身就具有充满张力的二重性。

---

① 杰姆逊：《后现代主义与文化理论》，北京大学出版社，2005 年版，第 8 页、第 27 页。

② 朱光潜：《西方美学史》，上卷，人民文学出版社，1979 年版，第 20 页。

③ 朱光潜：《西方美学史》，上卷，人民文学出版社，1979 年版，参看第 10 页注释②。

“审美意识形态”论的中介性

黑格尔曾说“本质是设定起来的概念，本质的各个规定只是相对的”，[①] 真理对于我们来说永远是处于不断地探索状态。因此，文学本质观的界说在不同的社会和历史语境中也是处于不停的建构之中。要么是对以往和当下的文学创作进行理论性的总结，要么是特定时代思想在文学形态上的反射和回声。这一点上，古今中西概莫能外。中国从先秦时期以来对文学的认识就有一个发展演变的过程，那时，对文学的论述基本还是放到思想、政治、文化、艺术等总体的文化观念中去认识的。如“文质彬彬”既可以指人的思想品格和文化修养，也可以来说明文学的内容和形式。在两汉经学时代，表面上《毛诗大序》中的儒家思想取得了统治地位，实际上它却暗含着对《诗经》艺术经验作出的全面性总结，比较明确地提出了“情志”统一说。直至魏晋玄学的兴起，文学这才唤醒了本身的自律性的大潮；陆机提出的“诗缘情而绮靡”更是开中国文学本质观的一代风气。但是，中国文学本质观被成熟地提出来，功劳应该还是归于刘勰。刘勰在《文心雕龙·明诗》篇里曾阐明了诗的意义为：诗有三训，承也，志也，持也。他的这种文学本质观当然可以被认为是对以儒家为核心意识形态的屈服，但也可以被看成力求在雅正和新声之间找到的一种平衡。[②] 后来文学观的界定基本上是在这种“奇正华实”的张力旁边徘徊。西方的文学本质观，数千年来对柏拉图和亚里士多德的两大理论预设依赖比较深，基本上是围绕模仿—再现—表现这条主轴来旋转的。这也就决定了时代、社会、历史、思想甚至宗教往往是文学定义的最终依据。19 世纪后，象征主义、唯美主义的出现为西方文学观的界说开辟了新的天地。20 世纪后形式主义、新批评和结构主义的兴起以及西方哲学的语言学转向，更是对文学本质的界说产生了巨大的冲击。以前被忽视的文学本身的存在方式、叙述模式、韵律、节奏、意象等也都纳入到了文学本质的视域之中。[③] 但外部的“因果论”、“决定论”和内部的“形式本体论”都不能廓清文学所有的属性。近百年来，中西文化之间的对话为中国文艺理论的发展开启了契机。但是，应当承认，我们是走了不少弯路。新中国成立后，受到苏联文论的影响，过分地强调了从文学外部来定义文学的本质。这里面当然有合理性，但忽视了文学内在的文学性和艺术性。

因此，文学应该可以视为在语言中所呈现的审美意识形态。语言是文学最直接的物质形式，马克思曾说语言是“思想的生命表现”。[④] 文学语言不仅是审美意识和文学形象的物质载体，其本身也因为其历史性的积淀而成为“有意味的形式”。这也使它既与其他艺术区别了开来，又和别的语言式的意识形态划清了界限。新时期以来，我们

① 黑格尔：《小逻辑》，贺麟译，商务印书馆，1980 年版，第 241 页。

② 参看童庆炳：《中国古代文论的现代意义》中的《〈文心雕龙〉“感物吟志”说》，北京师范大学出版社，2001 年版，第 161—164 页。

③ 参看韦勒克、沃伦：《文学理论》，刘象愚的代译序《韦勒克与他的文学理论》，凤凰出版传媒集团、江苏教育出版社，2005 年版，第 8—9 页。

④ 《1844 年经济学哲学手稿》，刘丕坤译，人民出版社，1979 年版，第 82 页。

对文学语言的研究还刚刚起步。但并不是说，“语言形式决定论”和“社会意识形式论”就能涵盖文学的本质特征，事实上它们恰恰违背了历史和美学统一。用“社会意识形式”来界说文学，混淆了文学和其他艺术形式的区别，根本就不能对文学的整体性特征作出科学的判断。这里面还需要我们慎重地辨析和反复地求证。

所以说，文学作为语言所呈现的审美意识形态，既植根于近二十年来文艺界对文学反思的实践中，又和文学的时代要求紧密联系。作为马克思学说中国化的一次成功尝试，其积极意义应当给予肯定。

（责任编辑　王灵均）

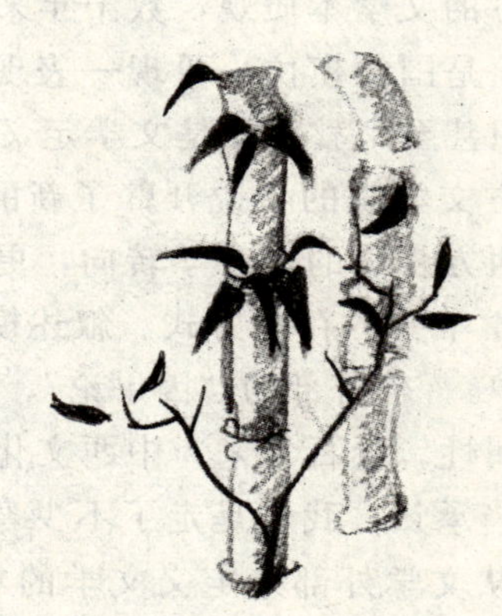

西方马克思主义文艺理论人学思想分析

●韩清玉

马克思主义文艺理论中国化研究不仅仅是呈现文艺理论当下建构的形态，也是对这一繁多资源整合创新过程的展示，特别是在其思维方式和文化精神方面的批判性吸收，更应成为当代马克思主义文艺理论研究的重要内容。在历数中国化研究所需整合的理论资源时，中国古典文论、西方文论特别是西方马克思主义文艺理论等等，无不进入我们的视野。而其中，与马克思主义中国化问题关系最为密切的，显然是西方马克思主义。纵然学界对西方马克思主义的态度充满争议，甚至存有“西马非马”的论调；但是，西方马克思主义以马克思主义经典作家为理论起点和研究对象，这一点却是毋庸置疑的。并且，随着中国社会发展的日新月异，特别是科学技术对人的生活方式的影响，当下中国马克思主义的发展也开始部分地面临西方马克思主义所遭遇的问题。这其中，最突出的是人的生存境遇和自由解放的主题。正是从这个意义上来说，当代中国马克思主义文艺理论人文价值复归的理论趋向，应该在西方马克思主义那里寻求理论资源，这也正是本文研究的意义所在。

西方马克思主义文艺理论中的人学思想不是整齐划一的，而是与其批判理论交织在一起。但是，在这些芜杂的理论言说中，仍然可以总结出其共同的论说方式和内在逻辑。大致说来，西方马克思主义文艺理论家的人学思想主要以三个方面来呈现的：(1) 对人的自由本性的形而上探析；(2) 对压抑人的社会的批判；(3) 探求人的自由解放之路。当然，这三个层次在不同的理论家那里会有各自的侧重点，这丝毫不会影响当下文论形态建构对其进行整体性的借鉴。

对人的自由本性的形而上探析

对人的自由本性的探讨，一直是西方思想家所热衷的研究主题，这在遭遇了工业

注：本文为国家社会科学基金重点项目“马克思主义文艺理论中国化研究”（项目编号 10AZW001）的阶段性成果。

文明对人的压抑后表现得更为突出。在西方马克思主义理论家看来，对人的主体性的哲学探索本身就是在求索历史唯物主义话语中人之自由的辩证法。这种以人为中心的理论诉求，使得其思想总体上带有强烈的人本主义色彩。

卢卡奇是西方马克思主义理论的鼻祖，他把人本身看作历史辩证法的客观基础，把人置于历史发展的主导地位，以此来矫正唯物主义的决定论。可以说，对人性解放的追求和人的全面自由发展的人道主义理想是卢卡奇哲学和美学思想的前提，也是其“总体性”理论的思想前提。“人的完整性即‘完整的人’和‘整体的人’，一直是卢卡奇审美反映学说的中心。”① 相对于资本主义社会劳动分工所带来的“专业化”、“片面化”的问题，“人的完整性”所强调的正是人的全面发展，这一理论的落脚点的“人”，既指向具体的个体，也关涉作为一个类概念的人之社会存在。总之，卢卡奇以人为旨归的美学观照纠正了苏联马克思主义历史唯物论中的机械决定论倾向，把人的主体性复还于人，这为后起的西方马克思主义的人学指向树立了航向标。

在诸多理论家中，萨特对人之自由的形而上探析是较为细致和透彻的。他试图以存在主义为底本建构一种人的自由本体论，而这一努力又是在批判地继承马克思主义人学思想的过程中进行的。在萨特看来，马克思主义如果不把人本身作为其基础而重新纳入理论自身框架中，那么它就会变质为一种非人的人学。正是出于这一认识，萨特的人学理论建立在存在主义基础之上。他如此描述其用存在论来改造马克思主义的理论动因：“我把‘存在’的思想体系和它的‘统摄理解’方法看作是马克思主义中的一块‘飞地’，马克思主义自己产生了它，却同时弃绝了它。”② 在这里萨特业已意识到存在论的人学指向，而马克思主义的自由解放目标正是关注人之在世，即是说，对自由的追求是实现二者统一的内在前提。在《存在与虚无》这部大作中，萨特关于存在与自由的辩证法是：人不能时而自由时而受奴役，人或者完全并且永远是自由的，或者不存在。即是说，存在者必须是自由的，自由是存在的价值源泉。而《存在主义是一种人道主义》则更为明确地把人规定为虚无的存在，正是通过自由的选择追求存在的本体论意义。正如有学者所讲的：“萨特所提出的主体价值理论是以主体的绝对自由作为主体的价值基础的，而自由选择又是实现自我价值的惟一途径。”③ 自我的自由并不是以他人自由的压制为代价的；相反，“我的自由的观念意味着他人自由的观念，只在他人自由时我才能感到自己自由。我的自由意味着他人的自由，而且这种自由不可限制。”④ 可见，萨特的自由观念是具有救世情怀的人道主义。

较之于萨特的自由形而上学，马尔库塞对人的自由本性探析更为具体。他从资本主义工业社会对人的压制和奴役出发，提出了“单向度的人”理论，正如卢卡奇对人的专业化所导致的片面化状态的分析，马尔库塞力图重新创立彰显人的主体意识的“内心向度”。当然，“可以把马尔库塞心目中的‘双维度’看做是对马克思那个经典命

① 谭好哲：《艺术与人的解放：现代马克思主义美学的主题学研究》，济南：山东大学出版社，2005 年，第 114、413 页。

② ［法］萨特：《辩证理性批判》，北京：商务印书馆，1963 年，第 2 页。

③ 陆贵山：《人论与文学》，北京：中国人民大学出版社，2000 年，第 375 页。

④ ［法］波伏娃：《萨特传》，南昌：百花洲文艺出版社，1996 年，第 421、420—421 页。

题——'通过人并且为了人而对人的本质的真正占有'——的遥远回应。"[①] 而弗洛姆也描画了人的一种理想的真实存在：是创造的和没有异化的；自身与世界用爱建立联系；自由、自愿地接受良心和理性的合理性权威，而不是被某些力量所奴役；……这种以自身为目的的主体性探求，需要在一个健全的社会中方能实现。

大致说来，西方马克思主义文艺理论家的理论建树其着力点并非艺术的本体论，而是人的本体论。这就意味着，他们所倾心的艺术规律探求并非是其最后的旨归，而落脚点仍是对人的自由解放的追求。对其自由问题本身的形而上探讨，显然是他们文艺理论的出发点。

社会批判

人的本性是自由的，而资本主义工业文明并没有为人的这一本性提供其实现的土壤；恰恰相反，由于劳动者并不占有生产资料，更无权支配劳动成果，生产技术的改进和劳动成果的丰硕只会为资产阶级赢取更为雄厚的资本和财富用以统治和剥削工人。这些在工业资本主义时期产生的异化现象或许在今天这个时代已经表现得不再那么露骨，雇佣工人似乎也在享受着科技和高效率的管理模式所带来的丰厚财富和高质量的物质生活。但是，这恰恰是问题的所在：从事这种"异化劳动"的人是否意识到这种不幸。发达资本主义为维护自身经济地位的长治久安和利益最大化，调整了政治措施，如提高工人的福利待遇，让部分员工参与企业的管理等，这就在很大程度上弥合了资本家与工人阶级的斗争情绪，使二者之间的生活方式出现同化。这样也就达到了马尔库塞所认为的"异化"的最高境界：异化到异化主体已浑然不觉的程度。M. 马尔科维奇也认识到了这一点："当现代人认为自己是自由的时候，却往往正在遭受奴役。"[②]

资本主义社会的现代工业文明已经将人异化到全然不知的程度，异化对象"与狼共舞"却自得其乐。正如马尔库塞的战友们所说："普通人热爱着对他们的不公，这种力量甚至比当权者还要强大。"[③] 毋庸讳言，对于这一生存现状的认识，有道义和批判精神的知识分子是更为清醒的，其对社会的批判实践也更为自觉。如霍克海默所说，"批判理论"首先是一种立场，其次才是一种特定的理论，它同"传统理论"的区别，"是从主体的不同中，而不是从客体的不同中"，对于批判理论家来说，"唯一关心之事是加速一种应当导致没有不公正的社会的发展"，"批判理论除生来就对废弃社会不公正感兴趣之外，没有什么特别的要求"。[④]

应该说，批判精神是西方马克思主义理论家从经典马克思主义那里接手的最具杀伤性的理论武器，也是其能在马克思主义这一话语体系中被反复讨论的前提所在，这是其一。其二，就其批判对象而言，西方马克思主义以批判资本主义社会对人性的异

① 赵勇：《整合与颠覆：大众文化的辩证法》，北京：北京大学出版社，2005 年，第 269 页。

② ［美］马尔库塞等：《工业社会和新左派》，北京：商务印书馆，1982 年，第 67 页。

③ ［德］霍克海默、阿多诺：《启蒙辩证法》，上海：上海人民出版社，2003 年，第 149 页。

④ 徐崇温：《"西方马克思主义"》，天津：天津人民出版社，1983 年，第 317 页。

化为重点，这仍是马克思批判哲学的继续。但是，由于上述所言的社会阶层格局的变化，资产阶级的统治管理的新形式使得无产阶级的阶级性自觉和自我体认意识发生退化，马克思主义所立命的阶级革命所占的话语市场份额锐减，甚至“批判理论不再提阶级及其意识，而是从社会条件本身和人本身立论，是社会本身需要改变，是人本身需要解放”。[①] 当然，这一种变异也不是自西方马克思主义初始阶段即已完成的。卢卡奇的人学思想主要是对“物化”的抗议和批判，“物化”是“异化”的一种具体形式，主要表现为商品对人的生活方式和价值观念的统治，以及劳动分工使人的零散化，这些都客体化为无产阶级。而后来的批判理论家们则更多地把这种“物化”现象转化为对技术的分析，“其重心，不是商品对人的影响，而是技术对整个社会的作用。”[②] 这样说也并不意味着卢卡奇以“物化”为核心的批判思想对后者没有影响，至少为马尔库塞等人提供了基本框架和基本的对人的存在的本体境况加以分析的唯物主义立场。[③] 这一点非常重要，因为无论是马尔库塞、萨特抑或弗洛姆，都在其批判思想中发生了由人的自由本性的形而上探析向现代社会条件下人之存在的“历史性”维度深度思考的转移，纵然他们之间又有较大差异。

萨特在讲自由时始终围绕其哲学自由观的总框架来进行，即建立于“存在先于本质”基础之上的绝对自由的探讨；但是这也不是说其对社会因素毫无关心。他曾经说道：“在战后我所发现的东西就是我的矛盾和这个世界的矛盾，在于自由观念，个人的充分发展的观念和个人所属集体的同等的充分发展的观念的比照，二者一开始就显得矛盾，社会的充分发展并不必然是一个公民充分发展先导。……我的自由意味着他人的自由，而且这种自由不可限制。但我又知道有着制度、政府、法律，总之是强加于个体之上，不让他以任何方式自由地去做他想做的事情的整个对立物，就在这里我看到矛盾之处；因为作为一个社会世界必须有某种体制而我的自由又应该是完全的。”[④] 正是出于对自由与社会之间关系的这种认识，萨特主张要同社会的非正义、危害自由的行为作斗争，以实现自身的自由本质。

相较于萨特，弗洛姆的人学思想对资本主义社会现实的批判更具有针对性。他首先揭示了人摆脱生存病态和实现解放的可能性，更重要的是，他指出了实现人的真实存在的手段，寻求消除人的病态的途径，并具体化为政治、经济、文化等领域的改革措施。但是，“弗洛姆人本主义提出的全面改革的具体措施中缺少一个重要因素，即未能说明谁是这些改革措施的实施者，或者说谁是改革的主体的问题没解决。”[⑤] 这个问题并不只是出现在弗洛姆身上，在许多西方马克思主义理论家的革命学说里，虽然斗争的口号喊得轰轰烈烈，但是都存在一个失却革命主体的问题。像马尔库塞等竟然把嬉皮士等一些社会阶层披上革命的外衣，而实践证明，这些人是不能胜任自由解放之

① 张法：《20世纪西方美学史》，成都：四川人民出版社，2003年，第343页。

② 张法：《20世纪西方美学史》，成都：四川人民出版社，2003年，第343页。

③ 施立峻：《西方批判美学局限研究》，哈尔滨：黑龙江人民出版社，2007年，第90页。

④ ［法］波伏娃：《萨特传》，南昌：百花洲文艺出版社，1996年，第421、420—421页。

⑤ 王为理：《论弗洛姆人本主义的内在逻辑及其必然归宿》，《华南师范大学学报》(社会科学版)，1994年第1期。

重任的。

应当说，以社会批判为主题的西方马克思主义，是西方文艺理论丛林中最具现实感和担当意识的思想流派，他们深度考察技术社会的种种流弊，并提出诸多替代性方案，继续着他们对自由解放的憧憬。非常有趣的是，西方马克思主义众多理论家都把目光投向了艺术，试图挖掘艺术的解放潜能。

艺术与人的解放

“艺术与人的解放”可以被视作马克思主义文艺理论的基本理论主题；进一步说，这一理论主题又具有双重理论视角：一方面，艺术在人的解放实践中处于怎样的有机位置；另一方面，在艺术理论中，“艺术与人的解放”是一种怎样的关系。二者都是艺术功能论的社会学考察，只是后者更为注重艺术作为艺术本身的内部规律的深层探究。“艺术与人的解放”或者“艺术与自由”论题的讨论滥觞于德国古典浪漫美学，是在资本主义取得一定发展并开始显现压抑人的自由的特征的背景中产生的。康德主要在人的认知框架中加以分析，到了席勒便把这一论题明朗化，可以说，西方马克思主义特别是法兰克福学派的美学思想即是对席勒这一思想的直接继承。马克思、恩格斯从人的全面发展的高度来考察人的认识与科学，艺术自然不会是他们研究的重心；但是他们从来没有因此而在探寻人的解放的道路上舍弃艺术，在他们看来，艺术在人的解放实践中处于必不可少的有机位置。而西方马克思主义者，特别是法兰克福学派则是持艺术一端而不言其他，把艺术视为人的自由解放的唯一出路。从这一点上说，经典马克思主义是属于第一个理论视角的；而西方马克思主义特别是法兰克福学派则是属于第二个理论视角。

承前所述，马克思主义文艺理论的文艺观并非艺术本体论的，而是功能论或者价值论意义上的理论阐发。如卢卡奇就直接认为，艺术的美学人道主义本质决定了艺术的本体功能就是反异化、反拜物教化，实现人的解放。[①] 卢卡奇的绝对之处在于：他认为只有艺术才能摆脱“物化”对人的分裂和奴役，赋予艺术这种巨大的解放力量并非卢卡奇的专利，法兰克福学派更是把这一点推向极致。阿多诺认为艺术以一种不和解、疏远化的形式证明着自身的存在。那么这种存在对人来说又有怎样的意义和价值呢？马尔库塞认为，艺术作为它的超历史性的和普遍的真理存在，呼唤着、发展着所有促进生命的潜能、作为“类的存在”的人类意识，这一点非常重要。维特根斯坦认为哲学的使命在于怎样试着让人像苍蝇一样从捕蝇瓶中飞出来，但是，如果苍蝇甘愿受这种束缚，没有追求自由的强烈愿望和挣脱意识的话，哲学家的工作便是一种极为尴尬的自我嘲笑。在此，艺术的认知意义被置换为人类对自身不自由现状的清醒认识，所意识到的“异化”带给自己的痛苦愈大，唤起“类的存在”的人类意识也就愈强，激发的生命潜能也就愈大。马尔库塞认为艺术将现存的历史现实“风格化”，受制于审美自身的规律。正是这种风格化和艺术自律原则的坚守，使现存社会的现实原则的规范

① 冯宪光：《西方马克思主义美学研究》，重庆：重庆出版社，1996 年，第 106、389 页。

在价值上被超越，导致了束缚人的自由和扼杀人的幸福的社会禁忌和不合理制度的解体，导致了对爱欲和死欲的社会控制失效。在这样的社会中，正如马尔库塞所描绘的："男人和妇女不再在日常生活的重压下去谨小慎微地谈话和行为，他们在他们的爱慕和憎恨中感到更加大方（但也尴尬），他们更忠实于他们的激情，即使这些激情会毁灭他们；不过，他们也更富理智、更具反抗精神、更加可爱、更具轻蔑精神，他们世界中的对象也会更加透明、更加独立、更加强劲。"①

从以上的分析可以看出，法兰克福学派都是从人的"类的存在"视角来强调艺术的拯救功能的，把人的社会性存在加以具体化并不是他们的长处；但是萨特、葛兰西和本雅明等人的理论生长有着这种更为明晰的现实指向。比如说萨特主张作家必须用写作来介入社会，诉诸被压迫的民众，成为大家反抗压迫、追寻自由的呼声。② 萨特在1947 年的《什么是文学》一文中提出"美在召唤自由的幻觉"，在他看来，文学是作者向读者的自由发出的召唤，对这种召唤他人自由的社会功能的强调是萨特文学思想人学特征的重要体现。而葛兰西则直接把文艺的根本任务定位为服务和斗争，即通过教育人民，提高他们的思想意识，使他们获取文化的领导权，并最终获得精神的解放，③其美学思想的核心在于建立"民族—人民"的文学。本雅明认为只有把艺术与人民群众结合起来，才能发挥政治革命作用。在他看来，所谓的艺术生产关系就是指艺术生产者与群众的社会关系，把艺术变成人民可以享用的东西，才能促进艺术生产力的发展。

西方马克思主义以艺术为人之解放之路的理论探索，存在着这样一个悖论：以人学本体论为理论基石，却把艺术自律的本性作为其政治潜能的前提。当然，这一说法并不能揽括全部的理论思想，比如萨特，他是主张文学的他律性的，直接把文学界定为政治斗争的工具。而大多数西方马克思主义理论家仍然是主张艺术的形式蕴含着巨大的解放力量，尊重艺术本性、专注于艺术形式研究是实现人学理想的前提。其实这一富有张力的理论言说仍然是以人的自由解放为旨归，还是席勒那句"通过自由给予自由"的理论后续。

马克思主义文艺理论中国化的理论形态是以人学思想为支柱加以构架的，对西方马克思主义的人学思想进行整合吸收是这一进程的基础工作。特别是当下中国社会物质文明日益充盈，人们对精神文明和政治文明的呼唤日趋高涨。西方理论对人的存在和自由的思考是形而上的，更是直指人的灵魂深处的，虽然艰深但富有理论穿透力，加之对社会的批判意识激进，这些都激发我们对某些先在命题的重新思考，促发人文科学工作者的质疑精神和担当意识。当然，任何理论资源的借鉴和整合都要有语境意识，催生西方马克思主义批判美学的工业文明与新世纪中国是有较大差异的，一味地

---

① ［美］马尔库塞：《审美之维》，桂林：广西师范大学出版社，2001 年，第 219 页。

② 冯宪光：《西方马克思主义美学研究》，重庆：重庆出版社，1996 年，第 106、389 页。

③ 谭好哲：《艺术与人的解放：现代马克思主义美学的主题学研究》，济南：山东大学出版社，2005 年，第114、413 页。

批判并不是时髦的表现，对美好事物的歌颂也不是矫情。此外，真正具有张力和生长性的理论形态应该是多元共生的，诚如马尔库塞和阿多诺等人所阐明的，以人的自由和解放为旨归的理论建树并不意味着重蹈文学工具论的覆辙，就是说，人学本体论和文学本体论应该是共同组成当下文学理论建构的基础。

（责任编辑　王灵均）

当代文学实践的思想主潮与精神向度

●孙孝峰

"朦胧诗"、"意识流小说"、"寻根小说"、"先锋小说"等文学流派在中国20世纪后20年的文坛蓬勃发展，然而现代主义在中国文学中的高歌猛进却以先锋文学的终结为结点，转向隐性的介入，随着"新写实主义"与"新现实主义冲击波"文学的涌现，关于现实主义与现代主义的纷争及当代文学实践的主潮与精神向度问题又被学人津津乐道着。

新时期文学中现实主义与现代主义的纷争

20世纪70年代末期，80年代初期，国内政治环境不断改善，以更加开放的姿态接受外国文学艺术，国外文学的翻译和研究工作也从单纯的介绍国外革命文艺的格局中走了出来，相对陌生的西方现代主义成为热点。据不完全统计，从1978年到1982年5年间，全国报刊上介绍和讨论西方现代派文学的文章，就达400篇；全国上下翻译并出版了四千多种国外图书，其中绝大部分是西方的现代派作品。西方现代主义作品的翻译也带动了国内研究的高潮，柳鸣九编的《萨特研究》、汤永宽选编的《福克纳评论集》、《海明威评论集》以及袁可嘉选编的《外国现代派作品选》等等则是其中的佼佼者，推动了国内对西方现代主义文学接受高潮的到来，中国在短短十年经历了西方一个世纪的思想成就和文学成果。"很多因素促使中国新时期作家接受现代主义的影响：刚刚结束的十年浩劫真像现代主义展示的梦魇世界；一度弥漫全国的现代迷信反过来启发了他们怀疑否定的精神，长期的自我压抑使他们追求强烈的自我喷发；文革时期对人性的迫害使他们重申人的权利和人道观念；粉刷现实的'假大全'文学使他们寻求内心深处的真实；他们不满于机械反映论与平铺直叙、说教宣传的传统手法，积极向现代派的表现论和象征手法靠拢；他们对理论批评界的庸俗社会学派（而非马

注：本文为国家社会科学基金重点项目"马克思主义文艺理论中国化研究"（项目编号10AZW001）的阶段性成果。

克思主义学派）很不赞同，力求从西方现代文论和各种新学科吸取营养，进行新的探索。”[①] 正是在这种良好的学术环境中，文学创作界对西方现代主义的学习、模仿与借鉴也达到前所未有的规模，出现一大批深受西方现代思想影响的流派、作家和作品，“朦胧诗”、“意识流小说”、“现代派文学”、“先锋小说”等等，促成了中国新时期文学第一个十年的蓬勃发展。

创作上的突飞猛进也促进了理论界的自觉，什么是西方现代派？怎样进行评价？我们要不要现代派？我们有没有真正的现代派？怎样处理现实主义与现代主义的关系等等问题成为理论家谈论的焦点。

徐迟在《外国文学研究》（1982 年第 1 期）发表题为《现代化与现代派》的文章，就是这样一篇三千字左右的短文，在发表后的一两年间，引发了 1982—1984 前后持续 3 年的“现代派”论争，徐迟从经济发展的角度结合西方经济社会的发展指出，但是不管怎样，我们将实现社会主义的四个现代化，并且到时候将会出现我们现代派思想感情的文学艺术。不排除徐迟观点有经济决定论的嫌疑，但他也暗示出这样的信息，当前我国文学的主潮还不是现代主义，它只能是一种发展趋势。接着刘心武、冯骥才、李陀在《上海文学》上放的几只“风筝”引起了“空战”，这时讨论最多的是我国要不要现代派；1985 年何新在《读书》杂志上发表《当代文学中的荒谬感与多余者》一文，又把这一讨论引向高潮，这次讨论的是“我们文学中的现代派好不好”，之后新潮作家们的创作实践，显示了现代派蓬勃的生命力，现代派在中国走红起来。1988 年黄子平在《北京文学》提出“伪现代派”概念，又将现代派的讨论深入下去。此次讨论的焦点是中国文学的未来走向问题，是继续坚持传统的革命现实主义道路，还是吸收西方现代主义思想走中国现代主义道路？虽然后一个问题在一段时间后沉默了，但也促进了人们对革命现实主义的反思。国内外社会环境的改变，现实主义的创作方法已显示出某些局限，如何适应社会的发展，反映变化了的社会现实，作家艺术家强烈感受到不能囿于传统的现实主义方法，对现实主义做了全新的阐释，从而引发了现代主义与现实主义的纷争。

如果说“朦胧诗”、“意识流小说”、“现代派文学”正如论者指出的：“新时期文学在向现代主义逼近时，都是从形式开始的，……无论是新潮作家，还是新潮批评家，他们对西方现代主义文学都实行一种‘剥离’手术”[②]，即作家在面对西方现代主义时，首先被其形式所吸引，持一种本末倒置的方法与态度，吸引了形式而摒弃了内容，或者是“移花接木”，采用现代主义在形式上的技法来反映本国的现实生活，这种“剥离”与“移花接木”主要表现在，一是对心理时间的探索，这在“意识流小说”中表现突出。王蒙的《春之声》、《夜的眼》是这方面的典型；在叙述手法的选择上摒弃了那种程式化、自然时间的叙述模式，则用第三人称的部分全知视角以及跳跃的逻辑方式，带动情节的发展，或者直接“拿来”西方小说中的叙事模式，马原的“叙述圈套”则是直接借鉴的结果。二是对现代音乐、绘画等艺术形式的借鉴。刘索拉的《你别无

① 袁可嘉：《中国与现代主义：十年新经验》，《文艺研究》1988 年，第 4 期。
② 邹平：《新时期文学中的现代主义渐进》，《文学评论》1987 年，第 1 期。

选择》徐星的《无主题变奏》等等。对此有论者尖锐地指出："作家体验的东西大多是受到社会理性道德规范束缚的东西，表达出的观念是社会层次、理性层次、道德层次的东西，可是又采用了现代派的艺术手法，就造成外在形式和内在观念的分离。"① 相对而言，"寻根小说"是最具流派意识的，他们的中坚者既有作品发表又有理论阐释，在20世纪80年代中期的文坛上轰轰烈烈地热闹了一阵子，他们意图寻找自我和民族的精神根据；在张扬自我与民族认同的基础上展示自身的力量，在文学所承载的精神方面增进一种古老的原始的文化意识，使小说显得生动、丰富而更有内涵。

"寻根小说"的初衷是美好的，然而创作却不能与其声势相比。许多"寻根小说"在艺术表现方面手段粗劣，把小说成为传达生硬文化观念的载体，在一些下乘之作里，小说成为图解文化人类学说的知识工具；同时过分注重对历史内涵的关注，使小说削弱了对现代人生存的关注。几乎同时出现的"先锋小说"在90年代终结并转型，之后出现的新写实主义与现实主义冲击波文学则可以看成是现实主义的流变。

新时期文学第一个十年所取得的成果是丰硕的，作家们自觉吸收西方现代主义文学的长处，不论是"主动进攻"还是"剥离技巧"都形成了鲜明的独具特色的创作风格，是他们的创作实绩打消人们对现代主义的抵触情绪，使现代主义扎根在坚实的"黄土地"上，也正是他们的主动探索推动了现实主义的开放，开拓了小说表现的领域，现代技巧的采用也使小说更加契合当代人的生存实质，在表现生存内涵方面表现出更大的优越性，在艺术形象的营造手段上，丰富和发展了传统小说心理描写的深度和力度，为当代文学提供新的艺术表现手段，开拓了新的艺术空间，先锋小说对叙述的重视，使文学回归自身。总之现代派艺术对形式技巧的重视，对小说表现领域的开拓、对西方现代思潮的消化吸收，都不同于以往的现实主义，开创了中国文学的又一片天地，也一定程度上促进了中国文学与世界文学的接轨。在看到成绩的同时，我们也清醒地注意到新时期文学第一个十年如昙花一现，绚烂之极后归于平淡，伴随着先锋文学的终结，现代主义在中国的发展则相对沉默了，没有了先前的热闹喧嚣而归于冷静的思考，人们对于现代主义也失去追逐的兴趣，越来越理性地面对各种流派在中国的传播发展。

反观现代主义与现实主义的纷争，可以看出新潮文学意欲成为中国现代文学主潮的梦想，遭到了理论界和读者的拒绝，它们给中国文学带来了现代主义的冲击与思想洗礼，"意欲在中国建立地道的西方式的现代主义文学的努力，被社会文化环境和跨文化的大山所阻隔，迫切希望中国的新潮文学迅速成为与西方现代主义在观念与手法上都完全一致的东西的想法，那种似乎是'恨铁不成钢'的急于想把中国文学迅速全盘西化，全盘现代主义化的想法，实际上是新潮文学所不可能达到和实现的。"② 现在看来，单纯维护现实主义，批判现代主义，或者提倡用现代主义取代现实主义都不是明智的，必然造成从一个极端走上另一个极端，不利于文学事业的发展，新时期文学创作的实践告诉我们，现代主义是中国文学发展的弄潮儿，主潮还是现实主义，不过此

---

① 刘晓波：《危机！新时期文学面临危机》，《深圳青年报》1986年1月3日。

② 冯宪光：《马克思美学的现代阐释》，四川教育出版社2002年，第153页。

处的现实主义是吸收了现代主义长处之后，深化了的现实主义。

深化的现实主义

现代主义在中国文学中的高歌猛进最终以先锋文学的终结为结点，转向隐性的介入，现代主义文学不仅遭到了理论界的拒绝，经过一段时间的躁动与喧嚣之后，读者也对其失去了兴趣。“事实上，人民群众不仅长于明辨政治上的‘是非’，而且对艺术的‘是非’（优劣）也明察秋毫。‘读不懂’、‘沙龙气’、‘离我们现实太远’、‘玩文学’等等，这里面就包含着读者对这类所谓‘新潮’作品‘横移’照搬，食洋未化的中肯批评。实践表明：‘新潮’的低落并不是‘行政命令’的结果，而恰恰是艺术发展‘内在规律’所表现的一种扬弃。”①

20 世纪 80 年代末期，新潮文学创作处于低谷，为了摆脱自身创作的困境，有人转向了现实主义这块广阔的土地。继先锋小说之后，新写实主义文学在中国文坛异军突起。《钟山》杂志 1989 年第 3 期设立了“新写实小说大联展”的专辑，编者在刊发“新写实小说”的《卷头语》中说：“所谓新写实小说，简单地说，就是不同于历史上已有的现实主义，也不同于现代主义的‘先锋派’文学，而是近几年小说创作低谷中出现的一种新的文学倾向。这些新写实小说的创作方法仍是以写实主义为主要特征，但特别注意观察生活原生形态的还原，真诚直面现实，直面人生……新写实小说观察生活把握世界的另一个特点就是不仅具有鲜明的当代意识，还分明渗透着强烈的历史意识和哲学意识。但它成功地减退了过去伪现实主义那种直露、急功近利的政治色彩，而追求一种更为丰富更为博大的文学境界。”新写实小说的倡导者和中坚力量，有部分是原先新潮文学的作者，经过形式技巧的炫耀之后，重新审视自身，难以割舍自身与现实的关系，但他们经过西方现代主义思想的洗礼，又清晰地看到中国文学中现实主义的某种局限，即他们所谓的“伪现实主义”（“文革”时期极“左”思想造成的“假大空”）又不愿回到现实主义的轨道上来，于是他们便改弦更张，打起了新写实主义的口号。他们在创作方法和技巧上兼容并包，在现实主义的基本框架下，消化吸收了现代主义的诸多表现技巧。它们并不完全拒绝现代主义叙事手段所产生的特殊效果，一定程度上可以说它们试图对现代主义与现实主义本身局限性进行某种突破。方方在《风景》中絮絮叨叨的讲故事，把日常生活的琐碎淋漓尽致地展现出来，然而她却选择了一个超验的视点：让一个早已夭折的孩子成为小说的叙述者，一个全知全能的叙述者。

新写实小说在作品的构思上，专注对生活表象的写实，追求“原生态的还原”与“情感的零度介入”不对生活的事实做理性的逻辑分析与本质探讨。力图再现琐碎的生活表象，从日常生活的琐碎，人物的哭笑中咀嚼生存的喜怒悲欢。这些作品更加注重把表现对象置于主体的位置，注重挖掘普通人的生存本相，他们把视角、视点转向普通劳苦大众，摆脱以往叙述者作为精英文化的市场，并把自身置换到文中的语境中，

① 转引自冯宪光：《马克思美学的现代阐释》，四川教育出版社 2002 年，第 156 页。

以自己的肉体感受去体味文中那百无聊赖而又生动自然的生活原生态。雷达以为新写实小说，探究生存本相，展示原色魅力。“勘探人的生存状态的新写实小说，给我们当代文学提供了一种崭新的认识世界的观照方式，一种新的探视人的方式与角度。使我们的文学主题从社会政治性转型到本体意义的人的生存状态，它的思想艺术价值自不待言。”① 可以说新写实主义小说注重对生活原生态的描写，对社会一切丑恶、肮脏的毫不避讳，是通常现实主义所不及的，它不应该看做一种单纯流派的出现，它的意义更多的是对传统现实主义的一种补充完善，传统现实主义也正是吸收了新写实主义中对生存本相的表现，得以丰富发展，这也可以说是新写实小说对中国文学发展的贡献之处。

然而，新写实小说远远没有达到它们所倡扬的高度，在无奈的现实面前，小说家选择了妥协，小说中充满了生活的庸常乃至庸俗，在那种司空见惯，真实到无以复加的日常生活图景的涂抹中把传统现实主义所高扬的崇高精神抛弃了。小说在世俗价值观和向现实无奈的妥协中，削弱了它本身应有的精神品位，小说中的主人公和小说家，面对无奈的社会现实，而选择了与社会妥协，文中充斥着无可奈何的情绪，《冷也好热也好活着就好》、《懒得离婚》等等，都表征着这样一种状况：把人们在现实挤压下丧失激情丧失理想凑合着活着的无奈感情传达得惟妙惟肖。无奈在现实生活中弥漫着，蔓延着，这本是不可怕的事情，当文学也向无奈的现实举手投降，作家丧失了对现实的批判的力度，那将是文学的悲哀也是人类的悲哀。“现实是无情的，它不允许一个人带有过多的幻想色彩……那现实琐碎，浩繁，无边无际，差不多能够淹没销蚀一切。在它面前，你几乎不能说你想干这，或者想干那，你很难和它讲清楚道理。哈姆莱特的悲哀在中国有几个人有？我的悲哀，我那邻居孤老太婆的悲哀，我的许多熟人朋友同学同事的悲哀却遍及全国，这悲哀犹如一声轻微的叹息……有时候甚至让人留意不到，值不得思索，但它总有一刻使人不堪重负。”② 无独有偶，刘震云也在《磨损与丧失》一文中指出：“生活是严峻的，那严峻不是让你上刀山下火海，上刀山下火海并不严峻，严峻的是那个日复一日、年复一年的日常生活琐事……生活固然使我们一天天成熟，但它也使我们一天天衰老，变假，一天天远离‘我们’自身。”③

面对这样一个纷繁复杂，变幻莫测，充满诸多矛盾与无奈的社会现实，作家应该高扬理性大旗，发挥现实主义文学的战斗精神，对现实持真诚的态度，在对现实不粉饰、不媚俗、如实揭示的基础上，还应该显示出作家的主体人格，即作家在文中张扬什么，摒弃什么，在对现实生活的描绘中给读者传达出能让读者感受到的直面人生的激情、勇气和情感力量，而不是此时的主体意识的收敛。“我觉得我们的文学在勘究生存状态时所失落的，恰恰是那种长长的疑问精神，缺失对于生存具体现象的本质升华，从而升华到现代文化意识。现代文化意识不是对人类文化现象盲目顶礼膜拜，不是文化归因主义与文化决定论，它的核心是作家对任何现象要问一个为什么的那种深邃的

① 张韧：《生存本相的勘探与失落——新写实小说得失论》，《文艺报》1989年5月27日。

② 池莉：《我与〈烦恼人生〉》，《小说选刊》1988年，第2期。

③ 刘震云：《磨损与丧失》，《中篇小说选刊》1991年，第1期。

怀疑精神和理性批判意识，它是新写实小说也是我们作家最需要的现代独立文化品格。”①

新写实主义小说的初衷是美好的，它力图突破现实主义与现代主义的局限，是在现实主义遭到诟病、现代主义在中国走不通的情况下在文学上的一次自觉的拨乱反正。“不仅具有鲜明的当代意义，还分明渗透着强烈的历史意识和哲学意识……追求一种更为丰厚博大文学境界”，这是它们的初衷与目标，然而在文学实践中，它们却收敛甚至丧失了作家的主体性，在形而下的社会现实生活的艰辛、无聊、庸俗、琐碎、渺小、杂乱与沉闷中丧失了激情与理想，作家干脆把生活照搬在作品中，基本达到生活真实的同时丧失了艺术的真实。新写实主义小说在没有完成其历史使命与初衷的情况下，退出了历史舞台。它并没有直接迎来现实主义的回归与发展。20 世纪 90 年代中期以来，在时代改革大潮的推动下，一批反映改革主战场——国有大中型企业与基层农村的作品登上历史舞台。特别是 1996 年“三驾马车”造成的轰动效应，被理论界称为“新现实主义冲击波”。以刘醒龙的《分享艰难》谈歌的《大厂》关仁山的《大雪无乡》何申的《年前年后》等为代表，在文坛刮起一股现实主义回流、复归的旋风。

他们面对现实生活，毫无掩饰，尖锐地指出了经济生活特别是改革中社会矛盾与人性抉择的困惑与挣扎，力图在艰难中突围走出。不论是大中型企业还是基层农村改革，笔力着重描绘当下的生存境况，与新写实主义不同，它们文本中的人物存有摆脱困境的想法与行动，虽然想法与行动本身具有盲目性与矛盾性。反映了改革这个重大题材，揭示出改革中存在的问题，具有鲜明而强烈的时代感、文中贯注着浓厚的忧患意义，给读者带来强烈的冲击与震撼。他们之所以受到如此强烈地关注，产生轰动效应，除了在题材方面采用现实主义手法反映揭露关乎国计民生的大问题外，也与他们的集群出现分不开，造成一种阵势，产生强烈的冲击力。除此之外，人们被先锋派文学的技巧玩弄之后，被新写实主义的庸常困扰之后，面对这样一个对现实进行深刻揭露与反省的题材，因而表现出极大的兴趣。除此之外，“三驾马车”大多生活在基层或者有基层生活经验，所以他们能敏锐地捕捉到当下现实生活中所发生的变化，并能深入观察，从而创作出真实反映社会现实关系与动态变化的作品来，这是他们较前代作家的优势，也是制约他们进一步发展的瓶颈所在。

“三驾马车”在生活阅历和生活积累方面具有得天独厚的优势，然而在思想深度和艺术修养方面却较为逊色，他们创作的轰动在于他们对生活积累的充分调动与挖掘，然而他们对于生活本身的超越却不够，在享受积累带来创作的丰硕与轰动效应之后，乐不思蜀忘记了对艺术水准的追求，从而在社会的洪流中成就自我也逐渐丧失了自我个性。他们大多还是站在生活的水平面上未能及时超越出来，同时反映格局狭小，题材单一，个性化色彩不够强烈，不仅彼此间多有雷同，就连同一作家前后的作品也多有重复，不客气地说，如果掩去作者的姓名，很难知道小说是谁写的。这是他们创作理念与创作姿态的必然结果，沉溺在生活当中，没有和生活保持适当的距离，当生活积累枯竭之后，他们必然陷入雷同与重复创作之中。刘醒龙《分享艰难》与谈歌《大

① 张韧：《生存本相的勘探与失落——新写实小说得失论》，《文艺报》1989 年 5 月 27 日。

厂》，两个作家，一个湖南，一个河北；一个写农村，一个写工厂。在对生活的认识与审美选择上，他们却有惊人的相似，这也不难解释，他们都是从生活出发，现实中的问题与矛盾则是具有相似之处的，作家在处理题材上又表现出艺术上的不足，从而造成作品的相似性。如论者提出的那样："多深刻的调侃而少崇高的呼唤，多冷静的描写而少激情的投注，多世俗的生活而少理想的光照，多生动的人物而少典型的塑造。"[①]"现实主义冲击波"文学不仅在艺术创作上存在诸多问题，在人物的塑造与主旨的定性上也存在非常严重的问题，小说中的重点与视点不是处于社会底层的普通大众，而是沉溺于个人私人追求"上进"的基层官僚，作家在这里似乎呼吁民众理解领导的"艰难"，而此处的"艰难"更多的是基层官僚们处心积虑向上爬的敲门砖，让民众"微笑"着分享领导的"艰难"。一定程度上而言，他们的写作姿态决定了他们的写作不可能深入下，在其本质上不过是对改革的合法性论证（何言宏）。"'现实主义冲击波'文学极少反思导致企业困境的深层原因，它让企业的举步维艰问题丛生以及企业领导人的殚精竭虑东奔西走代替了对问题产生原因的思考，在'分享艰难'的吁请中放弃了对'艰难'的追问。"[②] 难怪有学者在面对"现实主义冲击波"在艺术与倾向上的双重矛盾时，痛心疾首地说道："此时此刻，任何语言都难以表达我们心中的悲凉，应该说，自70年代末扯起反对'工具论'的旗帜以来，自90年代末以'现实主义冲击波'的出现作为中国文学的世纪结局是悲剧性的。它不仅意味着文本特征上我们又回到了当初反抗的起点，在作家的创作姿态上也回到了最古老的传统，文学改革的一切努力被他们的出现湮没了，对中国20世纪文学的发展来说这是悲剧性的一页。"[③] 它和新写实主义小说具有同样的缺陷，当生活的积累释放完毕，它们的创作便难以为继，随着1996年日历的翻过，它们随即失去了轰动效应。但此时，经过"新写实主义"与"现实主义冲击波"的风起云涌，现实主义已成为人们翘首以待的文学期望，现实主义更加深入人心。1999年前后，以王跃文《国画》张平的《十里埋伏》陆天明《苍天在上》周梅森的《人间正道》等作品的面世，现实主义受到人们的追捧与欢迎，这些作品被翻拍搬上荧幕，从而获得相对持久的生命力。"一九九六年和一九九九年两次现实主义的潮动，实则是两种不同取向的现实主义生态类型的试验和冲刺。不管成败得失如何，它们在当代现实主义生成的多样性努力和多元化发展上的昭示作用，都应该是被充分注意的。"[④]

1999年《时代文学》与《作家报》联合开展"现实主义重构"的讨论，将现实主义回归这一问题上升到理论的高度。其实早在1982年就有学者提出，不应该把现实主义仅仅理解为一种创作方法，而应该把其理解为一种文学精神。这样文学的现实主义精神才能作为文艺创作的最高准则，并指出，我们社会主义文学不是以一种创作方法为体系标志的，要以多样的创作方法统一于现实主义精神为崭新的体系。[⑤]"现实主义

① 《'96收获与'97展望——关于"现实主义小说的回流"的对话》，《文艺报》1997年3月4日。

② 许志英、丁帆主编：《中国新时期小说主潮》（上），人民文学出版社2002年，第588页。

③ 李扬：《中国当代文学思潮史》，上海社会科学院出版社2005年，第230页。

④ 孔范今：《九十年代现实主义文学的两次冲刺》，《时代文学》2000年，第4期。

⑤ 邹平：《现实主义精神和多样的创作方法》，《文学评论》1982年，第5期。

重构"的倡导者李广鼐在《拓宽现实主义文学之路——现实主义重构论之缘起》一文中指出：我们今天倡导重构现实绝不是原来意义上的现实主义的简单回归，它不是几种文学主流的简单归一，而是一种整合和扬弃，一种前进和超越。首先，它不放弃现实主义的最基本的原则，即严格地忠实于现实，艺术地真实地反映现实。在这样一个大前提下，我们提出的重构论，包括三个方面的内容，简单地说就是：现实精神＋现代理性精神＋现代叙述话语。"[①] 王光东也指出，"现实主义重构"的方法是：现实精神·现代意识·叙述话语。认为现实精神是现实主义文学的内核；现代意识是通向"现实精神"之桥；叙述话语是现实主义的表述特征。[②] 张清华在《从拆除历史主义到重构现实主义——关于"现实主义重构"的话题》中指出，应该把现实主义与旧式现实主义区别开来，摆脱新写实的不良影响，把现实主义成为一场自律自足的艺术运动，同时把现实主义与"民间化"结合起来。最后作者语重心长地指出："在一个物质至上的时代，在一个缺少彼岸的世俗生活的氛围中，在一个被'后现代主义'文化幻象切割零散纷乱的文化秩序中，在一个不可逾越的前工业化历史途程中，现实主义的选择也许是一个真正具有历史眼光和真实价值的选择。"[③] 吴义勤在《神化还会再现吗？——现实主义重构之可能与不可能》一文中用饱含矛盾并充满忧虑的眼光审视了现实主义重构之可能与不可能。认为现实主义重构必须跳开历史上弯曲的那段而直接对本源意义上的现实主义，即回归现实主义的原典，"重构"的前提是"还原"，这样所谓的"重构"与"超越"才有可能实现，从而救治当前文学中无"根"的漂浮与贫血。同时由于现实主义与意识形态话语的不可分性、现实主义本身充满的悖论加之论者所提倡的整合、扬弃、前进和超越仍只限于对现实主义古典或本原形态的一种"还原"，这样"重构"就不能令人信服了。作者以悖论的形式结束了行文，把思考留给了读者，"当我们不能摆脱原有话语惯性时，我们无力完成我们所期待的'重构'，而当我们用全新的话语来'重构'时，我们又似乎有背离现实主义本身的危险。这是一个我们永远无法摆脱的怪圈，它不仅预示了'重构现实主义'的最终不可能，而且现实主义神话重现的前景也由此变得一片灰暗。我们还能有什么作为呢？"[④]

当代文艺实践的思想主潮与精神向度

在中国文学发展脉络中，虽然现代主义的影响后来居上，成为文学发展的重要资源，但没有改变现实主义在我国当前文学发展中的主潮地位。我们所说的"现实主义重构"不仅是对原典现实主义的还原，还应该积极吸收西方现代主义、特别是西方现代主义中国化的成果，在民族文学传统与世界文学格局的观照下，关注时代生活的进程。现实主义应该是一个开放的思想体系，西方现代主义中的优秀者从未脱离古典主

---

① 李广鼐：《拓宽现实主义文学之路——现实主义重构论之缘起》，《时代文学》1995 年，第 5 期。

② 王光东：《现实精神·现代意识·叙述话语——现实主义重构论》，《时代文学》1995 年，第 5 期。

③ 张清华：《从拆除历史主义到重构现实主义——关于"现实主义重构"的话题》，《时代文学》1996 年，第 3 期。

④ 吴义勤：《神化还会再现吗？——现实主义重构之可能与不可能》，《时代文学》1996 年，第 1 期。

义、浪漫主义和现实主义反而积极从它们那里汲取营养，同样“现实主义重构”更应该吸收现代主义在形式与技法上的优点，建立良好的“互动关系”，以开阔的胸怀吸收现代主义、后现代主义的营养并与之进行有效的对话。恩格斯的“历史合力论”，给我们提供了有益的指导。“历史是这样创造的：最终的结果总是从许多单个的意志的相互冲突中产生出来的，而其中每一个意志，又是由许多特殊的生活条件，才成为它所成为的那样。这样就有无数相互交错的力量，有无数个力的平行四边形，而由此就产生出一个总的结果，即历史事变，这个结果又可以看作一个作为整体的、不自觉地和不自主地起着作用的力量的产物……所以以往的历史总是像一种自然过程一样地进行，而且实质上也是服从同一运动规律的。”[①]

“中国是刚刚步入现代社会的发展中国家，仍在现代化的道路上进行着不屈不挠的艰难跋涉，它就同20世纪的现代化进程进行着伟大的连接，也可以说进行着全面实现现代化的最后冲刺，它要求文学的是，以强烈的历史责任感去认识生活、以深刻的现实主义精神去表现生活。它更要求文学的激励作用，以人文精神臧否现实，以批判的精神揭露时弊。一言以蔽之，它需要文学的现实主义或曰现实主义文学。”[②] 现实主义不仅仅是一种创作方法，更应该是一种文学精神。经过20世纪七八十年代的辉煌灿烂，90年代的放逐流浪以及新近的涅槃重生，现实主义正抖落身上的污垢，在吸收新的思想质点的基础上，来一次全面的归去来兮，但同时我们也清醒地看到，虽然作为文学精神的现实主义仍是当下文学发展的主潮，作家主体意识孱弱，精神贫血，在权利与金钱“合谋”的侵蚀下，创作主体如何坚持内心的良知，以“先锋”和决绝的姿态俯视与吐纳一切，仍是我们担心的问题，在此种意义上讲，现实主义文学的精神复归与主体实践仍是一场“硬战”，任重而道远。

（责任编辑　王灵均）

① 马克思、恩格斯：《马克思恩格斯全集》（第37卷），人民出版社1971年，第461—462页。

② 崔志远：《当代文学的文化透视》，人民文学出版社2007年，第511页。

社会主义市场经济条件下的文艺新现象

●杨 柳

社会主义市场经济条件下文艺走向市场化、产业化

近三十年以来我国经济持续高速发展，取得了举世瞩目的成就。经济发展改善了人们物质生活水平，在物质生活改善的同时，人们必然要求精神生活也随之得到丰富与提高，于是，全社会都表现出了日益高涨的文艺需求。特别是在改革开放初期，这种需求规模巨大、数量惊人，著名歌唱家李谷一在第一届春晚时就应广大观众的要求连唱了《乡恋》等7首歌；当邓丽君等港台歌星的流行歌曲传播到内地后，盒式录音机和与之相配合的录音磁带很快被销售一空，当时的大街小巷都流传着《甜蜜蜜》的歌声；1990年末，中国电视剧史上第一部室内剧《渴望》热播时万人空巷的情景至今仍让人记忆深刻，该剧在不到一年的时间内在全国几十家电视台相继播出，商场的彩电柜台甚至因为《渴望》的热播而销售剧增，《渴望》录音带的销售行情更是火爆，一曲“悠悠岁月……留下真情从头说”唱遍大江南北；电影市场上，《小花》、《知音》、《芙蓉镇》、《庐山恋》、《牧马人》、《人到中年》、《巴山夜雨》……多部优秀影片相继出现，也成就了姜文、刘晓庆、陈冲、唐国强、张瑜等人成为新时期的第一代明星。1993年由陈凯歌导演，张国荣、巩俐、张丰毅等主演的《霸王别姬》荣获法国戛纳电影节最高奖金棕榈大奖，同时也在全世界多个国家和地区公映，在90年代初创下了内地票房4800万人民币，美国票房520万美元，东京票房1.79亿日元，全球总票房3000万美元的佳绩，该片在艺术和商业两方面都取得了极大的成功；90年代由日本传播到中国的动画片深受青少年喜欢，圣斗士、机器猫、柯南、美少女战士、樱桃小丸子等动漫形象深入人心，当时的青少年不仅流行观看日本动画片，还流行购买各式各

注：本文为国家社会科学基金重点项目“马克思主义文艺理论中国化研究”（项目编号10AZW001）的阶段性成果。

样的动漫衍生品，书包、文具、玩具上面都有动漫形象的影子，学校附近的小商店也曾因出售这些动漫商品而生意火爆……总之，新时期以后我国人民群众对不同种类的文艺商品都表现出强烈需求，这种需求为文艺产业、文艺市场的形成提供了前提条件。

马克思认为“物质生活的生产方式制约着整个社会生活、政治生活和精神生活的过程。”也就是说，作为精神生活的一种，文学艺术发展所依赖的基础就是物质生活的生产方式。当物质生活的生产方式发生了改变，文学艺术的发展也会同时发生改变。改革开放以后，中国社会在物质生活方面发生了翻天覆地的变化，经济昌盛、贸易发达、都市繁华，人们口袋里的钱越来越多，思想也越来越开放，在这种形式下，中国新时期的文学艺术也必然会随着物质生活的繁荣而发生变化，一大批具有快速、娱乐、开放等性质的文学艺术应运而生，文艺产业和文艺市场也迅速开拓。

在文艺产业中，音像业、图书业、影视业等率先走上了产业化道路。港台歌曲的传入给内地带来一种新的音乐文化形态，1980 年，广州太平洋影音公司成立，这是内地最早的流行音乐产业之一。到了 80 年代中后期，以北京国际声像公司、中国录音录像出版总社、广州太平洋影音公司为创作基地，聚齐了一大批日后中国流行音乐市场的优秀人才，他们创作出了很多优秀的作品，中国流行音乐至此成为具有市场实力的文艺产业。90 年代以后，音像制作行业逐渐摆脱了国营计划经济模式，开始多元化发展，在中国音像市场上既有海外投资的公司如华纳唱片、环球音乐、EMI 百代唱片等，又有滚石等港台唱片公司，还有太合麦田、喜洋洋等国内的唱片公司，这些音像企业都开始重新规划音乐生产，它们重视创作，重视培养自己专属的歌手和制片人，强调专业化的包装制作，都希望能够扩大自己的市场份额以分享到中国流行音乐市场的那块大蛋糕。在中国流行音乐产业开始起步的同时，琼瑶和她的小说、电视剧一起红透祖国大陆，甚至掀起一场全民读言情小说的热潮，无论是租书店里还是电视屏幕上都轮番上演琼瑶的爱情剧，当时琼瑶小说基本上每一本都能达到 100 万册的发行量，属于超级畅销书，正因为畅销所以出版、发行琼瑶小说甚至成为一种文化产业，而由琼瑶小说所引发的言情小说创作热潮更是打开了中国内地言情小说市场。从 1955 年第一部新武侠小说问世迄今，金庸小说的发行量已经超过一亿册，加上古龙、梁羽生等武侠小说家的集体贡献，武侠小说走俏市场成为新时期文学不争的事实，可以说有华人的地方就会有武侠小说。而且几乎金庸的每一部武侠小说都被搬上了电影或电视屏幕，有的甚至被反复翻拍，出现各种版本，由于媒体、出版社的共同努力，这股武侠小说热潮也已经迈向了武侠小说产业的新征程。除了言情小说、武侠小说外，近几年图书市场开始流行玄幻小说、穿越小说、惊悚悬疑小说等，这种趋势与社会经济发展密切相关，生活在物质条件优越的现代社会中，整天面对钢筋水泥和枯燥的生活，读者存在着一种强烈希望追求刺激的心理，这几种小说类型都极大地满足了人们想象力的要求。2006 年天下霸唱的作品《鬼吹灯》网络点击率惊人，开创盗墓派文学热，安徽文艺出版社看准机会，策划出版了《鬼吹灯》系列小说，一举登上年度畅销书排行榜，取得可喜成绩。针对《鬼吹灯》的畅销情况，安徽文艺出版社还推出了《鬼吹灯》续集以及漫画版本，有关《鬼吹灯》图书衍生品的开发也在运作中，可以说《鬼吹灯》的热销是现代社会商业策划出版的成功案例，也是图书产业化新模式的成功案例。如果畅销小说被改编成电影、电视剧，那么又将会促进影视产业的发展，琼瑶的言情小说和金庸的武侠小说已经是这方面很好的范例。除了前面说到的这两种产业外，新时期小说还具有网络文化产业价值、动漫游戏产业价值等，以玄幻小说《诛仙》为例，《诛仙》一开始发表在幻剑书盟网，幻剑书盟是中国一个原创文学网站，通过向读者收取下载费用、对网络广告进行收费来发展，小说点击率高自然就带来网站的繁荣。玄幻小说还容易与动漫游戏产业互相影响，萧鼎受《仙剑奇侠传》等网游影响创作了《诛仙》，所以小说《诛仙》本身就极富游戏性，这种游戏性被网络公司所看中，后又改编成各类游戏《诛仙》、《诛仙 2》、《梦幻诛仙》，受到游戏玩家的欢迎。相比较于音像市场、图书市场、影视市场的发展壮大，文物与艺术品市场、文化广告市场更是异军突起、发展势头凶猛。19 世纪下半叶广告业在中国诞生，近代史上也曾经历过一段蓬勃发展的时期，新中国成立以后我国开始实行计划经济体制，特别是到了文化大革命时期，广告业从当时人们的经济生活中逐渐淡出，直到改革开放后广告业才重新恢复，“从 1979 年的广告元年发轫直至 90 年代初，广告业获得了整体复苏并高速发展，全国各地的广告公司如雨后春笋般出现，广告投入迅速增加，年均以 40%～50%的速度增长。”

表 1　1981—1990 年我国广告业发展总概况

年	全国广告营业额（万元）	广告费占国民生产总值比重	全国广告经营单位（户）	全国广告从业人员
1981	11800	0.024	1160	16160
1982	15000	0.028	1500	18000
1983	23407.4	0.04	2340	34853
1984	36527.8	0.052	4077	47259
1985	60522.5	0.07	6052	63819
1986	84477.7	0.087	6944	81130
1987	111200.3	0.098	8225	92279
1988	149293.9	0.106	10677	112139
1989	199899.8	0.125	11142	128203
1990	250172.6	0.141	11123	131970

从上面的资料图中我们可以看到，市场经济条件下广告产业重新兴起，并在中国形成了一个崭新的广告市场。如今对我们来说，广告已经无处不在了，打开电视机，电视节目间插播着数不清的广告；点击网页，上面马上就浮现出广告窗口；走出门去，路上的公交车刷着醒目的车体广告，霓虹灯广告牌不断地闪烁；就连我们手机里也会时常收到一些广告短消息……

社会主义市场经济条件下文艺表现现实生活

文学艺术的内容与经济发展息息相关。马克思在谈到艺术生产与艺术消费的关系问题时就曾经指出："……生产直接是消费，消费直接是生产。每一方直接是它的对方。"按照马克思的观点，艺术生产并非以艺术家创造出一个艺术作品作为终结，它只有在艺术消费中才能最终完成。也就是说，艺术家在创作文艺作品时必须要考虑到艺术消费的情况，创作出的文艺作品应当贴近百姓的经济生活，反映现实社会的状况。文艺作品的内容只有表现老百姓的故事，反映老百姓的心声，与老百姓的现实生活息息相关，才能赢得最广大消费者的喜爱。所以古往今来，历史上所能流传下来的优秀文艺作品都是当时社会经济生活的一面镜子。当我们阅读春秋战国之际的散文时，我们可以感受到当时社会经济大变革所带来的思想自由；当我们欣赏盛唐诗歌时，我们可以感受到大唐王朝的强大与经济的繁荣；当我们品味明清小说时，我们可以从中找出资本主义萌芽的出现、商品经济的发达以及市民阶层的扩大……不仅从中国古代文学也可以从西方文学史中看出文艺内容体现当时经济发展水平的这种观点：17 世纪末，彼得大帝开始在俄国进行资产阶级改革，由于俄国是由沙皇来推行改革，虽然工业生产一直在发展，经济水平一直在提高，但是政治上俄国并没有出现工业资产阶级，还是在顽强的坚守着农奴制，所以与西欧文学所不同的是，尽管文艺作品创作于资产阶级改革后，但是俄国的文艺作品并没有对资本主义社会的丑恶现象进行描绘，反而是在痛苦地批判农奴制的罪恶。无论是果戈理的《钦差大臣》还是屠格涅夫的《猎人笔记》，又或者是普希金的《自由颂》、《囚徒》、《致大海》都是以猛烈地抨击农奴制度，讴歌自由、民主而著名，特别是托尔斯泰的小说《复活》，就是以揭露整个沙皇制度的罪恶为中心内容的。那么在新时期社会主义市场经济条件下，我国的文艺作品是否也贴近经济生活、反映现实社会的状况了呢？答案应该是肯定的。

改革开放对中国社会冲击最大的一种社会经济现象就是打工潮，数以亿计的农民成为了新的社会群体——农民工，他们从农村到城市、从中西部到东部，为过上更好的生活而在城市里面努力工作，对社会作出了非常大的贡献。打工这种社会经济现象也成为新时期文学艺术中重要的表现内容，还形成了所谓的打工文化，其中就包括打工文学、打工音乐等等。深圳是中国改革开放的前沿，30 年前，全国各地的年轻人怀揣着梦想来到深圳打工，也开始形成了一个特有的文学种类：打工文学。1984 年《特区文学》刊发了来深圳打工的林坚所写的短篇小说《深夜，海边有一个人》，这是打工文学诞生的第一篇作品，林坚之后，安子、王十月、谢湘南等以真实性的笔触、原生态的信息、真挚情感的共鸣表现出打工者酸甜苦辣的生活，这些充满真情实感的作品真实地再现了当下社会打工者的经济生活状况，在读者中引起强烈反响。1991 年电视剧《外来妹》在中央电视台播出轰动全国，《外来妹》讲述的是 90 年代初期 6 个从穷山沟来到广东打工的女性的不同命运，是我国最早反映打工者生活的电视剧。这部电视剧之所以会受到广大观众的喜爱是与它所反映的打工生活密切相关，这 6 个外来妹的形象浓缩了她们身后数以千万计打工者的命运，一部普通的电视剧在改革开放的时代能够切入打工这个社会热点，贴近现实经济生活，反映新的社会现象，就决定了这部作品能够取得成功。打工文化已经成为了商品经济大潮中涌现出来的新文化，今年的春晚舞台就推出了草根明星——旭日阳刚。2010 年 10 月，两个光着膀子、叼着烟卷、喝着啤酒的农民工兄弟在一个出租屋里录制了一段视频《春天里》，随后视频在网络世界里迅速走红，点击率高达数百万，一夜之间，旭日阳刚成了红人。在旭日阳刚成名的背后我们可以看到这样几点重要的原因：（1）农民工的歌手身份。（2）汪峰《春天里》这首歌曲歌词与旋律简单朴素，用真实细致的语言勾勒出生活在当今社会的人们所表现出来的迷惘和对以往生活的怀念，特别是歌词契合了在外漂泊者的状况，“如果有一天，我老无所依……”足以表达出漂泊在城市的感伤和对社会现状的无奈之情。（3）感人心者莫乎情，旭日阳刚朴实无华的演唱让人们感受到了他们的梦想、他们的坚持和一种积极向上的力量。总体上说来，旭日阳刚的《春天里》是他们打工生活的真实写照，也是千千万万打工者漂泊异乡的真实写照，正是因为这首歌反映了他们的心酸和无奈，作为农民工兄弟的王旭和刘刚才能将其演绎的那样如痴如醉、感人肺腑。旭日阳刚《春天里》的走红给我们创作文艺作品带来了一些有益的启示，在社会主义市场经济条件下，艺术家只有深入生活、创作出反映老百姓现实生活状况的作品才能打动人心，赢得大众的喜爱。

社会主义市场经济条件下艺术家的经济收入变化

经济对文艺产生的最直接的影响就是经济报酬。马克思认为人只有解决了温饱问题以后才有可能去从事文学艺术活动，经济报酬就是艺术家解决温饱的前提，如果一个艺术家都无法解决自身的生存问题，必然很难心无旁骛的进行艺术创作。普列汉诺夫也曾经指出，经济对文学艺术的决定作用多半不是直接的，而是通过中介间接地发生作用，社会心理就是中介之一。社会心理自然也包括艺术家的创作心理，艺术家的经济生活状况直接影响着他们的创作心理，试想，在生活都难以得到保障的时候，在忙着维持生计的时候，艺术家怎么还会有时间和心情去进行文艺创作呢？所以对艺术家而言，经济报酬非常重要。伴随着近代报刊和出版业的发展，稿费制度逐渐形成，这是作家作品高度商品化的表现。稿费制度的形成，对文艺产业的发展有着重要的驱动作用，首先，稿费制度能够刺激作家的创作欲望，吸引大批文人投身于文学创作事业，促进文学生产。其次，当稿费作为一种经济来源补贴作家生活时，能够改善作家的生存条件，提高作家的社会地位，影响作家的创作心态和创作风格。再次，作家通过创作赚取稿费，相当于通过工作赚取了工资，所以促成我国职业作家的产生。

在社会主义市场经济条件下探讨经济与文学的关系，文学背后作家的经济状况是一个不得不讨论的话题。当然，新时期作家身上所体现的经济与文学创作之间的关系变得更加复杂。2011 年初，由《财富人物》联合《胡润百富》和央视二套《财富故事会》栏目推出了 2010 中国 80 后作家收入排行榜。

在这个排行榜上，郭敬明又蝉联了第一，作为一名 80 后作家，郭敬明不仅创作了大量畅销的青春文学作品，同时也创造了巨大的商业财富。2003 年，郭敬明的成名作

《幻城》上市，当年销量84万册，一年后他又推出《梦里花落知多少》，销量达到百万册，这两本书已经让郭敬明获得了丰厚的稿酬，他也从中看到文学巨大的商业价值，2004年郭敬明组建工作室，并和春风文艺出版社共同合作，推出由他主编的青春文学杂志《岛》，《岛》每期的销量都在15万册左右，而且从这时起，郭敬明写小说首先在《岛》上面进行连载，等到全部写完以后再重新出版成书，也就是说他的每部作品都至少可以赚两次稿费。作为工作室的老板，郭敬明旗下的签约作家、漫画家已经有60多人，他选择新人签约的标准是除了这个新人的文字有自己独特的风格外，还要能从新人的作品中看到商业潜质，比如适合开发动漫、游戏等，这样才可以带来巨大的商业利润，可以说郭敬明在文学商业化的道路上已经走在了同时代作家的最前面。在商品经济的今天，高稿酬、高收入对吸引越来越多的新人投入文学创作领域，鼓舞作家一直保持高昂的创作欲望都起到了一定的积极作用。

排名	作家	2010年出版新书	2010年个人总收入（万元）
1	郭敬明	《临界·爵迹》等	2300
2	张一一	《炒作学》、《可爱的中国人》	500
3	韩寒	《独唱团》、《1988》	480
4	孙睿	《跟谁较劲》、《获百万大奖》	150
5	步非烟	《梵花坠影》、《玫瑰帝国》	80
6	安意如	《世有桃花》	75
7	张悦然	《鲤》系列	60
8	迪安	《东霓》	50
9	辛夷坞	《我在回忆里等你》	35
10	许多余	《笔尖的舞蹈》	23

社会主义市场经济条件下文艺形式的创新

如果梳理一遍文艺史我们可以发现，文艺形式的演变也与经济生活有着密切的关系。在我国历史上，金元之前的中国文学一直以抒情文学为主，到了元代以后则逐渐转变为以叙事为主的戏剧、小说等文学形式了。众所周知，元代之后戏剧、小说的兴盛是当时经济发展的产物，一方面，市民阶层的扩大需要大量以娱乐为主的戏剧、小说，另一方面，戏剧主要是在比较繁荣的城市表演，城市的产生也正是经济发展的表现。

经济发展导致科学技术进步，在先进科学技术的促进下，文艺形式出现多种创新。20世纪初，西方马克思主义文艺理论家本雅明就已经看到了这一点，他在论文《机械复制时代的艺术作品》中强调机械复制是区别传统艺术和现代艺术的一个重要概念。

“技术复制达到了这样一个水准，它不仅能复制一切传世的艺术品，从而以其影响开始经受最深刻的变化，而且它还在艺术处理方式中为自己获得了一席之地。”也就是说机械复制时代拥有自己独特的新的艺术形式，比如电影、电视、广播等等。新时期，在社会主义市场经济条件下，我国的文艺形式也出现了多种创新。

当前我国影视产业中现在最为火爆的就是3D电影，事实上自影视产业诞生以来，从无声电影到有声电影，从黑白电影到彩色电影再到多层电影、宽屏电影，每一次电影形式的创新都离不开经济和科技的共同作用，每一次电影形式的创新也都会吸引更多的观众走进电影院观看电影从而获得更多的商业利润。目前，从2D平面到3D立体电影的跨越成为电影史上又一次革命。2010年初，3D电影《阿凡达》在全球上映，立刻引起了世界性的观影狂潮，以24亿美元的全球总票房在电影史上独领风骚。特别是在中国市场上，《阿凡达》甚至一票难求，IMAX版本的情况尤其严重，中国观众表现出了对3D电影超乎寻常的热情，有人笑称《阿凡达》电影票的难买程度超过了春运的火车票。《阿凡达》之后，多部3D电影先后于2010年上映，同样也取得了令人满意的票房成绩，3月5日，《爱丽丝梦游仙境》全球首映，一举成为电影史上票房最高的春季档影片；3月26日，3D动画电影《驯龙记》上映，荣登北美票房排行榜榜首；6月18日，3D电影版《玩具总动员3》上映，以1.10亿美元缔造皮克斯动画片最高首周末票房纪录；8月16日，好莱坞3D电影《怪物史莱克4》在中国首映，又掀起了一轮观影风暴。通过超高的票房和巨大的商业价值，以《阿凡达》为首的3D电影向人们证明了这样一个事实：3D特效开创了电影技术的新纪元，电影产业将全面转向3D。在商品经济社会里，投资商通过调查发现，即使票价高出普通电影很多，但是广大观众还是愿意观看3D影片，面对如此巨大的市场潜力，投资商纷纷宣布今后将大量拍摄3D电影。3D电影不仅是电影发展的新形式，还会衍生出很多的周边产品，《阿凡达》上映的同时，由导演詹姆斯·卡梅隆监制的全平台同名游戏《阿凡达》也被推出，游戏支持3D显示器，另外，还有一些《阿凡达》的周边产品也将陆续被推出。面对影视业中3D观影形式的巨大商机，各类公司都开始了技术创新，松下、索尼、三星等公司开始积极研发家庭3D观影设备；富士公司已经推出了3D数码相机和印刷业务；在今年上海东方卫视的春节联欢晚会里东方卫视第一次试验播出3D电视节目，3D节目的时段也成了整台晚会收视率最高的时段；除了3D电影、3D电视，3D游戏也成为世界上各个游戏公司的重要研发产业之一，可以看到，一个全新的3D数字化时代正向我们飞奔而来。

在电影进入3D时代的同时，文学也开始走向网络形式。随着互联网的蓬勃兴起，网络文学已经成为当今重要的一种文学现象，互联网上开始出现很多文学网站和一大批为广大网民所熟悉的网络作家。中文网络文学最早可以追溯到20世纪90年代初期，不过当时对中国网络文学产生影响的主要还是海外留学生作家，到了1998年，BBS上出现了一部由台湾著名网络写手蔡智恒所著的中文网络小说《第一次的亲密接触》，小说传遍海峡两岸，一时间掀起网络文学热潮，此后，黄易的《大唐双龙传》、莫仁的《星战英雄》、安妮宝贝的《告别薇安》、慕容雪村的《成都，今夜请将我遗忘》等作品风靡一时。21世纪后，互联网上出现了更多的原创文学网站，如榕树下、起点网、红袖添香、幻剑书盟……这些文学网站也相继推出《鬼吹灯》、《诛仙》、《英雄志》、《明朝那些事》等等不同题材的优秀文学作品。网络文学最大的特点就在于它没有门槛，没有编辑，只要在键盘上敲击好文字，然后粘贴到各大文学论坛上就算是发表文学作品了，它这种自由、平等、大众性的特点极大地丰富了文学创作的数量和风格，这正是传统文学所缺乏的。网络是一个开放、便捷的交流平台，当下年轻人更愿意在网络上创作文学，也更愿意在网络上欣赏作品，特别是博客、空间、论坛的出现使整个社会进入了全民写作时代，每个人都可以在不违反法律法规的情况下任意地将自己所写的文字发表在网络上，也可以轻轻点击鼠标，欣赏别人的作品，文学与亿万人民大众的精神生活发生着直接的联系，融入进人们的日常生活，这在文学发展史上是一次巨大的进步。

伴随着经济发展、科技进步，文艺形式还会发生更多新的变化，当小巧玲珑、携带方便的手机逐渐成为人们必不可少的日常生活用品并且也具有网络功能以后，手机文学也将会成为一种新的文学形式，用手机编写短信、用手机发表微博也将会成为新时期的一代之文学。

（责任编辑　王灵均）

黄梅戏电视剧作品的审美价值与艺术价值

●孙红侠　刘文峰

黄梅戏由地方戏而全国化的进程，是依托现代传媒完成的。上个世纪50年代，黄梅戏通过剧种的旗帜性人物严凤英走了一条“戏托人”的全国化道路，当时的黄梅戏，是各个都同样在走全国化进程的地方戏中走得最快、影响范围也最广的一个地方戏剧种。这其中，黄梅戏音乐的改革、作为民间传说而家喻户晓的《天仙配》故事、严凤英的艺术成就等多方面都是其能全国化的原因。不过一个更不能忽略的原因是《天仙配》、《女驸马》等所依托的戏曲电影的传播方式。如果说那是黄梅戏第一次依托一种传媒的力量走向全国的话，那上个世纪80年代以后，黄梅戏又第二次依托传媒力量由地方而全国化，这一次依托的媒体不是电影，而是伴随着改革开放逐渐走进普通百姓之家的电视，它的表现形式就是黄梅戏电视剧。

黄梅戏依托媒体而完成的两次全国化进程是中国戏曲史上重要的、颇值得持续关注的文化现象。也许“依托”这个词多少有些偏重传媒作用的含义，实际上也是电视传媒利用戏曲这种艺术样式来拓展自己的发展渠道，显然这是一个双向适应的过程。黄梅戏电视剧连续多年得到中国电视界的最高奖项，在相当长的时间段以内几乎成了全国人民了解和观看黄梅戏的主要渠道。这些电视剧作品数量众多，影响力巨大，形成了以黄梅戏电视剧为龙头的“电视戏曲”的文化现象和广泛的争论。

这种非常值得关注的现象至少能够说明：黄梅戏比较其他的剧种更具有与现代传媒的亲和力。当然，这并不等于压缩黄梅戏这个剧种在舞台上的艺术成就。黄梅戏发展到今天，无论是舞台演出还是电视戏曲的形式，都凝结了太多的实践探索和艺术追求，重新论述黄梅戏电视剧的美学价值与艺术价值，有利于我们更清醒地对黄梅戏以及她的剧种发展形成更为理性的认识。

一、黄梅戏电视剧作品综述

从现存的四十余部黄梅戏电视剧作品来看，有这样几个特点。一是多为短篇电视剧，十集以上的作品几乎没有。二是拍摄时间间隔不大，从1982年安徽电视台摄制的二集黄梅戏电视剧《双莲记》一直到2009年中国电视剧制作中心与安徽电视台联合摄制的四集黄梅戏音乐电视剧《郎对花姐对花》，几乎是每年一部。三是获奖作品众多，从中国电视剧“飞天奖”戏曲电视剧奖到中国电视金鹰奖，从中宣部“五个一”工程奖入选作品奖到中国广播电视学会2003年度电视戏曲节目“兰花奖”……无论是官方还是民间组织设置的奖项均有所囊括。奖项的类别更是涵盖了表演、导演、编剧、作曲、摄影、舞美等各个层次。

虽然黄梅戏电视剧作品相比较舞台剧而言，获得大众肯定的初衷要远远大于得到奖项这一目的，但是这些奖项也多少肯定了黄梅戏电视剧达到的艺术水准和担负的社会娱乐功能，这也是与黄梅戏电视剧的拍摄宗旨不相背离的。

从黄梅戏电视剧作品选择的题材上来看，传统戏、现代戏与新编历史戏均有。早期拍摄中，《郑小姣》、《龙女》、《女驸马》、《七仙女与董永》、《小辞店》等早已深入人心的传统戏所占的比重较大，这是与上个世纪80年代初兴的电视传媒要依靠戏曲这种当时最大众化的文艺形式而发展和传播有关。几十部电视剧作品中，有移植于其他剧种的作品，如《花田错》、《半把剪刀》、根据林之行的闽剧《武夷狐疑》改编的《朱熹与丽娘》等；也有表现农村生活的现实主义作品，如《挑花女》、《柯老二入党》、《木瓜上市》、《大树参天》等。更多的是直接改编于古典名著和通俗小说的作品，如根据鲁迅先生同名小说《祝福》改编的《祝福》，取材罗广斌、杨益言长篇小说《红岩》而成的《朝霞满天》，根据王愿坚短篇小说《党费》改编的《红色记忆》，根据孔尚任同名剧本改编《桃花扇》等等……这些作品大都是首次并以黄梅戏音乐电视剧的形式改编与呈现，很大程度上将黄梅戏的美学基调与原著的精神做到比较好的对位和契合，所以也正是这一类作品获得了黄梅戏电视剧最稳定和最广泛的观众群体。根据柔石中篇小说《二月》改编的《二月》、根据张恨水同名长篇小说改编的《啼笑因缘》、根据石楠长篇小说《画魂——潘张玉良》改编而成的《潘张玉良》以及根据巴金先生同名长篇小说改编的《春》、《秋》、《家》都是这一类堪称黄梅戏电视剧精品的荧屏作品。特别需要提出的是根据王实甫同名剧本改编的五集黄梅戏音乐电视剧《西厢记》，王冠亚与赵化南编剧，胡连翠导演，马兰、马广儒、汪静等出演。这部安徽电视台1987年出品的电视剧作品获第六届“大众电视”金鹰奖戏曲片创新奖，而之所以获得“创新奖”正是在于这部戏表现出的传统戏曲与大众传媒互相适应而表现出的创新性，这部剧作在“写实”与“写意”关系的处理、程式化表演的使用、布景改革、音乐使用等方面都走出传统黄梅戏舞台剧甚远，但是以胡连翠为代表的电视媒体从业者以这部电视剧为支点对黄梅戏电视剧作品的开掘也因此积累了更为丰富的经验。

纵观30年来黄梅戏电视剧作品，承认和不承认它的观众群体都会发现：黄梅戏电视剧作品已经形成了一种独立于黄梅戏舞台剧的独立艺术形式。这种应传媒时代的时运而生成的全新艺术样式，以其对中国传统戏曲艺术精神的把握和对大众传媒的准确切入，形成了自己的发展脉络，更是因此具有了独立的审美价值。

二、黄梅戏电视剧艺术价值与审美价值

黄梅戏电视剧作品已经形成了一种独立于黄梅戏舞台剧的艺术形式。作为戏曲电视剧，并不是戏曲艺术与电视艺术的一种简单的结合，更不是戏曲利用电视所做的一种简单的传播。

正因为其在艺术上具有的独立性，黄梅戏电视剧作品的艺术价值与审美价值才有并存价值。审美价值确立与探究的意义在于创造一种更高层次上的价值确认，这是剧种的价值确认，也只有这样，这里的探讨才对黄梅戏的现实发展具有观照和意义。

剖析黄梅戏电视剧艺术，面临的首要问题是明确黄梅戏电视剧是以演员的表演为中心？还是以电视剧式的叙事为中心？毫无疑问是以后者为中心。电视剧的长处不在以展示演员个人的表演技艺为特征，而重在展示一个完整的故事。这个受众是广泛的，喜欢戏曲的人可以从中欣赏属于戏曲的东西，喜欢看故事的人热衷于从中完整地观看一个故事。这样做的风险在于，如果做得好，那么看戏的人和看故事的人都将会喜欢，如果做得不好，那两方面的观众都将流失。这是一个题外话。既然是以叙事为目的，那所有的一切调度的重心都是为了服务于“讲述”，电视剧采用的是真实空间，而不是虚拟空间；是真实的场景，而不是意象或抽象的舞台；是生活化的化妆和服饰，而不是夸张美化、舞蹈化的装扮；是生活化的动作，而不是程式性动作；是强调面部表情变化的表演方式，而不采用夸张变形的面部化妆。

在此基础上，黄梅戏电视剧形成的美学风貌当然与舞台剧显著不同。对于戏曲电视剧的美学问题，有相当多的论文论述过。有些偏重“雅俗相生”的文化理论论述，有些偏重于使用古典美学理论，如“含蓄”，又如“虚实”，这些都是立足于民族美学理论进行的探讨和研究，当然有认识上的推进与提高。现在，我们在这些研究的基础上进行推进性的论述，认为黄梅戏电视剧作品在美学评价体系内最主要的特点是它的诗性，或言是诗意化的表达。

黄梅戏电视剧是着重于讲故事的电视艺术，但是它又不同于一般性的也以讲述故事为目的的电视剧，因为它的支点还是戏曲艺术，所以这其中就有了很多难以调解的矛盾。这种矛盾在于：戏曲艺术在长期的发展过程中形成了以抒情写意为特征的美学品格和与之相适应的艺术技巧，而电视艺术是以写实为特征，以逼真地再现生活为特长的艺术形式。戏曲电视既要保持戏曲抒情写意的艺术品格，又要发挥电视再现生活的长处，无论是对于戏曲从业者还是对于电视艺术工作者来讲，都是一个既需要在实践中探索又需要在理论上探讨的问题。

我们还以放映之后争议和反响都很大的《西厢记》为例，这部五集电视剧的容量并不大，但是却必须在相对较短的电视剧篇幅中完整且忠实传达原著的精神。所以，《西厢记》在风格上力求呈现出唯美和诗意，“长亭送别”、“月下联诗”等基本场景都是通过诗意化的调度来处理的。这其中一个更值得或者说更必须深入的问题是：这种诗意化的境界是通过什么来构筑的？电视剧之所以必须以情节取胜，很大的一个原因

在于它不得不如此，因为它缺乏戏曲才拥有的最重要的灵魂——音乐。胡连翠是学音乐出身的，她也许是因为对黄梅戏音乐的喜欢才采用这种手段，但不管怎样，这种手段的使用就成为黄梅戏电视剧最宝贵的生命力。黄梅戏音乐是听觉的，但是它营造的诗意却可以超越音乐。音乐是戏曲的灵魂，更是语言韵律化和动作舞蹈化产生的基础。只要把握了音乐的准确运用，就可以营造出想要的气氛。《西厢记》等电视剧的音乐是唯一没有变化的、也是最忠于黄梅戏传统的东西，但是有这样的一点就已经足够了。后期的《二月》、《春》、《秋》、《家》、《潘玉良》等剧作所秉承的无一不是这种通过音乐手段竭力营造出的唯美的和诗意的美学基调。

黄梅戏电视剧作品既不同于黄梅戏传统戏，也不同于同样以电视为传播媒介的戏曲舞台艺术片。戏曲舞台艺术片以基本上忠实记录戏曲舞台演出样貌为宗旨，本质上是一种力求忠实的实录，而戏曲电视剧作品是采用全新的艺术创作理念和整合传统戏曲思维以后生发的新品种。

戏曲舞台艺术片与传统戏相类似，是“以角儿为中心”的演员中心制艺术形式。戏曲电视剧作品则更近乎于电视电影作品，是通过演员呈现的但是更大程度上以导演的意志、调度和对剧本的理解为中心的艺术形式，因为戏曲电视剧与电影一样，剪切权不在演员而在导演手中，而导演手中的剪切权是决定剧作主题走向最关键的“一剪”，因为剪掉的镜头或者说是戏份会直接影响到人物的突出与否，会影响剧作的整体风格，甚至会彻底改变编剧的初衷和演员的原始表演。这是电影制作中导演中心制形成的主要依据和原因。而这一点，对于戏曲的传统舞台演出情况则完全不同，在中国传统戏曲演出中，很多“好角儿自身就是导演”，传统戏曲舞台演出没有现代戏剧意义上的“导演”，讲究“戏在角儿身上”。这样的一个演职人员所担负的功能上的区别就决定了戏曲电视剧和戏曲舞台表演的一个首要的不同。这也是探讨黄梅戏电视剧，不仅要探讨韩再芬为代表的表演艺术，更要关注胡连翠为代表的电视导演艺术的原因。

韩再芬毫无疑问是当今黄梅戏界最优秀和最具有市场号召力的演员，她的社会地位和艺术成就的评价呈现出上升的状态，这当然是我们作为她的戏迷所希望看到的，可是同时也正是以观众而不是研究者的身份，我们似乎发现了韩再芬的表演呈现出不同于她在早期黄梅戏电视剧中表现出的不同风格和特点。这种变化在《徽州女人》中的表现最为明显。尽管《徽州女人》作为一部广受关注的精品舞台剧奠定了其在现代黄梅戏历史上一定不能被跳过的地位。对于黄梅戏表演艺术家韩再芬的剧作和表演，有过很多研究和论述，但几乎全部集中于《徽州女人》这部作品。针对韩再芬表演艺术进行的专门研究鲜见，中国艺术研究院戏曲所曾专门举办过“韩再芬表演艺术研讨会”，那次会议上对韩再芬的表演有过专门的研讨，但是却没有关注到她早期的电视剧作品。

在探讨黄梅戏电视剧表演美学的过程中，韩再芬的表演可以使用“清新”与“自然”这样感悟式的和更直觉化的美学概念来概括。以她早期的电视剧作品来看，《郑小姣》、《女驸马》、《小辞店》等最能体现她的电视表演风格。五集黄梅戏电视剧《郑小姣》由安徽电视台拍摄于 1984 年，龙仲文、田耕勤剧本改编，陈佑国、朱茂松任技导，吴文忠任电视导演。这部电视剧的艺术指导是著名的黄梅戏旦角艺人，也是建国以后的黄梅戏表演艺术家、韩再芬的授业之师麻彩楼。出演这部电视剧的时候，韩再芬才只有16岁。她以其清纯自然的、几乎没有一丝刀斧痕迹的表演赢得了观众的喜欢，历经人生悲欢离合的角色没有对年龄尚幼的韩再芬的体验性表演带来丝毫难度，哭便真哭，笑便真笑，以既不同于戏曲表演的“点到为止”的表演，也不同于电视剧表演的完全真实的体验性表演获得了成功。《郑小姣》获1985年第三届《大众电视》金鹰奖优秀戏曲片奖，在上个世纪80年代的中国为黄梅戏赢得了很是广泛的观众群体。另一部不常被人提及的电视剧作品是根据全本传统戏《菜刀记》改编的《小辞店》，这部作品本来就是来源于真人真事的戏曲作品，虽然因其内容多有违背礼教的“奸情”和有违道德欣赏习惯的“凶杀”而屡遭禁演。但是在传统黄梅戏中，《小辞店》却是最常上演的剧目之一，黄梅戏的传统戏谚素有“男怕《访友》，女怕《辞店》”之说，黄梅戏大师严凤英在建国以前就最擅长演出这部戏。一如韩再芬的电视戏曲表演风格，她在《小辞店》中出演的店姐依靠简单、自然的表演，以唱传情，塑造了一个生活在矛盾中的但是却因简单和真实更切合生活实际的女性角色。韩再芬的早期表演具有自己独特的东西，那可以概括为“清新”、“本色”、“自然”，这样的美学基调是民间化的，也是契合中国传统审美文化精髓的。

韩再芬的电视表演以本色取得了成功，但是舞台剧却受到了黄梅戏电视剧的影响。这是因为过于写实化的表演对于屏幕是恰当的，但是对于舞台却嫌不够“出戏”。这一点韩再芬在《艺无止境学无涯》中也多有论述，“拿这次晋京演出的来说，我在运用程式方面就处理得很不够，没有把握住不同的表现方式，偏重于寻求人物内心的自我理解中有戏，忽视了用外部动作去刻画人物，表达人物的内在情感，这也许与我多年来在银幕和屏幕上活动较多有关。电视电影强调真实，而戏曲则强调虚拟。我想，如果能找到将虚实结合的舞台表演最佳契合点；无疑会对刻画人物、保持戏曲剧种风格有莫大的裨益。”所幸的是，这种“虚实结合的舞台表演最佳契合点”在后来的《徽州女人》等剧中多有努力的实现，但是那种舞台剧的表演美已经和戏曲电视剧的表演相去甚远了。

三、黄梅戏电视作品的存在意义与缺憾

黄梅戏不是昆曲那样的氍毹艺术，更不是京城晚清浓郁的酒楼茶园气氛中形成的娱乐主导的皮黄。黄梅戏在自身发展的同时，在新中国成立以后，通过“戏托人”走过了第一次全国化的道路。那时黄梅戏的领军人物是严凤英。从1953年到1965年，她先后主演的《天仙配》、《女驸马》等戏，依托戏曲电影迅速走向全国，黄梅戏完成了剧种发展历史上第一次的全国化进程。

黄梅戏是当时各个都同样在走全国化进程的地方戏中走得最快、影响范围也最广的一个地方戏剧种。这样的过程正是依托现代传媒完成的。

上个世纪80年代以来，电视传媒进入家庭，黄梅戏又一次以黄梅戏电视剧的形式完成了它的第二次全国化进程。黄梅戏电视剧的发展起步于上个世纪80年代，它是伴

随着电视进入中国普通家庭的进程而发展的，可以说它是接过戏曲电影的接力棒而进入大众生活。尽管在这之前，黄梅戏就早已经通过电影传媒走上屏幕与舞台并行的发展道路。黄梅戏依托现代媒体完成了自身的全国化发展，不管戏曲电视剧以后的发展方向如何，它在一定时期以内担负的传播功能已经使它具有了独立性。这是黄梅戏电视剧作为一个不同于传统舞台表演而存在的艺术品种的时代意义。

黄梅戏的两次全国化进程是中国戏曲史上重要的、颇值得持续关注的文化现象。这种非常值得关注的现象至少能够说明：黄梅戏比较其他的剧种更具有与现代传媒的亲和力。

黄梅戏电视剧既然有着这样或者那样的意义和价值，那么与它的价值与意义并存的当然也有它的缺陷。通常谈论这个话题的人喜欢从电视剧破坏戏曲的美学原则、破坏戏曲演出的程式性、假定性、虚拟性等等方面切入，这当然是有理由的。但是如前所论，戏曲电视剧和舞台戏曲是两个完全不同的艺术样式，那大可没有必要使用一种艺术样式的特征去评价另外一种艺术样式。

其实，戏曲电视剧不能补偿舞台演出的缺陷是与生俱来的，这不是戏曲与电视的问题，而是剧场艺术和平面艺术的本质区别。那就是：戏曲表演作为剧场艺术具有的互动性是电视这样的平面媒体永远不能给予的。剧场是个“场”，它具有“场”的效应。观众会情不自禁地受到周围其他人的影响而加入到鼓掌和喝彩的行列，同时也因为自己的感动得到周围一起看戏的人的共鸣而更加快意和舒适，演员与观众的互动形式就更为多样，而这些正是冰冷的荧屏所不能给予的。但是电视自有自己的解决方式，它的解决方式是通过《相约花戏楼》这样的纯粹的戏曲类综艺节目予以补充的。这样的节目可以报名参加也可以通过短信、评选等方式参与和互动，在一定程度上缓解了戏迷文化对互动性的渴求。

作为戏曲电视剧而存在的第二个缺陷在于演员风格的消失，或者说是不能更好地、充分地发挥。如前所述，戏曲电视剧和电影等传媒艺术一样，是以导演为中心的，是导演手中的剪切权决定一切的。所以，演员在戏曲电视剧中的表演就大大地不同于戏曲舞台艺术片，演员的表演居于次要的地位，是从属于电视导演而存在的。这一点，对于非戏曲演员的影响可能是不甚重要的，但是对于将对技艺的追求凌驾于个人表现的戏曲演员那里，就显示出另外一种残酷性了。电视减缩了技艺的表现力，也使唱功变得可以不重要，因为即使章子怡也可以扮戏，如果另请一位为她配唱的戏曲演员，电影《梅兰芳》不就正是这样做的吗？那么，戏曲演员的“台下十年功”就绝换不来“台上一分钟”。但是这还不是电视戏曲对戏曲演员最大的伤害，最大的伤害在于：永远也产生不了流派。

黄新德曾经呼吁“黄梅戏要有流派”那个论题，在这里就可以做出一个解答，流派是风格化的表演的最终形成，更是戏曲这种纯粹的舞台艺术给予一个最优秀的演员的最高奖赏和最大肯定。可是，如果一个剧种总是依托于戏曲电视剧，那个人表演风格就永远没有长得相对而言好看的脸蛋更重要。在电视剧中，总是脸蛋容易被人记住，而表演常常被遗忘，这就是为什么第一流的黄梅戏演员要坚持站在舞台上的一个重要的根据。这也正是韩再芬在《艺无止境学无涯》那篇文章中结合自身表演谈及到的本质。

黄梅戏是安徽重要的文化资源，但更是民间文化传统孕育出的戏曲奇葩。黄梅之花，美在轻盈灵透，但愿不要把过于沉重的东西强加给她。我们期待在文化体制改革逐渐深入的背景之下，在中国戏曲在非物质遗产保护与产业化并行发展的探索与实践中，黄梅戏的美妙旋律仍能更悠长而绕梁。

（责任编辑　王灵均）

试论黄梅戏舞台演出传播的信息系统*

●陈继华

黄梅戏是我国的传统艺术样式之一，它与京剧、越剧、评剧、豫剧并称为我国五大剧种。在长期的发展和演变过程中，黄梅戏经历了从口语传播到电子传播的过程。从艺术传播方式上看，黄梅戏的传播大致可以划分为舞台演出传播和大众传播。黄梅戏是一个土生土长的地方剧种，清代末年以来一直是以舞台演出的方式传播。新中国成立后，黄梅戏借助大众传播媒介（如电影、电视、互联网等）迅速向全国范围传播。相比于大众传播媒介，黄梅戏的舞台演出传播形态显得更为古朴，也极富创造力。因为它是其他传播形态的推动者和原动力。时至今日，黄梅戏的舞台演出仍然作为黄梅戏最为重要，也最为关键的传播形态。

从传播学的角度看，任何艺术传播活动都传播一定的艺术信息，黄梅戏舞台演出传播活动传递的就是以黄梅戏表演艺术为核心的信息系统。这些信息系统都是通过特定的符号将黄梅戏审美意象物态化，成为可供人欣赏的艺术形象，并与接受者进行情感和艺术的交流，表达特定的文化趣味和审美趣味。黄梅戏舞台表演艺术的信息系统包括表演系统、音乐系统、美术系统和文本系统等几个方面的内容，其借助的符号也相应地包括唱念、形体与舞蹈、器乐、造型、脸谱、剧本和剧目等。本文从上述四个方面对黄梅戏舞台演出传播的信息系统进行整体观照，并着重阐释黄梅戏舞台传播几大信息系统的内涵和特征。

一、表演信息系统

黄梅戏艺术首先是一种以身体为媒介、以表演为核心的舞台艺术，它必然要向观众传达特定的身体语汇和扮演元素。中国戏曲独有的表演体系恰恰是传播艺术信息的重要载体，它不但构建舞台艺术信息系统的基础，而且成为这个系统最为核心的一个

* 该文系安徽省教育厅人文社科重点研究基地项目“黄梅戏舞台演出传播形态论”（2011sk783）；安徽省哲学社会科学规划项目“大众传媒视野下的黄梅戏艺术形态研究”（AHSK09－10D112）成果。

环节。如果离开舞台表演去谈黄梅戏演出传播的信息系统，这个系统将存在极大的缺陷。更何况，这个系统甚至是戏曲舞台艺术标志性的符号，它本身就可以作为舞台艺术单独环节获得普遍的象征意义。

同时，戏曲作为一门综合艺术，通过采用不同艺术表现手段来扮演故事表达情感自然会成为一个艺术信息的复杂集合体。这个集合体就是所谓的“表演系统”。从广义上说，戏曲作为综合艺术，它包含的艺术信息应该有文本信息、音乐信息、美术信息等等，它们可以统称为“戏曲表演艺术信息”；从狭义上说，戏曲有着独特的艺术语汇表达方式，即“唱念做打”四个方面的表演信息系统。本文采用其狭义的定义方式，从古典戏曲“唱念做打”四个方面来论述黄梅戏表演信息系统的构成和特征。

1. 唱念——戏曲声乐信息系统

唱念即唱腔和念白的合称。它是我国戏曲独有的表演语汇体系，在戏曲的传播和发展史上占有极其重要的地位。众所周知，戏曲种类的界定和划分的主要依据是这个剧种与其他剧种在音乐构成上的类属和差异，尤其是唱腔的差异基本上奠定了这个剧种的主体音乐风格和叙述方式。与其他剧种一样，黄梅戏有着鲜明的唱腔风格，这种风格是黄梅戏在流布和传播过程逐步演变、发展而成的，带有深刻的地域性差异。黄梅戏的念白，也大多采用安庆地方方言，有的剧目甚至直接采用口语色彩极其浓厚的散白，而很少采用加工修饰后的韵白，这一点在早期黄梅戏舞台演出剧目中表现得尤为突出。这充分说明黄梅戏在传播过程中深深受到安庆地方语言文化和音乐文化的影响。

黄梅戏唱腔甜美、柔婉、温馨、清醇、流畅，富于民间流传的歌曲般的抒怀性，并且语言简洁、朴素、散发着泥土芬芳。其唱念字韵，则分大、小两白。大白则类似京话道白，而小白则完全以安庆官话为基本标准。黄梅戏音乐与语言乡土气息浓郁；表演朴实、天然、活泼、风趣、俏皮、幽默。如《夫妻观灯》《王小六打豆腐》《纺线纱》《戏牡丹》《双下山》等黄梅小戏，载歌载舞，几乎无程式或少程式，观众百看不厌，极富传染与诱惑力。

从艺术信息的构成上看，黄梅戏唱念是黄梅戏舞台艺术传播最为核心的信息系统之一。接受者对于黄梅戏的欣赏和爱好往往出于对地方音乐文化和语言文化的推崇，熟悉的乡音、歌谣皆可在戏里找到，甚至类似《打猪草》《打豆腐》等这样的生活情节都能参与到黄梅戏舞台演出中来。这无疑为黄梅戏在安庆当地的传播增加了几分人气，拉近了演出者和接受者的心理距离。两者共同热爱和熟悉的艺术信息系统给双方的交流提供了一个良好的平台，这交流的过程就是通过黄梅戏的传播来完成的。并且人们对黄梅戏舞台演出信息的接收方式不是单向的、被动的，而是双向的、互为因果的、主动的信息传递和信息返馈过程。

2. 做打——形体与舞蹈信息系统

艺术信息的传播是以符号为中介而完成的。符号的分类有多种复杂的形态。在传播学中一般采用瑞士语言学家索绪尔（符号学创始人）的理论，将符号分为“语言符号”和“非语言符号”两大类。语言符号包括“语音形式”、“文字形式”和“语义内容”三个方面。而非语言符号是指外貌与衣着、表情与眼神姿态动作、触摸行为、空间与距离、音乐与音响等类型。关于非语言符号的传播有学者研究结果表明：人们所得到的信息总量中只有35%是语言符号传播的，其余的65%的信息都是非语言符号表达的，其中仅面部表情就可传递65%中的55%的信息。

戏曲舞台演出传播也是人类传播活动之一，它的信息符号系统同样可以区分为“语言符号”和“非语言符号”这两大类。语言符号主要传递的是戏曲舞台演出的“唱念信息”和“文本信息”，而非语言符号传递的是表演的肢体表情信息、音乐信息和美术信息等。其中，形体和舞蹈信息系统大多是通过非语言符号来完成传递过程的。任何地方剧种都有相对固定的形体和舞蹈动作，必然使得非语言符号也各具特色。王国维先生说的“歌舞演故事”指的是戏曲舞台表演的共性，不同的剧种则是不同的歌舞形式。

载歌载舞是黄梅戏传统表演优势，不但《打猪草》《闹花灯》《推车赶会》等生活小戏以歌舞并茂见长，就是经典大戏《天仙配》，也因《织绢》《鹊桥》两场戏的优美歌舞而增色。黄梅戏形体和舞蹈信息最富于特色的恐怕还是带有浓厚地方色彩的民间歌舞了。尽管上世纪80年代以后，黄梅戏舞台演出中增加了更多现代舞蹈和形体表演的元素，但构成黄梅戏基本风貌的形体和舞蹈样式还是传统的民间歌舞形式。从形体表演方面看，黄梅戏歌舞包含着歌唱性渗透（载歌载舞）、舞蹈性渗透（只舞不歌）和兼容型舞蹈（多种舞蹈样式兼容）三个不同的表现方式。[①] 黄梅戏富于特色形体与舞蹈符号体系构建了黄梅戏剧种的风貌，这些符号是当地人民在长期的劳动生产过程中创造出来的，是当地民俗与文化生态相互交融的结果，也是当地民众优秀艺术意识和艺术智慧的结晶。

二、音乐信息系统

从黄梅戏音乐系统的构成来看，黄梅戏音乐信息系统包括声乐信息系统和器乐信息系统两个最为主要的方面。这两个信息系统是紧密联系在一起的，它们都是通过音乐符号向观众传递着黄梅戏艺术信息。音乐信息系统包含的范围不仅仅在声腔的演唱和念白的韵律化处理上，它还包括器乐或是伴奏乐器的选择和曲律的运用等方面。黄梅戏曲调是黄梅戏唱腔和器乐系统的内在灵魂，它体现在黄梅戏声乐部分成为唱腔的音乐符号的构成，在器乐部分体现为伴奏乐器的类属和基本风格。它们共同构成了黄梅戏音乐符号的基本属性和特征。上文所述的黄梅戏唱念既是表演系统的重要内容，也是音乐信息的重要组成部分。由于传统戏曲多将“唱念做打”作为其核心的表演元素加以考量，文章故遵循其惯例，按照戏曲研究的基本规律，将唱念纳入黄梅戏表演系统，而将黄梅戏器乐伴奏系统作为论述的重点，分析其基本的符号构成和功能价值。

1. 文场与武场

文武场是戏曲器乐的重要概念。戏曲乐队中管弦乐部分称为文场，打击乐部分称

---

① 安徽省艺术研究所：《黄梅戏通论》，安徽人民出版社2000年版，第189页。

为武场，合称为文武场，或称“场面”。[1] 根据剧情和场景的不同，文场和武场在剧中的作用也各不相同。文场的作用主要是为演唱进行伴奏，并演奏为配合表演而用的场景音乐。文场所用的乐器，各剧种不尽相同。大致上弓弦乐器多为各种形制的胡琴、二胡、板胡、坠胡等，弹拨乐器多为各种不同形制的月琴、琵琶、三弦、阮、扬琴等，管乐器则为多种不同形制的笛、管、箫、笙、海笛、唢呐等。武场的主要任务是配合演员的身段动作、念白、演唱、舞蹈、开打，使其起止明确，节奏鲜明。此外，举凡场次、段落的转换，唱、念、做、舞之间的相互衔接，舞台情绪、气氛的渲染和转换等，也多用锣鼓来统一贯穿。

演唱是戏曲音乐的核心要素之一，同时也是戏曲最为抒情的段落。唱段所传达出来的艺术信息丰富驳杂，因其能够参与叙事、并抒发主要人物情感的功能有力地塑造了人物形象和人物性格，它往往成为舞台演出艺术的精华。黄梅戏在演出传播过程中逐渐形成了重在演唱、兼及歌舞的表演形式。这种表演形式将演唱置于表演的核心地位，而较少使用做功或武打，采用的歌舞形式也多为民间歌舞。所以相对于表演体系系统化程度较高的京剧来说，早期黄梅戏舞台演出剧目中较少做功戏和武打戏。这就决定了文场乐在黄梅戏舞台演出中的地位尤为重要。

2. 主奏与伴奏

对于演奏而言，戏曲所用的各种乐器皆为伴奏。对于各种器乐而言，其中的某种乐器往往成为其主奏乐器，像京剧之京胡、昆曲之笛子、黄梅戏之高胡等，它往往决定了一个剧种音乐的基本风格和面貌。此文所称之主奏与伴奏是从后者而言的。

每个剧种都有一个主奏乐器，并以用弓弦主奏者居多。黄梅戏最初只有打击乐器伴奏，即所谓“三打七唱”。这个时期黄梅戏舞台演出较少使用文场乐，剧中抒发情感的段落多有“人声帮腔”，这在很大程度上弥补了早期黄梅戏音乐系统文场表现力的不足。抗日战争时期，曾尝试用京胡托腔；后又试用二胡伴奏，但都未能推广。到建国初期，才逐渐确定用高胡作主要伴奏乐器，并逐步建立起以民族乐器为主、西洋乐器为辅的混合乐队，以增强音乐表现力。伴奏锣鼓最初只有大锣、小锣、扁形圆鼓，被称作“三打七唱”，即 3 人演奏打击乐器并参加帮腔、7 人演唱。以后执堂鼓者又兼奏竹根节和钹，3 名伴奏者分别坐在上场门内外侧和草台正中（奏鼓者）。因受徽班和京剧影响，后来逐渐移至下场的台侧。

传统的锣鼓点质朴、洗练，常用的有一、二、三、四、五、六、九槌，和十三槌半、四不粘（又名“一字锣”）、蛤蟆跳缺、凤点头、三条箭、推公车等。配合身段表演的有起板锣鼓、十三槌半、七字锣、叫锣等。建国后，又陆续吸收京剧技艺，编创了一些新锣点，以适应表演和声腔伴奏的需要。起初，黄梅戏无伴奏曲牌，抗日战争前后因与徽调、京戏同台演出，才吸收了京剧中的《三枪》《大开门》《小开门》《枯皇天》等曲牌。建国初期，艺人又吸收了一些民间吹打及道教音乐中的《游春》《琵琶词》等曲牌，使黄梅戏伴奏音乐逐步丰富起来。

---

① 中国大百科全书出版社编辑部：《中国大百科全书·戏曲曲艺卷》，中国大百科全书出版社 1983 年版，第 415 页。

三、美术信息系统

戏曲是综合艺术，其传播必然借助各门类艺术的表意符号和艺术信息。从艺术的存在方式上看，戏曲既包容时间艺术（例如音乐），又包含空间艺术（例如美术），而其作为表演艺术本身就是时间艺术和空间艺术的综合。因此，美术信息系统也是戏曲传播系统的重要构成部分，只不过这个系统在戏曲舞台表演中有着自身独特的规律和表意语汇，从而构成戏曲特有的传播符号。

目前，京剧作为国剧已经建立了较为完整的美术信息系统，这对大多数的地方剧种影响较大。黄梅戏是较为年轻的剧种，它在形成和发展过程借鉴了京剧大量的舞台美术内容和表意符号，如灯光、服饰、化妆、造型、脸谱等等，再加上现代舞台美术发展的影响，黄梅戏舞台演出传播体系中也出现了较为完备的美术信息系统。其中，服饰与化妆作为黄梅戏舞台演出传播的美术信息系统的核心构成内容，显然是本文论述的重点。

1. 服饰信息系统

早期黄梅戏舞台演出剧目多为生活小戏，其服饰多以自然着装为主，如《打猪草》《夫妻观灯》《打豆腐》等，表现的也是下层劳动人民的日常生活，演员的着装只要符合角色的基本需求即可。这种选择原因有二：一是早期黄梅戏演出条件比较简陋，黄梅戏传播者和组织者没有足够的物质条件用于改善黄梅戏的舞台演出环境；二是早期黄梅戏普遍的商业化程度不高，舞台演出多为自娱自乐，演出团体也多为业余性班社和半职业性班社，简陋的着装基本能满足日常演出所需。这种带有强烈民间性的服饰，最大的优点就是它拉近了传播者和受众的心理距离，演的是生活故事，穿的是日常服装，对受众的欣赏和接受也无大碍，我们不妨把它看作为黄梅戏传播的草根时期。

随着黄梅戏在城市的传播和发展，黄梅戏也开始改编、移植其他剧种剧目，增加了不同类型和风格的剧目。黄梅戏也出现了现代戏、传统剧和新编历史剧三种不同类型的剧目。角色的涉及面逐步增加，需求的服装类型与日俱增。黄梅戏的服饰主要包括盔头、戏衣、戏鞋和配饰等四类。传统文戏具体如蟒、袍、帔、褶、官衣、宫装、裙等，武戏如靠甲、龙套、打衣、龙统、箭衣、斗篷等，盔头配饰如王帽、帅盔、巾、罗帽、纱帽及各式盔甲等。[①] 新编历史剧则主要参考剧目时代着装并结合传统戏衣演出，现代戏也多为自然着装，这一点是与草根时期的黄梅戏服饰规律基本相似，只不过现代戏服饰设计更为美观。黄梅戏服饰的演进和发展大概与其具有的时代性和开放性密切相关，它始终能根据时代的要求和大众的审美趣味不断调整、改变着美术信息系统，已达到舞台演出传播的最佳效果。

2. 化妆信息系统

安徽各戏曲剧种化妆情况大同小异，其大致类型无外乎素面、头饰、脸谱、面具等。素面和头饰是黄梅戏舞台演出过程中使用较多的化妆类型。素面，即演出的主要

---

① 中国戏曲志安徽卷编辑委员会编：《中国戏曲志·安徽卷》，中国 ISBN 中心 1993 年版，第 425—426 页。

角色小生、小旦、青衣所扮演的人物，都略施脂粉，以达到人物俊俏秀美的效果。次要人物老生、老旦等不着粉，有时在外眼角花三道白色皱纹。传统黄梅戏基本上是一个以“三小”（小生、小旦、小丑）角色为主要人物的剧种。脸谱除丑角外几无应用。丑角也多为经典的“豆腐块（干）”脸谱，这一点与京剧同。面具则较少使用。

黄梅戏在舞台演出过程中基本上采用素面化妆。这与黄梅戏在传播过程中对于审美趣味的选择和审美习惯的把握有直接的联系。与昆曲、徽剧、京剧等传统戏相比，黄梅戏带有更强的民间趣味和地方风格。它浓郁的乡土气息让它更贴近下层劳动人民的审美趣味和日常情感。在黄梅戏舞台演出传播的过程中，无论是组织者、传播者还是接受者，恰恰欣赏的是黄梅戏的这股“土味”，也有人称为“田园情节”或是“田园牧歌”。

当然，除了服饰、化妆之外，黄梅戏舞台演出的美术信息还有砌末、道具、舞台装置、照明、灯光等等不同的方面，本文拣其要者而论之。通过分析，我们大致可以得出这样的观点：黄梅戏舞台演出的视觉表意符号是与它在传播过程中根据演出需求不断调整、改变和适应的产物，这种深受受众影响的美术符号系统重在传递黄梅戏舞台演出的相关艺术信息，并通过传播者、受众和专业组织机构的共同作用形成了一套能反映当地欣赏习惯和接受心理的视觉体系。这种体系奠定了黄梅戏的基本风格和面貌。

四、文本信息系统

黄梅戏的文本信息系统是指黄梅戏在长期的舞台演出实践中经常演出，并被确认为内蕴黄梅戏美学特点的剧目剧本体系。它蕴含着丰富的社会信息和社会意识，体现了一定区域内一定人群的文化取向和伦理选择，是黄梅戏传播的思想性和主题所在。文本信息系统往往以艺术形象现场传播的方式对接受者进行文化身份认同和道德评判，宣扬与教化并重，以期达到影响社会的目的。这也是黄梅戏舞台演出传播的真正的目的和旨归。

1. 剧目与剧本

传统戏曲的演出最早并无剧本，元杂剧兴起后大量文人参与创作，剧本方获得独立的文本型态进行传播。黄梅戏舞台演出的剧本也大体经过口头约定演出内容、舞台演出脚本、相对完善的剧本等三个阶段。因前两个阶段尚无完善的文字形态，且多为口耳传播，难以留下实证，故我们今天考察黄梅戏的剧目剧本也多从相对完善的剧本形态展开研究，旨在论述作为文本信息系统的剧目剧本如何在黄梅戏的演出传播过程中体现作用和价值。

黄梅戏在长期的舞台实践中全面实现了传统剧目、唱腔、表演艺术积累和剧种的广泛传播，期间传统剧目非常丰富，艺人能演出的本戏、小戏有200多本，俗称“大本三十六、小戏七十二”。其中大戏指的是本戏，它主要表现的是当时人民对阶级压迫、贫富悬殊的现实不满和对自由美好生活的向往。如《荞麦记》《告粮官》《天仙配》等。小戏指的是折子戏，多为农村劳动者的生活片段，如《点大麦》《纺棉纱》《卖斗箩》。黄梅戏小戏在向大戏的过段时期曾出现了一种名为“串戏”的剧本。所谓“串戏”就是各自独立而又彼此关连着的一组小戏，有的以事“串”，有的则以人“串”。“串戏”的情节比小戏丰富，出场的人物也突破了小丑、小旦、小生的三小范围。

建国后，黄梅戏开始改编、移植其他剧种剧目，并创作了不少新剧目。同时，黄梅戏还适应新的传播媒介的特点，改编和创作了黄梅戏广播剧、黄梅戏电影和黄梅戏电视剧等众多新剧目。在舞台剧方面，黄梅戏演出延续了传统剧和新编（创）剧并行传播的趋势，既演出和展示经典剧目，并重点打造新编创剧目。这些剧目极大地丰富了黄梅戏的演出传播活动。

黄梅戏剧目和剧本信息系统在黄梅戏舞台演出传播过程中发挥了极其重要的作用。这些剧目，尤其是黄梅戏经典剧目构成了黄梅戏文化传播中传播者、组织者、受众共同的精神维系体。正是因为参与各方对黄梅戏文化的热爱和支持，才有号称“大戏三十六本，小戏七十二出”这些经典作品的产生。从艺术信息传递的环节看，演出者在长期的演出传播活动中不断总结经验、提高剧目水平，保证剧目常演常新；受众对剧目的欣赏和接收过程也是对艺术信息消化和吸收的过程，他们对于剧目的批评和意见又通过舞台演出效果反馈到传播主体，成为剧目提升、精品打造的外部动力。另外，剧目剧本系统对于主题、题材、人物形象和演出语言等文本信息符号表现出很强的指导功能。主题的选择、题材的偏好、人物形象的塑造方式和方言运用都体现出舞台传播活动相对的完整性和固定性。带有泥土气息的黄梅戏文化在其传播过程中无论是作品思想主旨的表达，还是意识形态的宣扬，或是社会影响，都必然带有鲜明的时代风格和强烈的地域色彩。

2. 口头与文本

从人类传播的方式看，舞台演出传播方式属于现场传播。现场传播多采用口耳相传的形式传递信息或符号。而剧目剧本内容形态既有口头传播，也有文本传播。自元杂剧、南戏兴盛以后，中国戏曲剧目剧本文字信息的文本形态也获得了独立，成为剧目剧本文本传播的特色形态。所以也就有了古典戏曲“场上之曲”与“案头之曲”的论辩和竞争。究其原因，笔者认为这是剧目剧本信息系统自身的属性决定的。剧目信息同时蕴含语言形态和文字形态，语言的传播在当下，而文字的传播则很久远，当下传播讲究即时性，长远传播讲究信息的可记载性。这恰恰是一个问题的两面。文本传播之所以获得独立的传播地位，主要还是得益于文字的记载力和再现力，它自然具有了穿透时空的能力。

黄梅戏舞台演出传播中剧目剧本系统是一种当下传播，口耳相传是传播的自然途径。尽管随着科学技术的发展，舞台演出设备增加了如扩音装置、字幕电子屏等新的传播媒介，但也没有从根本上改变黄梅戏舞台传播的当下传播属性，即时性仍是舞台剧目传播的主要形态和特征。这里需要特别提到黄梅戏舞台演出时使用的字幕电子屏。它在黄梅戏剧目演出进行口头传播的同时提供了另外一种选择——在听到语言的同时看到文本信息，尤其是唱段部分的文本信息。其最大的优势应该是避免了口头传播“以讹传讹”的短板，还让剧目接受和欣赏过程变得形象直观，文、图、音立体展现，充分体现舞台演出视听综合的特点。

在黄梅戏早期舞台演出活动中，文字形态的剧目剧本系统更多是体现为一种演者和观者约定俗成的记忆形态。这种记忆形态的剧目剧本让观者和演者有着共同的交流平台和心理沟通的纽带，保证着演出传播活动的顺利进行。黄梅戏舞台演出中剧目剧本信息的传播就充分表现了现场传播方式的属性和特点。这种以口头传播为主，文本传播形态为辅，融两种传播形态于一体的剧目剧本信息，通过表演者的当下演出传递给当下欣赏和接收的观众，充分展现了舞台演出传播的当下性和在场性。

一个剧种的发展史实质是一个剧种的传播与接受史。黄梅戏舞台传播信息既是黄梅戏传播者表述的内容，也是传播者和受众得以进行艺术交流的平台，这种平台的构建为黄梅戏的传播和接受活动提供了充足的条件，保证了传播活动的顺利进行。反过来，它又促进了传播信息系统的自我完善。它意味着黄梅戏在保持原有审美品格和审美风貌的基础上，又根据时代的审美要求适时地做出调整。黄梅戏舞台传播信息系统不仅包含传统的艺术内容和表现方式，而且还有着独特的文化内涵的意义呈现。这种社会意识形态范畴的审美信息系统，也是我们共有的精神产品。

（责任编辑　施晓静）

黄梅戏的文化品格及其影视剧发展道路的初步探索

●王灵均

黄梅戏是中国戏曲百花园地的一朵奇葩，在其形成、发展、壮大、成熟的百余年期间，不可避免地打上了中国社会变革的印痕。在她走向全国乃至世界的过程中，与电影、电视等新兴文艺形式就结下了不解之缘，个中三昧，颇引人思索。20世纪以来，中国戏曲的发展历程也与中国的影视事业有着千丝万缕的联系。故而把黄梅戏及其影视剧发展道路放到20世纪以来中国社会文化发展变迁的大背景下面做些研究，不仅有着一定的学术价值，也具有深刻的现实意义。

一、中国戏曲的艺术特征和黄梅戏的文化品格

为了更加清楚地认识黄梅戏在祖国戏曲百花园中的地位，我们不妨先总结一下中国传统戏曲艺术的特征。

“五四”新文化运动以来，徐慕云、齐如山、焦菊隐等人对于中国戏曲的写意特征多有揭示，笔者以为王元化的总结最为精到：即写意型、虚拟性、程式化。当然，上述学者主要是针对京剧、昆曲等全国性剧种而发表的论点。中国戏曲同西方写实主义的舞台艺术，是完全不同的。中国的戏曲艺术，是不能用写实主义的方法来创作的。举一个例子：同样在舞台上表现划船，前苏联的导演斯坦尼斯拉夫在话剧《奥赛罗》中，这样处理戏里面的“威尼斯小船”：船底下装着橡皮轮子，用12个人推动船身，使得船能够在台上平稳地滑动，又用电风扇吹动麻布口袋，激起舞台上的浪花。而梅兰芳表演的京剧《打渔杀家》里也有划船的表演，可是舞台上没有船，也不见真的水和波澜，只靠余叔岩、梅兰芳手中一支船桨，靠他们的身段舞姿，就优美地表现了船的运行，波浪的翻滚，以及河道的弯曲等等。这就是写实和写意，东西方两种戏剧观的区别。自从清代乾隆、嘉庆年间以来，中国戏曲艺术的中心由剧本创作转向了舞台表演，演员成为戏曲这一综合艺术的中心，而不同于西方戏剧的以剧本或导演为中心。人们一提起京剧，就会记起张二奎、程长庚、余三胜“三鼎甲”，杨小楼、梅兰芳、余叔岩“三大贤”；说起黄梅戏，就会记起严凤英、王少舫等人。我们进戏院观看京剧

《锁麟囊》，是会说看程砚秋、新艳秋、张火丁等人的精彩演出，而不是说欣赏翁偶虹编著的《锁麟囊》文学剧本。同时，演员在舞台上是通过唱念做打等程式化表演而进行“二度创作”，进而塑造艺术形象。大家一提起京剧，观众就会津津乐道《空城计》城楼的大段西皮慢板和二六，《玉堂春》起解的西皮流水，《长坂坡》掩井的“抓帔”；而说到黄梅戏则令人耳边回响起“夫妻双双把家还”的动人旋律。可以说，舞台程式化表演构成了中国传统戏曲艺术的基本特征和本体。

然而，在我国上百个剧种当中，对于写意型、虚拟性、程式化这一总体特征的表现是参差不一的。大体可以分为如下几类：

首先，京剧、昆曲这两种全国性剧种，其历史积淀深厚，艺术成就、舞台程式化程度最高，名演员辈出，艺术流派众多。它们最鲜明地体现了中国戏曲写意型、虚拟性、程式化的特征。欣赏它们需要观众有较多的文化素养和审美鉴赏力，我们在京昆剧场里，常看到这样的顾曲知音，他们津津乐道于演员的一个表演，一句演唱，击节品味，咀嚼含玩。戏的内容他们早已烂熟于心，形式的变体也习以为常。他们不但对于剧目内容不作关注，对于如何表现剧目内容也不在意，他们要超越一般观众观赏剧目时的感情、理解和想象等审美心理机制，仅仅是对于审美对象的形式美进行品玩，并且因此获得审美愉悦。但是，这些观众的审美感知，是经过了感情、理解和想象等审美心理后的回归，是一种更高层次的感知。可以说，他们已经将感情、理解和想象等内化、消解在感知中，而无需再行重复，是一种“超以象外，得其环中”的审美心理过程。

其次，汉剧、梆子、川剧等程式化程度比较高的地方剧种。虽然其艺术积淀不及京昆深厚，艺术格调也有些伧，但是在某些程式化表演方面较之京昆甚至有过之而无不及，像汉剧、梆子等剧种在历史上与京昆也有着很深的渊源关系。但是由于自身的文化品格的限制，他们在传神写意的表达方面较之京昆还有很大差距。观众在欣赏这些剧种的舞台表演时候，还是要综合调动感知、情感、理解和想象等心理机制，观众在这一过程中，对于剧目内容和舞台表演都兼收并蓄，而不偏废。特别是理解和想象的调动，使得这些观众需要一定的文化素养和较为深刻的人生体悟。

再次，越剧、黄梅戏等生活气息浓郁、程式化积淀不深厚的一类剧种。它们虽然有许多脍炙人口的表演，但是较之京昆显得还十分单薄，艺术积淀不丰富，在舞台程式化方面甚至较之汉剧、梆子、川剧还有很大差距。所以这类剧种的观众在文化程度不高的中老年人群里面更为集中一些。他们更喜欢看内容完整、情节曲折的戏，由于生活阅历丰富但是限于学识，便希望通过舞台表演摇曳生姿的故事和曲尽哀乐的人物来体察人世百态。在审美心理机制方面，他们动用最多的是情感机制，同时也有一些理解机制（对于内容的理解）。感知作为美感之“门”，自然不可缺少，但是他们一般不在此停留，而是迅速通过。换言之，他们并不重视形式自身的意义，形式在此是媒介。即或对于有些形式，比如“唱”，能够理解、接受，以至于有某种程度的欣赏，但是这绝不是他们的目的。他们是要追求形式以后的人世百态。这就是说，他们获得的不是戏曲本体的美感，而是道德判断，因此在欣赏过程中也就更多情感活动，而且是普通情感（生理的、伦理的），并非是审美情感。

二、开放的黄梅戏影视道路

中国影视与传统戏曲艺术有着十分复杂的关系，中国的戏曲影视片在上百年的发展历程中，一直面临的一个艺术上的基本矛盾：即如何处理写意特征的中国传统戏曲艺术和写实特征的新兴影视艺术的辩证关系。逼真性往往会破坏虚拟艺术的美感，而虚拟艺术又往往会限制逼真艺术的发挥。这一矛盾贯穿了中国戏曲影视的发展历程。

通过上面的分析，我们可以看出京昆艺术在影视剧发展方面，应当更多地照顾其戏曲艺术虚拟性的特征。我们以昆曲《游园惊梦》的电影拍摄为例，1960年，梅兰芳、俞振飞、言慧珠在拍摄彩色昆曲电影《游园惊梦》，由于过多的运用蒙太奇、近镜头特写和写实布景，突出了写实的一面，使得这一戏曲片的舞台性大打折扣。所以在1986年张继青拍摄昆曲《游园惊梦》的电影时候，就吸收了1960年的教训，突出了该片的舞台观赏性，写实布景减少了，更多地运用中景、远景，对于保存昆曲这一古老艺术形式的精髓做了有益探索。

1956年在拍摄京剧《群英会》《借东风》时候，由于导演岑范过多地从电影艺术的角度出发，对于叶盛兰饰演的周瑜舞剑的镜头做了删节，甚至引起叶盛兰的不快。现在看来，叶盛兰饰演的周瑜舞剑的镜头减少了，是无法再弥补的遗憾了。戏曲艺术的舞台特征最为集中表现在演员的程式化表演，随着富有功力和艺术个性的演员的逝去，再想在荧屏再现相当水平的周瑜舞剑，恐怕是不可能了。并且当年拍摄京剧《群英会》《借东风》时候，更多的是从突出演员的舞台表演为主，集中了马连良、谭富英、肖长华、裘盛荣、叶盛兰、袁世海等当年最优秀的演员，在舞美、拍摄方面也以突出舞台表演为主。人们更多的是记住了上面一大串熠熠生辉的演员名字，印象最为深刻就是马连良借风大段二黄唱腔，至于导演岑范的名字就很少人知道了。

然而，对于黄梅戏、越剧等新兴剧种，在其影视化道路上，可能会轻松许多。因为其历史较短，舞台程式化程度不高。在处理写实与写意两者矛盾时候，应当就没有太多的顾虑。特别是黄梅戏，其成长历程相对于越剧而言，还要短些，其艺术形态比之越剧还要单薄一些。可以说，黄梅戏走向全国乃至世界就是和它影视化的过程是同步的。对于黄梅戏可以说，其艺术形态决定了它的影视化道路相对于京剧、昆曲是没有太多的顾虑和束缚。

"文革"前，黄梅戏中的《天仙配》《女驸马》等经典剧目搬上荧屏的时候，一方面保存了其清新活泼的田园风格，同时也注入了电影导演石挥等人的艺术理念。两者是处理得那样水乳交融，一问世就得到了海内外观众的认可，至今奉为经典。可以说，对于黄梅戏而言，它的影视剧道路应当走戏曲故事片或戏曲艺术片的道路。而对于京剧、昆曲而言，应当走舞台纪录片的道路。

导演石挥在拍摄《天仙配》时根据黄梅戏通俗写实的特点，确定了"以黄梅戏做基础来最大限度地发挥电影性能，拍摄成一部神话歌舞故事片"的方针，从这一原则出发，影片"一切服从镜头需要，镜头服从人物形象刻画与演员原来的较基本的表演设计"，达到"保留黄梅戏的特色"的目的。影片是立体布景拍摄，表演中格局严凤英

“活泼自然的自成一套”和黄梅戏“弹性较大”、“已经不必受程式的限制”的特点，和“对电影形式来说，两者之间的矛盾比较别的剧种少了些”的特点，“打破了舞台框子”，拿到了“仅仅是属于舞台表演形式的东西，把这个美丽抒情的神话处理成更加动人，赋予强烈的感染力，用电影的特性将舞台所不能表现的东西以形象化”①。影片比较充分地调动了电影的表演手法。人间生活场景与天宫布景相得益彰，转换自如，发挥了电影空间表现的特性，用电影特技来展示仙女下凡场景，去掉了原来舞台以跑圆场来表现“下凡”的程式化动作，较好地处理了神话故事既写实又写意的形象和气氛。可以说，石挥的上述经验对于我们今天的黄梅戏影视剧创作依然有指导意义。上述艺术理念在 1984 年舒适导演的黄梅戏电影《龙女》中有着鲜明的继承和发扬。

众所周知，黄梅戏的两次黄金时期与其影视化道路是紧密联系在一起的。“文革”前拍摄的《天仙配》、《女驸马》是她的第一次华丽亮相，香港的黄梅调电影起了推波助澜的作用。改革开放以来，电视成为中国人文化娱乐的主要方式，黄梅戏有比较充分利用了电视这一新兴媒体更深入地走向了千家万户。其中，以胡连翠导演的《西厢记》《朱熹与丽娘》《遥指杏花村》《黄梅戏》《玉堂春》最为脍炙人口。她把传统的黄梅戏与现代电视艺术有机融为一体，为黄梅戏在新时期的传播走出了新贡献。

在胡连翠的《西厢记》开机之前，同名电视连续剧已宣告失败，越剧连续剧也已开机，她面临着巨大压力。为了将片子拍得好听、好看、好懂，她抓住黄梅戏音乐这个“灵魂”，消除舞台程式，采用大量实景拍摄，力求表演生活化。同时用电视语言调动美术、摄像、灯光、电声乐器伴奏等手段，还将所有念白改为普通话。值得称道的是，对原著中不易表现之处，她进行巧妙处理，颇显功力。如《幽会》一场，采用虚实结合方式，明月朗朗，花影重重，崔莺莺舞着粉红色纱巾，神态羞涩；池塘边，红娘一曲“浮云散，明月照人来，双双对对恩恩爱爱……”，掩饰了张君瑞和崔莺莺的行踪。

故事美、场景美、黄梅戏音乐美，可听可视，是胡连翠《西厢记》的显著特点。她将“诗、情、美”融为一体，在戏曲与电视联姻的审美创造中，既丰富了电视艺术，又振兴了黄梅戏，自己也成就斐然，拥有“获奖专业户”的雅号。

与中央电视台联合拍摄黄梅戏音乐电视剧《家》、《春》、《秋》，使胡连翠迈上更高的台阶。巴金家人介绍，巴老在观看样片时，脸上洋溢着满意的微笑，认为胡连翠对作品整体格调把握得准，并为剧中的唱词和音乐所陶醉。

著名学者余秋雨认为：“胡连翠导演摆脱了电视对于戏曲艺术的被动记录形态，既不满足于‘舞台纪录片’，也不满足于‘戏曲艺术片’，而是以一种被她称之为‘戏曲电视音乐剧’的样式把戏曲和电视的结合推到一个新阶段。她基本上是按照电视的法则来选择戏曲美的，汲取和强化剧种的唱腔音乐，删简和淡化已与时代有距离或只适合舞台展示的演程式，力图让比较写意的戏曲舞台时空尽可能自然地转化为比较写实的电视荧屏时空。严格说来，这已产生了一种新的艺术品类，而不是原先的戏曲了，因此如果按照戏曲的固有标准来衡评它，是不公平的；但它又恰恰抓住了戏曲的灵

① 石挥：《〈天仙配〉导演手记》，魏绍昌编：《石挥谈艺录》，上海文艺出版社 1982 年版。

魂——唱腔音乐，因此人们仍能从中欣赏戏曲的主要美色。

除此之外，胡连翠导演还有两项聪明的选择。一是她选择黄梅戏作为她创作的基点，这不仅因为她本身是安徽人，而且还因为她深知黄梅戏在全国各地受欢迎的程度；二是她喜欢选择名作进行改编，使她的试验先期获得了一个良好的文学格局以免分散试验的重点。这两项聪明的选择，是她持续成功的重要保证，胡连翠导演精力旺盛．生气勃勃，充满自信。我相信目前她正在酝酿着对自己的新的突破。按照一般规律，创新者连续获得赞扬后很可能使自己创造的一切构成惯性，从而减弱继续挺进的势头。我想这种情况在胡连翠导演那里是完全可以避免的。黄梅戏音乐电视剧有没有可能在进一步探索中真正发展成孟繁树兄提出过的电视民族新歌剧？记得戏剧大师黄佐临先生生前曾在病床上给我写信，提出民族新歌剧很可能在黄梅戏曲调的基础上产生。如果胡连翠导演能在电视领域先走一步，那么，将倒过来对我国今后的舞台事业做出启发性的贡献。”①

不过，21 世纪的中国，已经呈现出文化多元发展的新格局，以胡连翠导演为代表的黄梅戏影视剧道路固然有着很大发展空间，但是我们还应当注意一些问题：

首先，只注重唱腔，忽视念、做、打等程式化表演，是否会削弱或架空黄梅戏作为一个剧种的存在。

其次，与京剧、昆曲、越剧相比，黄梅戏音乐资源的积累还不是丰富，特别是近年来黄梅戏的唱腔创作的形势更不容乐观。这种情形下，如何开创黄梅戏“戏曲电视音乐剧”的新道路。

再次，由于黄梅戏具有通俗活泼的艺术特性，应当适当拓展其剧本的题材范围，除了局限于文学名著、神话故事改编以外，可以在表现现实生活题材方面作些大胆的尝试，比如 2000 年的黄梅戏电影《山乡情悠悠》就在这方面有所进展。可惜，该剧在剧本打磨、音乐、人物塑造方面下的工夫太少，距离上述艺术精品还有很大距离。

最后，黄梅戏在后工业时代恐怕是难以再现当年严凤英时代的盛况了，这与其他剧种面临的困境十分相似。这种情形下，应当争取成为多元文化中的一员，其定位如何？值得我们思考。

由于笔者水平限制，这篇文章更多地是想提供一些视角，缺乏细致的分析和论证，疏略之处，敬请指正。

（责任编辑　施晓静）

① 余秋雨评黄梅电视剧导演胡连翠。

黄梅戏影视剧的美学特征初探

●李　婷

黄梅戏，旧称黄梅调，与京剧、越剧、评剧、豫剧并称中国五大剧种。它来自民间，雅俗共赏，怡情悦性，以浓郁的生活气息和清新的乡土风味感染着观众。上世纪80年代中期以来，传统戏曲的生存空间受到越来越严峻的挑战，演出市场遭遇低谷，但是黄梅戏却仍然在全国保持着较高的知名度和较好的声誉，这与黄梅戏跟电影、电视等大众传播媒介的结缘有着密切的关联。在今天，黄梅戏的生态环境日渐变化，对于传播和繁荣，不应当简单地采用固有的方式，而应拓宽视野，全方位地增加表现力，开拓新的观众层面，以适应新时代和社会对于黄梅戏欣赏的需求。尤其在现代媒介普及的今天，黄梅戏走向大众最好的途径就是黄梅戏电影和黄梅戏电视剧，这也是当代黄梅戏重要的发展方向。

黄梅戏影视剧这一艺术样式在我国出现也有五十多年的历史了，它是黄梅戏主创人员和影视从业人员在探索如何拓展黄梅戏自身特色、扩大影响、形成独特艺术个性等方面的重大创造。利用大众传媒和影视艺术的特性以黄梅戏电影、黄梅戏电视剧的形式改造、传播这种传统民族艺术，既加强了黄梅戏与现代审美意识的沟通，又适合大众传媒时代人们的娱乐方式。黄梅戏所具有的灵动多变、格调开放、不拘泥刻板程式等特点，为黄梅戏与现代媒体的结合、共同发展提供了可行性，而多种艺术因素的融合，也促进了黄梅戏艺术本体的新变化。

一、黄梅戏影视剧的发展

回顾黄梅戏影视剧的发展历史，我们欣喜地发现在其短暂的五十多年的发展史上恰逢黄梅戏的两度繁荣时期，从某种意义上说，正是由于传统的传播形式与现代传播形式的有机结合使黄梅戏这种传统艺术获得了新生，丰富了新的传播形式的内涵。

（一）20世纪50年代至60年代——尝试时期

从20世纪50年代后半期到60年代前半期，这是黄梅戏影视剧从无到有的初步尝试阶段。正是在这段时期，黄梅戏从一个名不见经传的地方小戏一跃成为全国五大剧种之一，并以前所未有的速度和范围扩大着自己的影响。

“树上的鸟儿成双对，绿水青山带笑颜，从今再不受那奴役苦，夫妻双双把家还。”即使没看过电影《天仙配》、不了解黄梅戏的人，也能唱出几句《天仙配》中的选段。黄梅戏与电影结缘，便是源于这出戏。1955 年，由桑弧改编、石挥导演、上海电影制片厂摄制的第一部黄梅戏戏曲片《天仙配》一经问世，即不胫而走，众口皆碑。据 1958 年底统计，仅内地的观众就多达 1.4 亿人次之多，创造了当时票房的最高纪录。[①]也正是因为电影《天仙配》的巨大成功，激发了香港导演李翰祥的灵感，他先后制作了黄梅调影片《貂蝉》、《江山美人》，连获亚洲影展最佳影片奖。后又拍摄《梁山伯与祝英台》，在香港、台湾、东南亚地区风靡一时。因为李翰祥的带动，从而催生出香港“黄梅调电影”绵延 20 年的热潮。

《天仙配》的成功，使黄梅戏看到了现代传媒手段的巨大影响和覆盖力。随后，1959 年上海海燕电影制片厂与安徽电影制片厂联合摄制的《女驸马》，安徽电影制片厂摄制的包括黄梅戏《春香闹学》在内的《安徽戏曲集锦》，1963 年上海海燕电影制片厂摄制、安徽黄梅戏剧团演出的《牛郎织女》，上海天马电影制片厂摄制、安徽黄梅戏剧团演出的《柳荫记》等一系列黄梅戏艺术片接踵而至地跃上银幕。[②]

这一时期黄梅戏艺术片主要以富于浓郁的神话及浪漫主义色彩和曲折的传奇故事为蓝本，以灵动的音乐旋律和通俗的道白，以富于民间风采的生活化演出形态，与电影艺术相互融合。由于黄梅戏本身所保留的传统并不完整，所以经过现代电影音乐的加工处理，更切合当代民众的娱乐要求和审美趣味。从某种程度上说，正是黄梅戏本身的不成熟，才使它更易找到与电影的契合点，在戏曲电影化的路上迈向成功。

（二）20 世纪 80 年代至 90 年代——繁荣时期

20 世纪 80 年代以来的黄梅戏影视剧进入了繁荣时期。在电影方面，自 1983 年起，《杜鹃女》《龙女》《孟姜女》《朱门玉碎》《母老虎上轿》《香魂》等影片的上映，使黄梅戏热闹活泼、清新欢快的曲调唱响全国。[③]电影化的艺术手法更多地运用在那时的黄梅戏影片当中，淡化戏曲程式、更多地利用实景进行拍摄，但是在叙事结构方面没有根本性的调整，仍以舞台剧的场次划分为基本依托。

在电视剧方面，1985 年以后，黄梅戏电视剧问世，一种崭新的、与电视真正联姻的艺术形式开始在电视荧屏上崭露头角。黄梅戏电视剧的兴起和发展，给黄梅戏从业人员提供了一个广阔的发展空间，他们利用电视传媒的强大优势，拓展和丰富了电视艺术领域。一大批黄梅戏电视剧如雨后春笋破土而出，如《郑小娇》《西厢记》《朱熹与丽娘》《遥指杏花村》《黄山情》《桃花扇》《半把剪刀》《玉堂春》《孟丽君》《家》《春》《秋》等，黄梅戏电视剧多次获得飞天奖并且蝉联 14 届大众电视金鹰奖优秀戏曲片奖。黄梅戏电视剧的起步虽晚，却以恢弘的气势迅猛发展，形成了黄梅戏电视剧自己的特点，把这一新质的艺术本体形态推向全国。

---

① 于永顺、何苗：《戏曲与电影的那些蜜月佳话》2009 年第 7 期。

② 许公炳：《建国六十年来黄梅戏电影电视剧要目》，《黄梅戏艺术》2010 年第 2 期。

③ 陈继华、牛刚花：《浅谈黄梅戏的剧化》。

（三）20 世纪末至今——探索时期

新世纪伊始，黄梅戏影视剧在前期繁荣的基础上得到了有力的政策支持，形成了黄梅戏影视剧稳定发展的局面，力图与时代与社会发展的审美习惯相吻合，现代化、多元化和产业化成为黄梅戏影视剧新的发展方向。

2006 年，黄梅戏被列入国家非物质文化遗产，成为黄梅戏传承与发展的机遇之年。当年 5 月在香港召开的中国国际徽商大会文化产业对外合作说明会暨项目推介会上，黄梅戏电视连续《胡雪岩》和第四届中国黄梅戏艺术节作为招商项目，这代表着新世纪黄梅戏影视剧产业化的进程已经起步。

二、黄梅戏影视剧的表现形态

戏曲与电影、电视结合形成的戏曲影视剧从诞生到现在，经历了三个阶段，形成了三种形态。

（一）舞台纪录性影片

影视只发挥录像的作用，最大限度地保留黄梅戏艺术的原汁原味。比如一些传统剧目特别注重程式化和技艺性，电影或电视只能对其进行忠实记录，不能利用影视语言进行艺术化的二度创作，尽可能客观地为舞台表演留存影像和原音。

（二）黄梅戏艺术片

将黄梅戏和影视嫁接起来，走出舞台，实地拍摄，但仍以保留戏曲艺术的唱、念、做、舞的基本规范为宗旨。无论是 1955 年拍摄的黄梅戏《天仙配》，还是 1984 年拍摄的黄梅戏《龙女》，都充分利用电影艺术的优势，在艺术创作上给予最大化的开拓，已经超越了最初单纯“纪录”的水准。但是，这些黄梅戏艺术片的主要表现方式还是戏曲化的：叙事结构上仍以舞台剧的场次划分为基本依托，叙事手段仍然较多地依赖戏曲的虚拟化程式和象征性布景，人物和环境也未能完全融合，舞台表演的痕迹仍然存在。

（三）黄梅戏电影或黄梅戏电视剧

影视化程度较高，电影或电视剧的艺术特性明显增强，影视的手法和技巧更加娴熟，这是黄梅戏影视剧艺术本体创新的实质性形态。1986 年可谓是黄梅戏电影开创佳绩的一年，《母老虎上轿》《朱门玉碎》《香魂》等几部影片已经淡化戏曲程式，大量利用实景，逐渐向电影化方向发展。在电视剧方面，安徽电视台、安庆电视台都创作了很多有代表性的黄梅戏电视剧，其中影响力较大的属安徽电视台女导演胡连翠执导的《西厢记》《半把剪刀》《孟丽君》等一批黄梅戏音乐电视剧。胡连翠执导的作品在创作上基本遵循电视剧写实的原则，只保留戏曲的音乐和唱腔；在表演上已放弃程式化和虚拟化，追求生活的逼真；语言力求普通话，避免安庆方言；削减叙事性唱腔，根据人物性格重新设计抒情唱段，自行设计音乐和唱腔等，这些做法使得这类作品不再是原来意义上的黄梅戏和电视剧，具有了黄梅戏音乐电视剧自身独特的风格。比如，《西厢记》“长亭送别”一段，就充分调动了电视的表现技巧，把音乐、美术、化妆、灯光以及真实的大自然场景等巧妙地结合，用现代化的技术手段诠释了古典戏曲之美。再如，《桃花扇》的结尾处，李香君在“你看家何在，国何在，还有什么儿女浓情醉不醒”的断喝声中遁入空门，侯朝宗在半醒悟、半无奈的狂笑中撕碎了血染的桃花扇。这一撕碎桃花扇的细节，当扇子的碎纸片从空中纷纷飘落时，接下来是满山红叶飞舞的画面，给人以花谢花飞飞满天的感觉，展示了震撼人心的悲剧美。这种以再现生活为基础的景物造型原则对黄梅戏音乐电视剧的创作产生了深刻的影响。

三、黄梅戏影视剧的美学特征

从《郑小娇》到《啼笑因缘》、《龙凤奇缘》、《二月》，黄梅戏与电视的结合呈现出从黄梅戏艺术片到黄梅戏电视剧的演变过程，从这些电视剧来看，黄梅戏电视剧所展现的艺术特性表现在以下几个方面：

（一）运用镜头语言来推动剧情的发展

黄梅戏舞台剧中的时空虽然是自由的，但是现实演出的空间一经确定，便不再移动，缺乏弹性，很多情节只能靠演员说出而不是演出。黄梅戏影视剧的时间具有延续性，空间又具有伸展性，运用镜头语言能很方便地实现演出空间的转换，从而推动剧情的发展。在黄梅戏影视剧创作的过程中，彻底打破了舞台艺术的时空体系，建立了黄梅戏影视剧艺术的时空体系，打破了三面墙的限制，让摄像机充分自由地运动，多角度、全方位、立体化地去表现剧情，刻画人物。在由胡连翠执导的系列黄梅戏音乐电视剧中，我们可以看到电视艺术的特性和特长得到了充分的体现。黄梅戏的每一个场景只表现了整个故事发生的几个重要空间，其余的只能略去或由观众的联想来补充。因此黄梅戏舞台剧对于表现时间跨度比较长、多条线索的平行发展的情节相对比较困难。因为事件发生的地点太多，无法在舞台上一一呈现。而影视剧恰好能弥补这一缺陷。在黄梅戏影视剧中，镜头引领我们走出剧场，进入一个实实在在的空间。

在黄梅戏电视剧《啼笑因缘》中，一开始，镜头就把我们带到了20世纪初北京天桥杂耍园，随着镜头的移动，空间依次拓展，故事开始娓娓道来，通过电视化的运用，有效地推动剧情的发展。如在表现樊家树和关寿峰交往时，剧中用几个练武镜头来显示一段时期内故事的发展，既说明樊家树在坚持练武，也暗示出他和关寿峰父女的感情日渐加深，为后面的情节做了铺垫。

（二）调动多种艺术手段塑造人物

在人物形象塑造方面，黄梅戏舞台剧主要依赖人物的唱词来表现人物性格，交代人物关系。而黄梅戏影视剧更多运用外部冲突和画面语言来塑造人物，使其饱满而有立体感。

多采用近景、特写等小景别镜头来刻画人物形象，突出人物主体，忽略环境，这对于人物的面部神态和内心情绪有很强的表现功能。在《西厢记》张生初睹莺莺美貌那场戏中，对张生采用特写镜头，既展现了他俊朗的外貌，满足了观众的审美需求，又表现了张生初遇莺莺时内心的主观情绪，并从侧面反映了莺莺姣好的容貌和风姿。再比如《啼笑因缘》中沈凤喜看到雅琴的宝石戒指时，导演运用了五个小景别镜头分别把沈凤喜对雅琴的羡慕之意，雅琴做了姨太太后的姿态，刘德柱的老谋深算都形象地表现出来了。

在心理描写方面，比如梦境、回忆之类的内心活动，除了用唱词交代外，还可以依靠画面来展示。在《朱熹和丽娘》中，朱熹在梦中与丽娘在天空中遨游的场景，就是采用这种方式，不但能够形象化地表现人物的内心世界，也丰富了黄梅戏影视剧的表现形式。

影视艺术中常用的各种蒙太奇更是刻画人物重要的艺术手段。通过逻辑上具有一定内在联系的镜头对列，来创造成一种寓意，产生一种联想或某种含义，增强艺术表现力和情绪感染力，激发观众的想象和思考。一些黄梅戏影视剧中的蒙太奇思维，增强了面面的写意功能，与唱词相互渲染，相互补充。如《啼笑因缘》中多次运用了对比蒙太奇的镜头组接方式，把樊家树在大杂院和关寿峰喝酒的镜头与在豪华的厅堂中人们守着精美菜肴等待家树前来的镜头组接，使观众在对比中认识到家树的出身以及他的平民思想。

（三）实景拍摄风格的确立

黄梅戏与影视的结合必然引发是否以实景拍摄的争论。黄梅戏影视剧在中后期一直坚持着实景拍摄，对传统的黄梅戏做了较大的改革。

黄梅戏成熟的年代较晚，唱腔通俗易传唱，运用电视化的方法处理大段唱腔显得比较灵活，可以使唱腔进程与场景接同步进行，在保证唱腔连贯完整的同时，利用镜头变化场景，多个空间的展现更具有可视性。黄梅戏的舞蹈性不是很强，注重叙事，所以更符合电视传播的特点，也便于做实景的处理。

采用实景拍摄，可以将戏剧舞台延伸到室外，利用外景拍摄来展现典型环境，扩展戏剧空间。在黄梅戏电视剧《半把剪刀》的导演阐述中有这样一段话："将皖南的人文景观，如：牌坊、徽派建筑等有机地与戏结合在一起，让该剧具有深沉的历史感和凝重的古代文化氛围。"[①] 体现了外景环境的选择对于整个戏剧的重要作用。比如说剧中姐弟重逢的地点选择在典型的徽派建筑密集区，一个粉墙黛瓦的小巷深处，素净的墙面相互错落，在电视画面上产生了很好的造型效果，让观众获得了身临其境的审美感受，同时对于塑造人物形象和剧情发展也起到了促进作用。

由此可见，实景拍摄对于加强剧作艺术性、增强剧作感染力有着特殊的作用。影视实景拍摄为黄梅戏在戏剧环境的丰富上提供了更大的发展空间。

（四）MV 手法的应用

清丽活泼的唱腔是黄梅戏的特长，也是塑造人物的重要手段。但是，在舞台上用的那些唱段并不都适合黄梅戏影视剧。因为在唱段中有大段用来描摹人物所处虚拟情境或者向观众交代剧情的唱词，如果影视剧的人物身处实景，一旦叙事由画面完成，这些唱段便失去了意义。黄梅戏影视剧的唱段更善于表现人物内心的情感活动。

唱只作用于听，没有造型效果，而视觉造型性是影视艺术重要的美学特征，因此我们就可以在黄梅戏影视剧中将这两种要素巧妙地综合在一起，运用 MV 的手法把影视与黄梅戏结合。利用影视画面手段来补充黄梅戏唱段所无法涵盖的信息和内容，从

① 胡连翠：《半把剪刀导演阐述》，《胡连翠导演艺术》，中国戏剧出版社，第 72 页。

音乐的角度创造画面，从而更好地诠释唱段内容、塑造人物形象，推动情节发展。具体的操作是以演员本人画外音的形式来伴唱，画内人物只做一些表情动作而不演唱，尽量使音乐和表演时间长度一致，从而达到一种唱出角色心声的艺术效果，既让人物抒发了情感，保留唱的黄梅戏特征，又较为接近影视艺术的真实性，感情自然流露，观众易于接受。比如在《二月》中就多次出现了文嫂和肖涧秋两人以画外音的形式唱出心声的情节段落，演唱形式或二重唱或对唱，画面内两人则持续剧中的情节动作，这样处理既保持了故事情节的连贯性，又贯穿了黄梅戏的音乐旋律。

（五）意境美的创造

意境是我国古典文艺理论中一个独特的美学范畴，在情与景高度融合以后所体现出来的艺术境界。绘画有绘画的意境，文学有文学的意境，戏曲有戏曲的意境。

黄梅戏的意境美主要是通过综合手段创造出来的，其中最主要的就是歌和诗。有很多黄梅戏作品都是根据古典戏曲名著改编，唱词有较高的文学性，尤其是大段抒情唱段，角色结合眼前景物，触景生情，情境交融，使黄梅戏的抒情语言极具文学的意境美。再说音乐，音乐是最大程度化地体现人物情感的一种艺术形式，可以说音乐是情感的符号，听者在联想和想象中进入富有情感的音乐意境中。但是在黄梅戏舞台剧中，由唱词和旋律所产生的文学意境和音乐意境都只能在观众的想象中存在，并不具备造型感，然而影视艺术可以填补这方面的不足。因此，在意境美的创造上，把文学、音乐、造型的意境综合有机地融在一种艺术形式上面，黄梅戏影视剧具有极大的优势。比如在黄梅戏电视剧《西厢记》“长亭送别”一场戏中就集中体现了三种意境融为一体所产生的艺术感染力。在凄婉的琴箫声中，莺莺唱出了王实甫的名句：“碧云天，黄花地，西风紧，北雁南飞……”同时，画面内的景物都被赋予了浓厚的情感意味，霜林古道，马蹄声碎，车轮声咽，所有这些元素让观众从视觉到听觉都得到了美的享受，创造出诗一般的意境。

（责任编辑　施晓静）

举重若轻的文学写作

——论许辉

●韦丽华

卡尔维诺在《新千年文学备忘录》(又译为《美国讲稿》)中谈到的第一个问题就是文学的“轻”与“重”:“我支持轻,并不是说我忽视重,而是说我认为轻有更多的东西需要说明。”[①] 在列举欧洲文学“轻”的传统的同时,卡尔维诺把“轻”与心灵的自由联系在一起,并且写道:“文学是一种生存功能,是寻求轻松,是对生活重负的一种反作用力。”“在遭受痛苦与希望减轻痛苦这二者之间的联系,是人类学上一个永远不会改变的常数。文学不停寻找的正是人类学上的这种常数。”[②]

在当代中国文学写作中,或许是由于漫长的文化传统积淀,或许是由于沉痛的现实苦难记忆,中国作家的文学书写往往显得过于沉重,过多地粘着于外部的现实世界,而缺乏对于现实世界的灵巧把握和轻盈超越。而在这个方面,许辉却多少显得有些例外,他同样关注现实,同样触及非常沉重的现实人生问题,但是,他的表达是灵巧的,是轻盈的。这是一种举重若轻的文学写作。

一

许辉用他的小说《人种》的题目作为其中短篇小说集的书名,这在某种程度上或许也表明了许辉的创作对于重大主题的特别关注。——《人种》讲述的竟然是人类的创始与进化的故事,一个类似于创世纪的故事。这样的文学主题在当代中国众多的宏大叙事中仍然显得较为罕见。而尤其特别的是它的讲述,仿佛是一个童话故事,原始风景既洪荒又清澈,“噢”“啾”“哝”“唉”“呼”“呜”等人物的名字一派天真,他们的生活简单而任性,生命随季节律动,小说的情节也在季节的轮转中单纯地推进,简单而有趣。

也许,《人种》就这样极端而明确地表示了许辉写作的举重若轻,对重大主题的关

① [意大利]卡尔维诺:《卡尔维诺文集》(寒冬夜行人卷),译林出版社2001年,第318页。

② 同上,第343页。

注与对其讲述的轻巧灵活，这使得许辉的小说既厚重又轻盈。

许辉最重要的小说《碑》与《焚烧的春天》涉及的都是较为重大的文学主题。《碑》谈的是生死，一个尤为沉重的人生问题，但《碑》的讲述却极为简洁清淡，在罗永才请石匠为妻女洗碑的故事叙述中，其妻女的亡故及天人永隔的思念被淡化了，忽略了，小说在情节层面上缓慢推进的是罗永才的外在行为过程，是他的进村、闲谈、静观等等，即便是述及罗永才的内心世界，小说写的却是，“罗永才看得呆了，立在墙外进不去，心里只是有一种感觉：春阳日暖，万象更新，雀鸟苏醒、飞翔、游戏、鸣叫、盘绕，像是一刻都止不住。”及至结尾，小说写罗永才站在春夜的院子里看天上的星星，“看见星星变成一些裙子飞走了”。——星星变成裙子飞走的意象简直就像卡尔维诺阐释中的穿着飞行鞋的希腊神话英雄柏尔修斯，“当我觉得人类的王国不可避免地要变得沉重时，我总想我是否应该像柏尔修斯那样飞向另一个世界。”①

或许在《碑》这篇小说中，更应该被强调的是这种对于苦难和沉重的超越，或者说，逃离，而非对其的郁结于心念念不忘“一切景语皆情语”。

由此，在我读来，《焚烧的春天》或许应该是许辉最优秀的小说了，它用最为轻盈的文字讲述了最为永恒的人性和欲望。女人缘于空洞寂寞的背叛及其内心的挣扎在许多作品里被表达得浓墨重彩惊心动魄，而在《焚烧的春天》里，小瓦与传林的私情则显得轻描淡写了许多，而小瓦内心的挣扎在那土坯房的付之一炬中轰然乍现，又在焚烧后的废墟中悄然寂灭，以至于“土坯房也没多少焦焦煳煳的颜色了，倒像让大草甸子给染绿了，不注意看，还看不出跟大草甸子有些什么两样”。由此，在《焚烧的春天》中，人性中的欲望、背叛与挣扎虽然是小说主题与高潮，却不是小说的主体内容，小说主要叙述的还是那一望无际的碧绿的大草甸子，那大草甸子上生活着的一个美丽的女人，她的劳作，她的爱，她的亲人，还有她的鸡和狗，她的小兔子。在碧绿的大草甸子的背景下，小说的表达清澈灵动，诗情洋溢。

除了关涉生死爱欲人性文明这些较为宏大的文学主题外，许辉的创作更多的还是集中于个体的日常生活内容，如《夏天的公事》《飘荡的人儿》《十月一日的圆明园和颐和园》等等，包括他的两部散文集《和自己的心情单独在一起》《和自己的脚步单独在一起》。许辉的日常生活书写常常被评论者归为当年曾红极一时的“新写实小说”一流，这实在是一种误读。“新写实小说”往往粘着于现实的物质世界的凝固与沉重，因此，“新写实”笔下的日常生活难免是琐屑的，沉滞的，“烦恼人生”的，“一地鸡毛”的；而许辉对于现实物质世界的态度却是既投入又超脱的，或者说，他的现实投入是审美的而非功利的，这就使得他的日常生活书写既真切又空灵，既世俗又唯美，如《和自己的心情单独在一起》中写到的种菜、买菜等等。另外，许辉的日常生活中的小说主人公常常处于一种游走的状态中，如《夏天的公事》中的李中，《飘荡的人儿》中的刘康，还有以“我”为叙述者的《十月一日的圆明园和颐和园》《游览北京》等等，这种游走状态也较好地实现了对于凝固的现实世界的艺术超越与审美把握。

---

① ［意大利］卡尔维诺：《卡尔维诺文集》（寒冬夜行人卷），译林出版社 2001 年，第 322 页。

二

创作主题的实现端赖于创作者的艺术构思与艺术表达，许辉在文学写作主题方面所体现出的举重若轻是与其特别的艺术构思密不可分的，这尤其体现在其特别的小说结构形式上。许辉的小说结构形式突出有两点，一个是省略，一个是重复，而这不同的两点却又从不同方面达至了其小说的“轻”的特质。

首先是省略。小说中好的省略或如国画中好的留白，给人以言有尽而意无穷的艺术感受；而不仅如此，恰当的省略同时可以卸去小说的沉重负累，使其变得轻盈灵动。《碑》这篇小说之所以哀而不伤，温润清雅，很大程度上就在于它的艺术省略。它略去了小说中妻子儿女的不幸亡故，略去了未亡人的无尽思念，而仅在主人公罗永才寻访洗碑的过程中约略提及，这样，现实生活的沉重的部分就被轻轻遮盖了，留给人的只是春夜的淡淡惆怅。同时，小说中关于石匠王麻子洗碑的永恒象征意味的书写也是较为节制的，相反，在一些貌似闲笔的地方，小说却写得较为放纵，如罗永才的寻访问路、偶遇闲谈等。在这样的节制与放纵中，不仅其节制的部分让人流连深思，更在于其放纵的部分传达的是较为轻逸的生活内容及艺术感受，是文学对人生的温存与关爱。

同样，《焚烧的春天》也是一种艺术的省略，它略去了对小说的主题内容——爱欲人性——的张扬与发挥，而竭力铺排的却是无关宏旨的日常劳作及伦理温情。小说的这种省略并不会让人觉得是一种艺术的缺陷，如主题的削弱或人物的单薄之类，相反，我们在这样的省略和铺排中感受到的却是生活的温暖，还有艺术的唯美。或许，这是一种不同的小说叙事伦理，它寻求的是人生的爱和美，而非真与深。

其次是重复。许辉的小说常常出现重复式结构，典型的如《十棵大树底下》。《十棵大树底下》写记者刘康要探访一个叫做炉桥的地方，在一路的寻访打探中，小说反复重复着“上路—问路”的结构模式，先后和摆摊的大爷、开三轮车的小伙、种田的老人、放钩收鱼的壮汉各色人等寻访交谈，而交谈的方式也大体是重复式的，先是称呼搭讪，接着问路，闲聊，最后表示感谢：“麻烦你了。”“麻烦啥子。”就在这样的二十余次的循环往复中，刘康也就渐渐走到了“十棵大树底下”，走到那个叫炉桥的地方。小说的这种重复是饶有趣味的，它把一个纷乱的、漫游式的行程变得清晰亲切起来，充满着世俗的人间烟火气息，也使得一个人的旅程顿时变得热热闹闹起来。

重复式的艺术结构还出现在《一棵树的淮北》《人种》等小说中，在这样重复式的小说结构中，显示出生命的轮转循环生生不息，同时也传递着一种似曾相识的温暖与感动。

同时，许辉的散文也常常具有这种重复式的结构特征。（当然，在许辉这里，有时散文和小说的界限并不是特别分明，他的一些小说原本就具有散文的特质。）像他的两部散文集《和自己的心情单独在一起》《和自己的脚步单独在一起》，单从书名来看就具有重复性的特点。当他在散文中一一历数菜市场上的各类鸡鱼肉蛋、米面果蔬、衣帽鞋袜时，我们不仅会心微笑，同时也体会到一种来自于生活和艺术密切交融的温暖。

三

文学作品最基本的艺术单元是语言，它的艺术效果的实现最终还是要落实到文学语言的层面上来，因此，语言的有效运用对于作家的艺术意图的达成至关重要。

和许辉举重若轻的写作姿态相一致，许辉的小说语言是一种大智若愚、大巧若拙的语言表达。拙，或者说稚拙，是许辉小说语言的一个较为突出的特征，而这种稚拙的背后，却往往流露出不经意的轻巧来。如上文提到的，罗永才"看到星星变成一些裙子飞走了"，用"裙子"来比喻"星星"，在新鲜的同时，却更显得稚拙，而与此同时，"裙子飞走了"的意象却显得分外轻盈灵巧。当然，在小说《碑》的现实语境中，"星星变成裙子"可能更多的是泪眼婆娑的缘故吧。

许辉自称"淮北佬"，他的小说中也多用淮北方言写作。淮北方言的特征之一就是动词较为丰富而形容词较为贫乏，这就形成了语言的精确有余而灵活不足，形成了淮北方言的"拙"的特点。许辉的小说也往往是这样，像下面这一段：

起了牌，话都灭了。三下五去二地打，个个出牌都精得跟猴子样。打到小半夜，玉春来给他们的茶杯加开水。王仁打桌上摸过来一张票子，递给她，讲："上拐角那店里拿几盒烟来。"工业局的那一位说："老王今晚有收入。"玉春讲："他是先赢后输。"又问王仁："买几盒?"王仁讲："尽十块钱买。"玉春答应一声，就出去了。（《幸福的王仁》）

这段话中，"起""灭""讲""上""尽"等多个动词都是淮北方言，这些词都很有表现力，如"起牌""尽……买"等，而形容词则几乎没有。这样的语言表达虽然缺乏柔和弹性，但却较为简洁精准，在某种程度上能够有效地减轻语言的负累而使其趋向于轻便。

并且，与此同时，淮北方言中却又有着极为丰富的语气助词，如"哎""呢""哪""哩""啥"等等，这些语气助词在现实的言语交流中有着极强的表达效果。而在许辉的文学运用中，这些发音多为轻声或儿化的语助词则能够非常有效地中和北方方言的略显生硬的某些方面，从而柔化文学的语言表达，使其变得温存柔和。如在小说《焚烧的春天》中，大量的人物对话都是以这样的语助词为结束，小说的语言一下子就变得轻柔起来，像"哎——翠花——哎""国柱，国柱哎，吃哩。"等等。另外像《鄢家岗的阉娟》《飘荡的人儿》《十棵大树底下》等小说都有这样的语助词的有效运用。

除了淮北方言的引入所达致的写作的举重若轻、大巧若拙外，许辉作品的特别的文学意象的营构也加强了其创作的丰富的神韵。许辉代表性的文学意象当数《碑》中的"碑"和《焚烧的春天》中的"大草甸子"，而"碑"和"草甸子"则分别表现为质感的"硬"与"软"，"重"与"轻"，这就形成了许辉作品整体意象上的层次性、丰富性及内在张力。而围绕着"碑"和"草甸子"则分别又形成了各自独立而丰富的意象群，如在《碑》中，"碑"的意象群就包括了"碑""春夜""匠人"等，在《焚烧的春天》中，“大草甸子”的意象群则包括了“草甸子”“土坯房”“废墟”等，这些各自的意象群中又构成了一组互相对立互相支撑的内在关系，从而形成作品的丰富之美。

许辉说他“喜欢一个‘静’字”，并特别强调“静还不是平静”，“平静只是一种静态，而静却飞扬了一种抑不住的动感”。[①] 在许辉这里，“静”是一种历经喧嚣之后的超然和投入，它融合了对生活的审美观照和真诚热爱，是一种经过反思后的生活。由此我们便可以明白，徐辉写作的举重若轻远不仅是一种文字技巧或文学功夫，而更是一种对生活的态度，对世界的认识和理解。文字的背后站立着的永远是人，是人的思想高度和精神境界。

还是想再说一下卡尔维诺。卡尔维诺还特别区分了“庄重的轻”和“轻佻的轻”，“庄重的轻可使轻佻的轻显得沉闷”。[②] 许辉的举重若轻或许就是这样的一种“庄重的轻”吧。

（责任编辑　施晓静）

① 许辉：《和自己的脚步单独在一起・自序①：静》，合肥工业大学出版社 2011 年，第 1 页。

② ［意大利］卡尔维诺：《卡尔维诺文集》（寒冬夜行人卷），译林出版社 2001 年，第 325 页。

生命着，才知道了这一切

——许辉中短篇小说论

●陈振华

曾见许多论者从不同角度来谈论许辉的中短篇小说，这些评论准确地把握了许辉小说的特点，分析深入，很有见地。比如从乡土文学的角度，探索许辉中短篇小说的乡土精神和乡土主题；比如从地域文化的角度，探索许辉作品的浓郁的江淮文化气息和厚重的江淮文化历史意蕴；比如从叙事手法上指出许辉作品有许多的新写实色彩或先锋主义精神；比如从田园抒情的角度，指出许辉的许多作品都带有浓郁的田园抒情意味；比如从作家主体的叙事立场和叙事意识上分析，指出许辉始终在潮流嬗替更迭之外坚守一贯的主题或在潮流的边缘进行“边缘域叙述”……所有的这一切，让我们进一步读懂许辉，进一步靠近许辉的文学世界和文学梦想。本文也尝试着从创作主体和文本表现等方面来诠释他的中短篇小说创作。

乡村生成的“有机知识分子”

在作家集体逃离乡土、遗忘乡土涌向都市追寻城市化现代化的现代性历史潮流面前，许辉仍然站在潮流之外坚执与守望。他的大多数文本涉及乡村，即便是反映城镇或历史的生活题材，文本里活动的人物也大多操持乡村的话语，其意识其思想其行为做派也都源于乡村——可以说许辉的精神原乡在乡村而非都市。

问题是，许辉是以怎样的立场或姿态来书写乡土?

许辉不是从意识形态的规训和主流思想的宣喻出发来书写他的乡村。因而他笔下的乡村不是意识形态性的想象。尽管文本中的乡村话语和乡村书写里有意识形态性的背景存在，不过，它们不是作家倾心描绘的重点，而是作为乡村生活中的蕴涵。文本中并不能完全杜绝的意识形态性的内容已化为“乡村生活”的日常肌理，散发着生活本身的气息。短篇小说《蚕》，明确标示了故事或乡村生活图景所发生的年份：1955、1960 和 2003。关于 1955 年的乡村生活叙述，文本中有这样的描述：“年画的底下印着一行红色的小字：1955 年，毛泽东思想万岁！蚕宝宝们就在贴着年画的窗棂下边的麦箩里嚓嚓嚓嚓一秒不停地吃桑叶……”，关于 1960 年的生活场景，文本这样叙述：“蚕场高大的水塔上用红色写着很大的一些字：总路线、大跃进、人民公社三面红旗！……”可见，“政治”就在乡村的“日常生活”中，而生活才是文本的叙事中心。三个年份的标示，有一定的意识形态意味，但文本不是为了意识形态的启蒙或批判，而是为了凸显生活存在的本真，展示生活本身的历史变迁和乡村里的人们在“历史”变迁中的命运。

许辉也不是从现代性的精英视角来看取乡村的凋敝、蒙昧，从而以相对的精神优势取得对乡村生活的话语权和裁判权，而是乡土生活的体验者、参与者、熟稔者、旁观者。从叙事视角来看，要么是“我”在文本中直接现身说法，充当主人公或叙述者，如《新观察五题》《蚕》；要么是找寻一个叙述者如记者刘康，从叙述人的角度体验观察感受农村的生活，如《十棵大树底下》《庄台》《飘荡的人儿》；要么是全知全能的叙述人，他完全熟悉乡土民间的世态民情，娓娓道来，没有丝毫的牵强和隔膜，如《焚烧的春天》《一棵树的淮北》《人种》《花大姐》《吃米饭的人》等。无论采取何等视角，濉浍平原、江淮平原、皖北的河川风物、文化地理、民居民俗、历史掌故如数家珍，用文字定格了江淮地域所特有的生命和风景。作者没有采取如鲁迅的启蒙现代性的价值理念来批判乡土的滞重、落后、愚陋，“哀其不幸，怒其不争”，也没有着眼于社会现代性的理念，揭示农村在现代性、现代化的征程中不断世俗化城镇化及其面临道德滑坡的阵痛与裂变；也没有如沈从文、汪曾祺从反现代性的角度建构乡土的诗意乌托邦，来彰显城市的罪恶和异化；也没有如张炜从审美现代性的角度构建他的“葡萄园”揭示现代性的历史就是破坏环境恶化天人关系乃至道德沦丧的罪恶史，当然也不类似于刘震云对故乡的沉重的戏谑、阎连科对乡村的狂想……在我看来，许辉的文学抱负和文学追求不在于凸显某一种鲜明的主义或主题，不在于凸显精英的思想精神优势，而在于描摹和表现乡村固有的真实与乡村“生活的整体”、“经验的总体”。

许辉类似于赵树理，是完全从乡土、民间的角度，不是“为老百姓”写作而是“作为老百姓”而写作吗？是追求“中国作风，中国气派”吗？许辉也是“文摊文学家”吗？显然不是。尽管许辉小说中的人物话语、物件（牛粪、笆斗、短柄镰刀、草萁等），风景都是地道的纯民间纯乡土的，但我们还是能够从许辉的叙述中感受到他和赵树理的差别。

许辉是怎样面对乡土写作的呢？在我看来，许辉是乡村生成的“有机知识分子”，是“乡村之子”，是乡村生活的合格代言人。他源于乡村，但能超越乡村，他熟稔乡土的痛苦和希冀，存在的隐秘。正如水上勉所言：“生活在某一块土地上的人们的本质性的东西，将由诞生在那一块土地上的人们保持下去。”① 在当代西方重要的理论家葛兰西看来，乡土叙事只有依靠乡村生成的“有机知识分子”，才能代表农民希望改变其处境时所参照的“社会典范”。许辉进了城，但他将自己的精神之根留在了江淮大地之上，根深而叶茂。有论者指出：“当下热闹的文学界，根本无力介入农民的生存世界和底层结构的情感内里，几乎塑造不出一个像样的农民形象，刻画不出乡村世界的存在本真……与现代性不相协调的乡土叙事作为‘杂质’被文学的诗意和审美剔除……中

① 水上勉：《土俗之魂》，转引自苗霞《回到原初》，《当代文坛》2004年第2期。

国作家在生活上和乡村中国割裂，在精神上同样难以达到对中国乡土社会的理解和认同。因而，他们的乡村底层代言尽管表现出了对制造‘象征性良心作品’的极度热衷，但却总显得空洞隔膜，难以令人感动和信服。”①

许辉完全不存在这样的问题，他的精神血脉一直和乡村广阔的世界相通。个中原因在于：一方面许辉有着几年深切的农村插队当知青的经历，另一方面在于他曾经在皖北的工作经历，再一方面是许辉时不时地到乡间“行走”，这种“行走”既是生活的一种特有状态，更是作家保持和乡土血脉、精神联系的最好方式。当然，这也取决于作家主体的价值立场和思想选择。

感性经验之上的形上追求

许辉的乡土叙事甚或城镇叙事确实有着某些“新写实”的因素，比如，文本叙事层面的毛茸茸的质感、反传奇反戏剧性甚至反故事性的叙事风貌，悬置情感、道德、价值方面的判断，貌似“零度情感”的叙述等等。可见，许辉的叙事在感性层面上确实有点儿类似于新写实小说。然而王达敏教授早就告诫读者，不要把许辉的创作等同于新写实。顺着王达敏先生的思路，我们可以进一步追寻许辉中短篇小说的精神品格和深度追求，我们要关注的是许辉小说在新写实表象背后的“意义”诉求，亦即作家在感性层面之上的形而上探寻。

许辉是“存在的勘探者”。许辉深切关注乡土、城镇、历史、现实中人的现实处境、生存境遇、精神状态等“存在性”图景，深究起来，他的文本和新写实小说有很多重要的精神差异。

其一，新写实小说很多是生活流式的结构，以反结构的类流水账一样的结构，构成对“结构的意识形态”的抗拒和反驳。传统现实主义的叙事成规是在典型环境中形成典型故事塑造典型人物，传达社会生活的“本质真实”，而新写实是反其道而用之，通过肢解这种叙事成规，刻意用自然主义的结构方式解构传统结构的意识形态功能。许辉的小说呢？是传统现实主义抑或新写实主义？在我看来，都不是。自然，许辉早就舍弃了传统现实主义的“典型”、“本质真实”、“宏大叙事”、“史诗性”等叙事成规，他的写实有自己的独特追求。那他是不是加入了新写实阵营痛快惬意地完全与传统对立呢？尽管许辉的小说从生活的感性经验出发，甚至他的叙述“江淮生活”的文字每一个毛孔都散发着乡土生活的气息和馨香，但它不是纯粹类自然主义的。他的中短篇小说都有着匠心独运的剪裁和精心结撰的设计，许辉的高明之处在于这种结构方式不露痕迹，自然天成，却很好地为“意义”诉求服务。如短篇小说《碑》看似没有什么精心的结构设计，实则在罗永才三次寻碑、洗碑的遭遇中，体现出了文本的思想意蕴。前两次罗永才找寻的是有形的碑，后一次解决的是心中无形的碑，获得的是心灵的释然。再如《十月一日的圆明园和颐和园》，从叙事表层来看，只不过是“我”在北京待得有些腻烦，想趁十月一号假日期间让妻子女儿来参观圆明园和颐和园，但因为电话

① 孙国亮：《凋敝的乡土，还能发声吗?》，载《当代作家评论》2010年第1期，第117页。

沟通方面的原因，事情没有按照预定的程序进行。因此“我”对圆明园的观感、对颐和园的观感以及对郑天玲的念想等纷至沓来，最后妻子女儿莫名其妙地和我在颐和园“遭遇”了。这样的结构看似非常生活化非典型化，可结构里面传达的人生的百无聊赖、人性的悸动与诡异、人们对“历史”的态度、当下文人的生命状态……却意蕴深远。

其二，新写实小说素以“鸡毛蒜皮现实主义”著称，刻意展示生存的“一地鸡毛”，表现生活的尴尬、烦恼、无奈、诗情消解、理想遁逸等生活的“庸常”。其中刘震云的《单位》《一地鸡毛》，池莉的《烦恼人生》《冷也好热也好活着就好》是其中的代表。许辉的小说似乎也是展示日常波澜不惊的生活细部及其流程，但他的小说不是为了表现“存在”的琐屑、无奈和生活无法承受之轻，而是揭示生活的存在本真，找寻生活本身的存在奥秘，勘探存在本身的来龙去脉。《幸福的王仁》《夏天的公事》《康庄》等就是这方面的代表。文本经由生活的“庸常”，抵达存在本身的“恒常”。《幸福的王仁》里的王仁的生活就是由钓鱼、搓麻、买菜、打牌、喝酒以及略带世故的为官之道构成，即便是腐败也显得有些温情；《夏天的公事》经由李中的公事经历展示了公事的一般性图景和程序：宾馆接待、体味当地的特色美味、轿车接送、听报告、到某某地考察……微讽的背后揭示的是“存在性合理”的现象学命题。《康庄》似乎也是一样，人们厌倦了千篇一律缺乏激情的生活，找寻所谓的康庄，可最终康庄并不在生活的彼岸，或许康庄本就不存在，或其实康庄就在生活本身。文本略带现代和先锋的笔触仍然指向的是生活的此在性维度，以此靠近生活“恒常”的哲理追问。

其三，新写实小说不太关心“存在”的历史感、文化感、存在感和超越性，他关心的只是存在的此在性。海德格尔把存在的此在性本质规定为生存，因此新写实的许多文本的主题深度受到了“生存”的囿限，无法做生存论之上的形而上提升。要在感性的生活质地上进行深度的形上探求，只关注“存在”的此在性是不够的。许辉的文学创作在这方面有着非常明确的抱负和追求，就是在日常生活的感性层面作深度的形上追求。他的形上主题主要表现为勘探“存在”的历史意蕴、地域文化意蕴、存在感和超越性。《人种》讲述的是濉浍平原我们祖先的生存状态和起源，我们祖先坚韧的意志、充沛的生命力在当代子民身上仍有很多的遗传，或许这就是遗传基因决定的。从《人种》开始，许辉就有意识地表现江淮大地上生活的人们身上具有的超越历史时空的生存品格。这种生存品格是千百年来历史的养成和环境的形塑，它既具有悠远的历史感，又是当代生活的体现。《花大姐》中的胖妮“花大姐”和她的儿女们其生命力就像大蜀黍地那样肥沃妖娆，无论经历怎样的岁月变换，都活得有滋有味；《鄢家岗的阚娟》中的阚娟以女性的丰腴柔韧逆来顺受最终收获了卑微的幸福，反而那些在他面前逞淫威的人没有好下场，是她身上的生存品格构成了对她命运的深刻救赎；《一棵树的淮北》中的老大沉闷木讷但踏实质朴，他用独轮车推出了自己的家庭和幸福生活……文本里活动的乡村人物或城镇人物，叙事不在于讲述他们的时代新变，而在于呈现他们性格和行为思想的亘古遗留，这些或许就是当初的“人种”的品格遗传，由此文本的历史感厚重感油然而生。在讲述乡村人物或城镇人物的经历、故事、命运时，许辉的文本经常会出现溢出故事和人物经历的笔墨。这些笔墨或描绘人物活动的生存场景（如《焚烧的春天》），或演绎历史的来龙去脉（如《在卫运河艾墩甸的高坡上》），或津津乐道地域文化的丰赡与美妙（如《庄台》），或勾勒人与物结合的风景（如《变形三题》），它们正是许辉的与众不同之处。这些笔墨是人物活动的基础性存在，是人物命运展开的空间和布景，是人物生命其中的文化氛围，是人物赖以存在的寓所。它们绝非闲笔，而是构成小说的重要因素，和人物的存在性状态相辅相成。某种意义上，许辉的小说并不以故事或人物形象取胜，而是人物的生存状态和人物的生存背景完美融合的生活整体给人们留下深刻的印象。这一点显然也和新写实小说的艺术诉求判然有别。

生命着，才知道了这一切

许辉的小说从根本上来说，是在写江淮大地上的生命，无论是乡土，无论是城镇，无论是现实抑或历史，正如短篇小说《桑月》的结尾借小靓桑之口所表达的："唔，我生命着，我才知道了这一切呀。"

许辉是生命或直接或间接的体验者，在城镇，他化身为幸福的王仁，化身为办公事的李中，在尘世的喧嚣声中，他借王仁、李中的生活感受和体验来探寻俗世生活的状态和奥秘。王仁和李中的生活状态就是城镇中多数人的生存景观。他们不是《一地鸡毛》里的小林，在生活中遭遇挫折后再学乖，而是一开始就深谙现实的生活法则，从容其中，悠游其中，并不觉得怎样的不合理、憋屈和痛苦，甚至还觉得这就是世俗生活的幸福。久而久之，他们就视生活的实然为应然，即便他们了解这不是应然的生活，他们也没有激情去呼吁和改变，他们深知与其无法抗拒不如乐享其成。在乡村，作家常常以记者刘康的身份和现实的乡村生活遭遇。《飘荡的人儿》中，刘康视界里的长者带领杂耍班的青年男女，走村串镇，在泗水小镇演绎了他们"飘荡"的生命状态。挣钱的不易，生活的艰辛倒在其次，让读者受到灵魂感染的是他们在精神上的无家可归感。他们尽管一直"在路上"，但他们向往固定安宁的生活。许辉写这群人物的生命状态精神状态，如果没有具体的生命遭遇，仅凭书斋里的想象是断难做到的。《十棵大树底下》同样借刘康的"视界"揭示洪水泛滥带给普通农民生活的影响。刘康一路上的感受是，这些农民没有多少抱怨和不满，而是不等不靠相互扶持积极开展自救，艰辛中透出生命的坚韧和达观，甚至还不乏幽默："俺们这回可真是五湖四海了……住的帐篷是德国的，吃的大米是泰国的，吃的饼子是香港、广州的，打的针是台湾、科威特的，盖的毯子是巴基斯坦的……"坚韧如他们，没有什么灾难能让他们倒下，这就是江淮人的生存品格。

许辉不仅写出了人独有的生命体验和生命状态，即便是动物、植物也在许辉的笔下生命盎然。《麦月》里麦香的原野、《桑月》里小胖头、小嫩桑、嘟嘟穗……都在生命蓬勃的桑月感受生命特有的律动和经历，《槐月》里的池塘、槐树、水草、槐花都一样地膨胀、蹿长，生命沛然。动物也不甘落后，小泥鳅、大龙虾、麦丝鸟一个个也舒展筋骨，在春日里生命在不断地苏醒。

写生命，写生命的状态、感悟和体验，作家的情感态度，叙事立场非常关键。在写作情感上价值倾向上，许辉是一个"仁者"，尽管许辉的小说多数呈现出原生态的客观、本然甚或模棱两可，我们依然可以看到叙事背后"仁者"的情感温度。对生命的体恤、仁爱、悲悯、理解、尊重、友善是许辉一贯的情感态度和叙事伦理。每一种生命状态都有其生成而来的理由，每一个生命存在都具有“属己”的特殊性，每一种生命价值都值得尊重，许辉从生命哲学的高度，来体悟生命的“在世”过程。因此，作家对待生命的态度更多的是理解性认同、理解性尊重。在这样的生命体悟基础上，许辉的文字就濡染上了诗意的温情，他以审美的诗意的眼光观察、体验周围的人物与风景、运命与遭际。所以在《焚烧的春天》中，小瓦因丈夫长期在外打工而无法忍受荒甸的荒凉孤独寂寞和生活的困难，而有了一段和自己的丈夫的朋友算是出轨的经历，最后她焚烧了自己心爱的家，坚决跟随丈夫进城务工，彻底告别了自己的过去和伤痛，也算是完成了对自我迷失的救赎。很显然，许辉没有对小瓦的所谓出轨行为进行道德苛责，而是给予了理解性的同情。——这就是生命自身的运命，符合人性人情的“在体”逻辑，远非道德所能涵盖的。

如果说许辉在生命情感、态度上是个“仁者”，那么他在艺术表现上就是个“智者”。他的个性化的语言只能是许辉式的，他所描绘的生命、场景只能是独属于江淮或皖北的，他的叙事模式是人物的经历大于故事，叙述中的文化、风情、历史、饮食氤氲在人物的经历和运命之中，在独到的文化思考、风情展示、历史追寻中理解体察江淮人的存在原貌，破译他们的生命隐秘。在先锋和写实之间，作家总能找到一种平衡，先锋的形式承载先锋的主题，更形而上的追求，写实的形式则更符合生命的原生状态。许辉的叙事风格淡到极致，不是在平淡中看到奇崛，而是在平淡中臻于一种审美的极度境界。他的故事或人物没有多少戏剧性的开合，结尾也是反戏剧性的自然而然，我以为，这更符合生命存在的实然。

刘小枫在《沉重的肉身》中把叙事家分成三种：“只能感受生活的表征层面中浮动的嘈杂、大众化地运用语言的是流俗的叙事作家，他们绝不缺乏讲故事的才能；能够在生活的隐喻层面感受生活、运用个体化的语言把感受编织成故事叙述出来的，是叙事艺术家；不仅在生活的隐喻层面感受生活，并在其中思想，用寓意的语言把感觉表达出来的人，是叙事思想家。”[①] 许辉个性化的语言、个性化的文体、独到的叙事理念和主题追求，淡然超拔的抒情风格，很明显，他已经超越了叙事艺术家的境界，正行走在叙事思想家的思想版图上。

许辉的中短篇小说在当代文坛享有盛誉，获得了广泛的认可，许多作品成了当代文学的经典，具有相当重要的影响，这说明文学界认识到了许辉小说的思想艺术价值，但这并不等于说文学界对许辉的文学创作有了充分的阐释，也不等于说当代文坛已经正确估量了许辉小说创作的价值，给予了许辉的创作以清晰的文学史定位。评价许辉，我们不可避免地要从乡土、地域、文化、存在、生命、历史等领域建构他文学创作的主题维度，也要从叙事风格、叙事伦理、叙事境界、叙事艺术等方面来理解许辉的独特性。唯有如此才能从文学史的高度估量许辉的文学史意义。

当然，许辉的创作还在不断地变化、提升、创新，我们期待他从叙事名家进一步成长为叙事大家。

---

① 刘小枫：《沉重的肉身》，华夏出版社，2004 年版，第 202 页。

立足于尘世的精神行走

——许辉短篇小说品读

●施晓静

许辉的短篇小说，颇似他中短篇小说集《人种》（安徽文艺出版社 2010 年出版）的封面装帧，清淡质朴，节奏舒缓，着墨不多，耐人寻味。《人种》收录了许辉 1983 年至 2007 年间创作的短篇小说 20 篇。阅读这些作品，你可以看到原汁原味的生活与生命状态，看到纷繁复杂的世态与心态，看到各色小人物的生存与精神实况。面对这样一个个"实在的境界"，我们很难不去想象，不去欣赏，不去感受，不去思考。

创作于 1996 年的《碑》，以倒叙的手法写中年男子罗永才在上一年清明节前为妻女立碑的过程。小说没有太强的时代感与故事性，更加注重行为过程与情绪状态的呈现，通过罗永才的视线和心绪来表现景物、人物的存在。由于当时罗永才刚刚经历失去妻女的巨大悲痛，精神上有着某种失魂落魄的迟钝麻木，作品也用一种近乎淡漠的从容写景写人。在小说中，墓碑既是一件实物又是一种意象，是曾经鲜活生命的标志，是生者对死者的永久怀念；洗碑与立碑的行为，都是对生命的敬重。作品深沉的情感、深邃的感触、玄妙的哲思，在看似平静的叙述间，在看似平淡的情节中，在看似平和的人物身上，若隐若现，让人很难从小说营造的氛围里跳将出来，心甘情愿地沉浸在淡淡忧伤的审美思绪当中。

创作于 1988 年的《新观察五题》，如同影视摄影师用不同的镜头、在不同的机位、以不同的方式拍摄的生活纪实片，所展现的都是农村的某一天或某个瞬间的生活及人物场景片段。有的似固定机位的拍摄，有的像追踪拍摄，有的是细部特写，有的拍摄机位与镜头可随意调度、无处不在、无所不能。五个文学观察虽然都有叙事者在场，但由于观察目的不同、观察者投入情感的不同，其观察方式与介入画面的程度也很不相同，正所谓"阐释的内容取决于阐释的态度"（罗伯特·斯科尔斯语）①。作品像电影画面一样表现人物景致，使文学叙事在达到视觉叙事效果的同时，又让作品中的人与景都弥散着浓浓的故事韵味。只是，这种知识分子式的观察、关注、欣赏，与被观察者之间，有着略显生硬、令人尴尬的距离感。《花大姐》和《变形三题》（1991 年）载

① 《文学理论精粹读本》，中国人民大学出版社 2006 年 1 月第 1 版，第 4 页。

录的是乡下女人的几个片段式的生存状态和生活情态，透过这些经典真实、平淡无奇的生活表象，我们可以感受到一个个环环相扣、颇为相似、循环往复的生活与生命之链，跨越生活与生命的具象、时间与空间的延展、历史与现实的界限，仿佛世世代代都是如此，都会如此。

这些作品，在模糊了时代背景的同时，也模糊了小说的故事性，清晰呈现的是某种存在状态，即便有少量能够透露些许时代元素的词，如“汽车站”、“机面”等等，其所属时段也是相当宽泛的。

还有一些具有很强时代感的作品，虽然作者刻意淡化了意识形态的介入和价值判断，竭力避免直接陈述人物的思想与感知，但我们仍然可以从小说的进程陈述中，发现作者对世态的态度以及耐人寻味的深沉意义。

《十月一日的圆明园和颐和园》和《游览北京》都创作于1994年，男主人公的身份与生活状态也极为相似。《十月一日的圆明园和颐和园》写一位试图去北京寻找文学事业的发展与突破的作家，遭遇的却是文学的衰颓，正如同已成废墟的圆明园，无奈地迎接人们对她往日雄伟辉煌的真诚凭吊；又似曾经尊贵无比的皇家园林颐和园，纷繁嘈杂地充斥着一些莫名其妙的营销手段与伪文化书籍。作品中的“我”，在误以为妻女来京共度国庆无望的情况下，独自游览了圆明园和颐和园，当“我”正欲开始一段令人向往又有些畏惧的婚外情，妻子、女儿却突然出现在眼前，浪漫的出轨未尝辄止。《游览北京》中的“我”，来京城寻找文学提高发展的途径，创作的文学作品“即使发表了，稿酬也低得可怜”，“找到的临时挣钱的工作又很不理想”，百无聊赖之中，只好前去游览北京的各种博物馆、文化科技馆。与前一篇作家越是想表达的思想、情绪、感受就越是隐在字里行间的方式不同，《游览北京》的情感和情绪表达较为直白、直接。主人公“有许多时候感觉心灵孤独、性格压抑、情绪遭受挫折”，就连看到街上有很多站岗的武警（可能是首都有级别较高的国事或外事活动），也会让“我”有种心虚心慌的感觉。游览北京之后的感受，多为反省文化艺术，反省军事威力的迅猛发展及科学研究的普遍贬值，反省人类的薄情寡义、欲望无边之类的警语箴言。阅读这两篇作品，会让你产生这样的感受：在庞杂社会的芸芸众生之中，个人的现实存在价值与自我感觉之间有着无奈而又巨大的反差；现实中的自己无足轻重、无关紧要，就连来自异性不期而遇的欣赏也都错过了。不过，作品的意外结尾，却是那么耐人寻味，催人遐想——意料之外，情理之中，让人觉得我们虽然绝望，实则仍有希望，或是仍然抱有希望。

《蚕》《吃米饭的人》《城里来的人》创作于2003年，写的都是小城镇里人的生活。《蚕》是许辉难得一见溢满温情的短篇小说，叙说没有血缘的温馨亲情，青梅竹马的温存爱情，时空跨域近五十年的温柔怀旧。《吃米饭的人》说的是北方人庙文化来到南方讨生活，凭着自己的本分、厚道、勤劳，娶了一位吃米饭的南方女人；虽然他对自己的生活与家庭都很满意，却仍旧希望自己的女儿将来能嫁一个有钱人、做官人。《城里来的人》讲的是从省城去乡下办事的晁若轻，在车上偶遇从省城回家探望父母的风尘女子靳楚楚，两人在靳家所在的小镇，发生了一些说不清的故事。在许辉的短篇小说中，作者往往都只写眼睛看得见、耳朵听得清的表象，深层的内里则留给读者自己去体味、想象，作品留白的空间非常大。如《城里来的人》中，靳父对女儿的不满意，靳楚楚处处留心生意的职业老道，晁若轻对靳楚楚的复杂心态，两人之间一些狎昵的举动与对话等等。

许辉的短篇不仅写世事的复杂，也写人与人性的复杂。在《麦月》（2006 年）里，瘸子老顺可以心安理得地将劣质饮品、食品卖给小学生，却不忍心把劣质瓶装水卖给来乡间采风拍摄的“戴眼镜的男人”，即便是给高价也不行，因为他认定这种水城里人“喝不惯”；“戴眼镜的男人”可以执意要把瘸子老顺的劣质“瓶装水全部收购过来”以免卖给小学生，从而尽一份“社会责任”，却对路过此处急需有人帮助的三轮车主视而不见、无动于衷，反倒是看似缺德的瘸子老顺很讲道德地出手帮着“干瘦的车主”“拼尽全力把三轮车推动起来，戴眼镜的男人看不下去，也跑过来帮忙推车”，还引来了几位“小学生骑着自行车从后面赶过来”帮忙推车。2007 年，瘸子老顺又出现在《在卫运河艾墩甸的高坡上》。真实可信的叙述、真切可感的描写，时间在日复一日的流淌中偶尔激起的几朵浪花，点染了同一地点、不同时间发生的尘世故事。不知在等待何人的少妇甸生娘，来历不明的女婴，弄不清谁是生父的甸生……人与人之间的关系，竟会如此扑朔迷离。靠向小学生兜售劣质食品饮品谋生的瘸子老顺，竟有善心要收养被别人丢弃的女婴；明明是一对情敌的二官和蒿子，却能一边争执一边结伴同行去京城打工；狗屠明明是无证商贩，却能理直气壮地在警察的责骂声中贩卖私自宰杀且未经检验的猪肉；老顺明明不符合收养女婴的条件，黑脸警察却想方设法、灵活变通地在完成自己所有免责手续的同时，也遂了老顺的收养心愿。善也罢，恶也罢，真也罢，假也罢，许许多多的不可思议，在这个时代都成了真真切切的事实。

许辉还有一些短篇小说写的是行走与找寻。这些行走与找寻，有的是好奇心促成，有的是心灵空虚促成，有的是生活压力促成，有的是工作紧张促成……他们在旅途中找寻，在乡野间找寻，在城市内找寻，在宗教里找寻，在精神上找寻。

创作于 1983 年的《库库诺尔》，表达了执著少年对不可预知的向往。“风使劲推他”，“但他很快就适应了”，他觉得“人走上高原，就变得强有力，就变为强者，就坚强”，像一个真正的男子汉。作品中蒙古族汉子的质朴豪爽，青岛姑娘的善意善举，都是对无畏少年的一种赞赏。在少年勇斗戈壁蛇一节，少年“狠劲砸”向蛇的竟然是一束鲜黄色的金晶花，稚嫩少年的无所畏惧与坚毅柔情跃出纸页，一如文章的结尾，“风可真野，真狂。”

《尕海》创作于 2001 年，写一群游客在旅行中等待新的旅行，在等待中发现人性的复杂，在发现中寻找新的旅途。这群人中有善学好问的日本旅游调查员，好奇好动的残疾中年白人，随意拿僧人信仰开玩笑的“讲汉语的女士”，被虔诚信仰者深深吸引的尕海茶面馆女主人。游客们十分向往大草原的辽阔、自由，千里迢迢来到草原寻梦，而真正长年待在草原上的人们，却感觉生活单调得近乎无聊，于是就把灵魂托付给神灵和宗教。可见，草原内外的人们都不满足于现状，都在寻找某种神奇的变化，寻找自以为是的生活彼岸，寻找真正的身心自由与安然。

《樛藤河两题：河、源》（2002 年）和《桑园湖》（2003 年）也是写或同向或异途的找寻。慕时远和胡新路，一个文人气质，一个商人气息，一个沿河徒步行走仔细观赏，一个开车直奔河源粗略一瞥，虽然他们都明白自己所看到的只是生活的表象，却懒得去探究、思考，或者无暇去思考、刻意不探究、假装没思想；他们都在试图寻找内心的安宁，却很难找到精神的皈依。在信息化、市场化、城市化的现代化浪潮中，乡村俨然成了人们放松心情、缓解压力的梦想家园。真亦乎？梦亦乎？人们总是在不断寻找他人所弃，不断失去自己所有；乡村成了城里人的向往之地，而城市则是乡下人寻梦的所在；乡下人要去城市里奋斗，然后扎根；城里人会去乡下欣赏一番，然后离开。这就是《桑园湖》中的贾为军和小巧。

被各种事务纠缠得痛苦不堪的边慕鱼，在周六一大早，推开所有的事情前往紫蓬山旅游，打算好好歇息两天。他在山上独自欣赏自然风景、清净庙宇的同时，还见到了山里人忙着做生意——送城里人上山，见到在省城做电脑销售生意的中年男子去山上的寺庙做义工、找“绵静”。下山一回到市里，他又忙着将先前推掉的事情统统揽回，还抱着“纷纷攘攘的紫红色的玫瑰”，冒着小雨，乘坐晚班汽车，去看望一位亲近的异性。创作于2003年的《紫蓬山》，表现了人在世俗物欲和内心安宁的渴求间游走不定。

同样是行走，但行走的心态很不相同。从“我”（《库库诺尔》）的那种无所畏惧、韧性十足、刚中有柔、略显狂野的征服欲，到丁家勇（《尕海》）的冷眼旁观；从慕时远的边走边看边问，到胡新路“一路向前”的果断；从贾为军之行的亦真亦幻，到边慕鱼在大自然与寺庙中的短暂逃离；他们行走的动机与目的地，越来越难以确定。再到《园子里的蜗牛》《受伤的鸟》（2003年）及其后的《桑月》《槐月》（2006年），作品中就有了更加柔软、宽广的东西在弥散，有了更多的人性关怀，有了更广的宇宙视角，从而将人的生命情感与大自然的生命情感等量齐观。

另外值得一提的是，作者还时常将视觉与视点作为一种积极的探索工具，引领读者以文学的方式，去发现生活具象之中更深层的浓郁韵味，让人在阅读作品的同时，欣赏并享受生活的本真朴实、原汁原味，从中发现深层的意义。《新观察五题》就是这一类作品的最初尝试。随后，类似《新观察五题》这种交代拍摄机位式的、有画面感、方位感、距离感以及镜头调度感的文学观察文字，在许辉的短篇小说中经常可见，“这就是我们的视界”（《麦月》结尾），而这个拥有“视界”的“我们”不仅仅局限于人，也可能是蜗牛、月桂、柿树、麦原、麦穗、桑叶、池塘、槐树、泥鳅、龙虾、水草……

《桑月》里也有对视界与视点的明确交代：“青麦的原野里一切看起来都差不多”，“现在，我们的所在是红草沟”，“当我们一愣神想到这一层事物的时候，麦原的幻灯片式的画面已经由全景切换到了局部”。作者先将读者领入“青麦的原野”“幻灯片式的画面”，随后迅速将镜头“切换到局部”，通过麦子们的视线，看见“一位八十余岁的老农”在雷暴将至时仍要下地干活，他的重孙在年轻妈妈的看护下，去喊曾祖父赶紧回家。《桑月》使植物的生命与人的生命相映并进——老农亲眼目睹野生桑树从“接近田埂的一枝小嫩桑”“已经发青的独枝儿”，长成“一棵拇指粗、挂了数十颗桑果儿的桑树”，再长到“小靓桑的皮肤突然崩裂了”，他在去世前不久，还专门去看看桑树，尝尝桑葚；老农最后是在给牛喂草时“倒在牛圈里的一堆陈年的麦草上，永远地睡着了”，他就像“小麦和野生的那一棵（或几棵）桑苗独自生长着，自我完善着，几乎不为人知地走完自己的一生”；麦子的基因一茬一茬地延续着，习惯劳作的老农、孝顺的孙子、重孙，也构成了生命基因的延续、传承、循环。

《园子里的蜗牛》《受伤的鸟》是以蜗牛、月桂等的视角，去看待城市和人，看待追求真正的自由和自然。在作品里，人与大自然的视线、思维、情感可以转换、互通，“天人合一”的中华传统思想得以实现；同时我们也能看到西方的新神话主义又使文学的想象如虎添翼，作者的胸怀、读者的视野也随之越来越博大、宽容、仁慈。

许辉的短篇小说往往截取一个时段、一些瞬间、一段对话、一个场景、一些片段，或细致或简约地描述生活与生命的某种状态，而将人物的情感、作者的思想隐于那些存在状态的背后，融在所呈现画面的留白处。功力深厚的打磨，销蚀了作品精雕细刻的所有留痕，看似平淡朴实、自然天成的语言，总会让人感觉到有些难以言说的深邃思想和深刻含义。许辉短篇小说的语言，是一种非常本色的语言。这种“本色”，指的是与作品本身（包括叙述语言、人物对话等）相契合的语言。写乡村，用的是有乡村风味的语言；写小城镇，用的有小城镇风情的语言；写都市，用的是有都市风格的语言。这种语言的本色与作品内容浑然一体，毫无隔膜，毫不做作，让人自自然然、不知不觉地滑入作品营造的气氛与情境之中。由于作品留下的想象空间非常大，读者的每次阅读，都会有不同的感受与发现。

“他做着梦，在梦里听见了远处的歌声。”这是《紫蓬山》的结尾，也是小说集《人种》短篇小说部分的终了句。这样的句子，很容易让人想起墨西哥作家胡安·鲁尔弗《佩德罗·巴拉莫》中的祷告词：“有风，有太阳，还有云彩。上面是蔚蓝色的天空，后面或许还有歌声，或许是最好的嗓音……总之，存在着希望。尽管我们很悲伤，但我们有希望。”

生活总是伴随着痛苦，生命终需付出代价，生活与生命的本真，也许就是“一个实在的境界”，从从容容、自自然然。抛开世人强加给生命意义与时代生活的冠名，以“我生命着，我才知道了这一切呀”的心态，去感受生活的艰辛与无奈，感受生命的顽强与承继，感受精神的凝重与虚空，在一种生命体互为感应、生灵相通共融、顺其自然、踏实从容的生存状态下，平衡心态，安顿灵魂。

阅读许辉的小说，究竟会给大家带来怎样的文学享受与心灵触碰，我想，答案应该是多解的。生活或许原本就是无解抑或多解，精神也会四处游荡永远都在寻找归宿的路上。让我们翻开许辉更多的作品，伴随着文学，一起出发。

（责任编辑　张启生）

搜寻大自然文学的踪影

●韩　进

文学的发展是不能割断的，任何一种文学现象都有它发生与发展的历史渊源与现实要求。今天所说的“大自然文学”，作为一种文学现象，有它的文学传统与演进踪迹。顾名思义，大自然文学与大自然有关，首先是题材意义，是“大自然的”文学，大自然是文学永恒母题之一，到了当代，大自然文学才日益成为一种明显的文学现象，成为独具个性品质的新文学。遵循文学与大自然的关系，搜寻大自然文学的逻辑踪迹，尝试将其分为五个文学发展的逻辑阶段，即远古的神话文学、古代的山水文学、近代的动物文学、现代的生态文学和当代的大自然文学。

远古的神话文学

远古时期，在自然进程中出现了生命。生命由低级向高一级进化，出现了高级形态的脊椎动物，“而最后在这些脊椎动物中，又发展出这样一种脊椎动物，在他的身上自然界达到了自我意识，这就是人”①。

随着人从大自然中独立出来，也逐渐走向了大自然的对立面——人从大自然中分离出来，大自然被一分为二，成为人类社会与自然界互为对象的两大生命系统。不论是最初的狩猎文明，还是稍后的刀耕火种，原始人对自然界的了解都极其有限，他们在变幻莫测的大自然面前感到无能为力，心中油然生成对自然力的恐惧、敬畏而至崇拜，认为自然神是一切事物之母，于是幻想出许多解释自然力、征服自然力、把自然力加以神化的原始文学——神话。

这时的人类虽然开始从大自然中走出，却仍然是“自然人”。

人类既然不能了解自然万物，那就从自身探索起吧，于是最初的神话是与母系社会形态相一致的关于人类神秘起源的始祖诞生神话（包括生殖崇拜神话和祖先崇拜神话两大类，如我国古代神话中的女娲之腹、古希腊神话中的奥林匹斯山诸神、古希伯来神话中的亚当和夏娃等）。

---

① 恩格斯：《自然辩证法》。

当原始人类由最初的狩猎时代进入部落、部族为社会组织形式的农牧业时代后，人与自然的关系得到进一步调整，出现了以自然物如日月星辰风雨雷电为神话形象的自然崇拜神话。又由于人类在了解与征服自然的过程中，涌现出各方面的英雄人物，这样又有了英雄崇拜神话的诞生，如征服自然的英雄神话（盘古开天辟地、夸父追日、大禹治水、愚公移山、普罗米修斯、诺亚方舟等）、部落战争英雄神话（炎黄之战、特洛亚的故事、俄底休斯的故事等）和关于创造发明的英雄圣贤神话（神农辨药、仓颉造字等）。

至此，随着人类的不断进化与生产力的不断提高，神话在演进过程中，神性逐渐丧失，而人性则日益明朗，这表明原始社会的发展已经走到了人类文明时代的门槛，作为人类童年时代所特有的文学现象——借想象来征服自然力的神话，“随着这些自然力的实际上被支配”，“也就消失了”。[①] 所谓的英雄神话也就近于传说故事了。[②]

综观神话文学的演进，它是借幻想来征服与支配自然力，不仅反映的对象是大自然，而且这个大自然也包含人类自身。人类对自身的探究，正是人类探究整个自然的一条途径、一个部分。那时候的人力还十分渺小，十分有限；自然力却十分强大，法力无边。人类还无法对大自然有科学的认识，对自然万物做出科学的解说，所以，神话文学虽然是以整个大自然为反映对象，似乎也就是大自然文学了，但它并不是建立在科学的自然观上的科学想象，可以称之为“文学”——大幻想文学，却不能叫它“大自然”文学，然而其中有关自然崇拜的神话，因其直接描写自然万物，却是值得我们今天的大自然文学作者给予关注与借鉴。

古代的山水文学

人类进入文明时代后，随着生产力的提高和对自然的了解日益深入，自然力已不再像过去那样神秘可怕了，人类开始将眼光从被神化了的自然力投向大自然本身。

如果把大自然比作一本书，那么自然力（上帝或神）就是它的作者，现在该是人类去阅读上帝（神）创作的这部自然之书的时候了！于是关于人与自然的关系有了种种说法，反映到人类信仰上，就有了各种不同的宗教自然观。

譬如基督教认为，人是地球的管家，是万物的朋友，是自然界的祭司，莫忘“修理看守”的责任，崇尚“神人合一”；伊斯兰教则认为人是真主创造的自然界的一部分，而宇宙万物应该和谐发展；佛教则视“众生万物皆兄弟”，追求“物我不二”的涅槃境界；而道教主张“天人合一”、“道法自然”，认为“宇宙万物皆同道”。虽然宗教信仰不同，但在自然观上都有一个基本点相通，就是人与宇宙万物应该和谐发展，人要尊重一切生命，要爱自然万物。

也许是本着这一人性良知的牵引，自有反映人类情感的文学以来，就有描写大自

---

① 参见马克思：《政治经济学批判·导言》。

② 关于神话的演变，请参见拙著《中国儿童文学源流》第一章《民间文学是儿童文学的摇篮》第11－16页《神话与传说》。湖南少年儿童出版社1999年4月第一版。

然的作品。亲近自然，讴歌自然，关爱自然，师法自然，成为大自然作品的最基本内容，而最常用的表现方法，或借景抒情，或托物言志，或寄情山水。

如我国第一部诗歌总集《诗经》中就有不少诸如“关关雎鸠”、“呦呦鹿鸣”这样描写大自然的名句。先秦诸子百家中的许多寓言也是借自然之物、自然之道来阐明人间至理。三国时期的曹操有《观沧海》一诗，因其对自然山水的描写而被认作后来山水诗的雏形。而自晋至唐宋，寄情山水成为抒情派文学的重要一翼，涌现出像陶渊明（《归园田居》）、郦道元（《水经注》）、孟浩然（《过故人庄》）、王维（《使至塞上》）、柳宗元（《永州八记》）、欧阳修（《秋声赋》）、徐弘祖（《徐霞客游记》）等这样一些描写大自然的高手，延续了一个寄情山水的文学时代。

然而，不论是陶渊明的“采菊东篱下”，还是孟浩然的“把酒话桑麻”，描写的也不过是作者眼中所见的田园风光和心中渴望的世外桃源般的悠闲生活，是将内心的精神体验与外界的自然景物融为一体而生发的人生感喟，用王维的话说，“一生几许伤心事，不向空门何处销”（《叹白发》），多少有种远离尘世的无奈，大多是一种暂时的个人解脱。此时的自然成了人类的倾诉对象，是人类的精神家园，成了人类精神之象征。

也有不把个人解脱当做唯一目标的，而是真正敬重大自然的一草一木，成为大自然的朋友。白居易在《游云居寺赠穆三十六地主》中道出了这一真谛：“乱峰深处云居路，共踏花行独惜春。胜地本来无定主，大都山属爱山人。”只有达到了人与自然和谐相处的高境界，才能与大自然具有感情上的共鸣，从而达到人与自然的互爱。这时，具有高境界的人虽然不想去做山水的主人，但山水却认他为主人了。因而，酷爱自然的郦道元，虽然写的是一部地理志，却真心讴歌自然之美，像《水经注》那样描写三峡四季景色迭变的美妙文辞，才被后人推为山水记游的典范。而明代旅行家和地理学家徐弘祖，更是投身大自然，不再只是游戏山水之间，而是于记述地貌、水文、地质、植物等现象的同时，开辟了一个从地理学上系统观察、描述自然的新方向——讲述大自然的故事。是否可以说，《水经注》和《徐霞客游记》就是那个时代“集个人的情感和自然的观察为一身”的中国大自然文学的雏形呢？

就世界文学来说，大自然也自古是作家取之不尽的创作源头。东方是世界文学的摇篮，被誉为“世界儿童文学史上第一部故事书”的印度《五卷书》，就有不少关于自然的故事。西方最早的文学《荷马史诗》（公元前 6 世纪）中的《奥德修纪》，就是一部航海漂流记，写奥德修纪在大海上整整漂流的十年间如何与自然力作斗争而最终战胜自然力的故事。

14—17 世纪，当中国仍然处在封建社会最后的三个王朝（元、明、清）时，欧洲的资产阶级发生了一场文艺复兴运动，提倡人性，反对神性，提倡人权，反对神权，突出了以“人”为中心的社会价值观。大诗人但丁说，人的高贵超过了天神；大戏剧家莎士比亚说，人是一件了不起的作品，是“宇宙的精华，万物的灵长”。但与此同时，大科学伽利略又要求人们到大自然中去阅读“自然之书”。

18 世纪初叶，作为《鲁滨逊漂流记》的原型伍兹·罗杰斯船长的航海纪实《环球航行记》，也是真实记录大写的人在阅读自然之书（荒无人烟的小岛）中的冒险经历，谱写了“人定胜天”的壮美。法国博物学家、作家布封（1707—1788）的 36 册巨著

《自然史》，包括地球史、人类史、动物史、鸟类史和矿物史等，以科学的观察为基础，用形象的语言描绘大自然的神奇面貌，具有很高的文学价值。而美国的威廉·巴特姆（1739—1823）的《旅行笔记》（1791），以自己于1773年至1777年间遍游美国东南部的观察日记为素材，不仅描述了动植物群和自然景观，还表达了作者作为一个自然之人的哲学思想，认为大自然中万物，都有一种亲族关系，都像人一样有知觉和灵魂。正是这部“《旅行笔记》作为以日记为素材而整理的散文体也成为多年以后出现并延续至今的美国自然文学作品的独特的文学形式。”（程虹《自然与心灵的交融——美国的大自然文学》）

近代的动物文学

18世纪60年代，从英国开始的工业革命迅速遍及整个欧洲，到19世纪30年代工业革命基本完成，最终以机器大工业取代了工厂和手工业，大大提高了人类利用自然和征服自然的能力。这时人与自然的关系，因为人力的日益强大，自然被置于任人宰割的被动地位，尤其是对矿产资源的掠夺日胜一日，自然界在人类的眼里又被简单地分为有生命的动植物与无生命的矿产资源。

对矿产资源的无节制掠夺将人性中贪婪的一面暴露无遗，而在满足贪婪的同时，人类又将展现出人性中的善良一面，将自己的爱心与人道主义的同情给予了与人类一样有生命的动物，于是，出现了在人与自然的关系中重点表现动物的作品。

这一时期的动物作品，不是神话时代的寓言式作品，如伊索寓言中的《狼和小羊》，也不是《列那狐列传》中的列那狐，它其实是一个社会动物，是一种象征，表达的是一种社会批评，张扬的是一种人类良知。这一时期的动物作品，以传统文学的眼光看，它属于科普读物中的自然知识读物，介绍的是动物的生活习性、生命状态，以及物种的繁衍与演化等自然内容，充满人道主义的温暖与关怀，在展示动物世界的同时，带有明显的知识性、欣赏性，与“向动物学习”、“拜动物为师”的明显倾向。

如法国博物学家、作家和动物画家西顿（1860—1964）的《我所熟悉的野生动物》（1898），忠实于生物学的真实性、忠实于他自己的野外考察，为加拿大文学乃至整个美洲文学开拓了一条动物文学的新路子。他在作品中，不把动物加以人化，不堕入庸俗的拟人化，而是着眼于“生物学知识的普及——首先是向少年儿童普及，在于帮助他们形成自然知识，在于培养少年的人道情感。”（西顿语）由西顿开拓的这条动物文学的新路子，一直延续下来，至今人们还会读到大量这样的作品，成为现代大自然文学的重要一翼。

法国女动物故事作家黎达（1899—1955）在《跳树能手》、《春天的报信者》等8部动物故事书中，以松鼠、野兔、刺猬、棕熊、海豹、野鸭、杜鹃、翡翠鸟8种兽鸟为主角，分别写了它们的出生、成长、外貌、习性、适应环境的本领和为自己的生存、繁衍后代而斗争的方式。同时丛书还介绍和描述了其他130多种动物、70多种植物，此外，在故事中还穿插了一些大自然现象。作者以富有诗意的文字，为少年读者揭开大自然的奥秘，将丰富多彩、千奇百怪的大自然生动完美地展现给少年读者，极富科学性、真实性与趣味性。

日本作家椋鸠十（1905—1987）的动物故事丛书把少年儿童带进了高山密林，带进那个遍布野生动物的神秘诱人的世界，表现了“野性可敬，自然可贵”的主题。作品多次获奖并被大量选入日本中小学课本。代表作有：《片目的大鹿》、《动物的脚印》、《孤岛野犬》、《赤鸟》等。

加拿大乔治·斯·别兰尼（1888—1938），从一个猎人和捕兽人，发展到自然探索者和动物故事作家，并以自己的作品赢得了世界声誉。他在观察日志的基础上写成的动物札记和动物故事，号召人们保护“海狸种族”和其他珍稀动物，使它们免遭无情的捕杀。代表作品有《林中书页》和《消逝的游猎部落》。作品中对大自然生活深挚的爱与对世界富有诗意的描述，强有力地吸引了俄罗斯杰出的大自然文学家普里什文，称誉别兰尼的作品是世界儿童文学的典范之作。

动物文学在前苏联有着系统的发展，延续时期也享有很高声誉，拥有众多的读者与可观的销售量。早在19世纪，就有屠格涅夫的《猎人笔记》、列夫·托尔斯泰笔下以动植物故事与以大自然为题材的散文、马明-西比里亚克的《灰脖子》和《猎人叶米里》、契诃夫的《卡什唐卡》和《白额头》、库普林的大象故事等。到20世纪二三十年代，尤其是后半世纪和人道主义传统扭结在一起，显示了动物文学、大自然文学读物作为一条儿童文学支脉的强大。其代表性作家有比安基、普里什文、帕乌斯托夫斯基等。由单个的动物到动物生存的环境，到大自然，到写自然中的动物。这类在人与自然的关系中侧重表现动物的作品，其中的动物主要是个体、或种群，仍然是将动物世界作为人类社会的对立面来描写的，对动物大都有一种居高临下的心理优势，一种玩赏的文学心态。

现代的生态文学

20世纪之前以自然为题材的文学有着浓厚的纪实色彩，多强调人同自然的交流，思考与写作的着眼点仍限于自然与自我或自然与个人的思想行为的范畴。

到了20世纪，随着生态问题的日益凸显，以大自然为题材的文学，其思考的视角和价值追求都发生了重大转变，越来越专注反映生态环境与人类社会发展的关系，越来越以生态整体主义或生态整体观来考察自然与人的关系，出现了以生态整体主义为思想基础、以生态系统整体利益为最高价值的考察、重点表现自然与人之关系、探寻生态危机的社会根源的生态文学，因其生态思想、生态视角、生态主题的重要，越来越成为一种主要的文学形式和文学批判力量，受到文化精英层的欢迎，将其作为新的科学启蒙、思想启蒙、文化启蒙、道德启蒙的利器加以推广，其文学形态也与环境文学、问题文学、反思文学、寻根文学有着更多的貌合形似。

生态文学的关键是“生态”，其理论基础是生态系统论，文学特征是批评批判现实主义，即以生态系统的整体利益为最高价值的文学，而不是以人类中心主义为理论基础、以人类的利益为价值判断之终极尺度的文学。

生态文学也描写大自然，但传统的描写自然的文学大都把人以外的自然物仅仅当做工具、途径、手段、符号、对应物等等，来抒发、表现、比喻、对应、暗示、象征人的内心世界和人格特征。“感时花溅泪，恨别鸟惊心”里的花和鸟本身并不重要，重要的是它们可以用作工具表达诗人的情感。这种写法是人类中心主义在文学里的一种典型表现。生态文学家非常反对人类纯功利地、纯工具化地对待自然。生态文学的核心特征决定了它必须将所有以工具化的态度和工具化的方法对待自然的文学排除在外。这一核心特征使我们能够在生态文学作品与非生态的描写自然的作品之间划出了一条清晰的界限。

生态文学也着力表现自然与人的关系，但生态文学的突出特点是生态责任。生态文学对自然与人的关系的考察和表现主要包括：自然对人的影响（物质的和精神的两个方面）、人类在自然界的地位，自然整体以及自然万物与人类的关系，人对自然的征服、控制、改造、掠夺和摧残，人对自然的保护和对生态平衡的恢复与重建，人对自然的赞美和审美，人类重返和重建与自然的和谐等。在表现自然与人的关系时，生态文学特别重视人对自然的责任与义务，急切地呼吁保护自然万物和维护生态平衡，热情地赞美为生态整体利益而做出的自我牺牲。生态文学把人类对自然的责任作为文本的主要伦理取向。

生态文学与后起的大自然文学相比，一个重大区别在于生态文学可以不直接描写大自然。许多作家对人类中心主义、二元论、征服和统治自然观、欲望动力观、发展至上论、物质主义、消费主义等思想观念，对破坏生态平衡的自然改造、竭泽而渔地榨取自然资源的经济发展、违反自然规律和干扰自然进程的科技创造、严重污染自然的工业化和农业现代化、大规模杀伤武器的研制和使用等许许多多的思想、文化、社会现象提出了严厉的批判。正因为这一特征，在判断具体作品是否属于生态文学时，可以不把直接描写自然作为必要条件。一部完全没有直接描写自然的作品，只要揭示了生态危机的思想文化根源，也堪称生态文学作品。

人与自然的关系，这个文学永恒的主题，发展到20世纪成为最重要的文学现象，20世纪也被称为一个“生态诗学”的世纪。面对这个生态失衡、人性复杂的年代，生态文学为世人敲了警钟。生态文学在欧美、俄罗斯最为发达。文学家强烈的自然责任感和社会使命感，推动着生态文学兴起、发展并走向繁荣。

当代的大自然文学

大自然文学是以现代生态文学为发展背景，汲取生态文学营养发展起来的，主要以少年儿童为阅读对象的生态文学的一个特殊分支，其具有生态文学的基本特征外，因为接受对象为少年儿童的特殊性，更彰显文学的引导功能，更关注文学的爱的主题、道德主题、和谐主题、发展主题、未来主题。所以说，现代意义上的大自然文学有着深厚的文学传统，又是一种新兴的具有独立审美品格的文学品种，科学的大自然观、大自然的独立审美价值和对一切生命意义的人文关怀，面向孩子、面向未来的理想主义、浪漫情怀，是当代大自然文学的重要特征。当代意义上的大自然文学应该是以整个大自然为审美主体、以环保生态为重要内容、以追求人与自然和谐发展为目标主题、以少年儿童为主要读者的一种综合性文学。还有旅游文学、大自然摄影文学、游记文学等一些以大自然为审美对象的文学，也都可以集聚在大自然文学的旗帜下，各得其所，汇聚成当代意义上的大自然文学大家庭，这又与生态文学有明显区别。

就世界范围而言，只有到了20世纪，大自然文学才在儿童文学最为发达的俄罗斯、法国、美国、加拿大、日本大为兴盛，成为20世纪最宽泛、最受到读者欢迎的儿童文学品种之一。我国具有大自然文学品种的作家作品的出现，是在20世纪七八十年代，以安徽儿童文学作家刘先平倡导的大自然文学创作活动为标志，但大自然文学的发展比较缓慢，发展水平不高，需要加大投入、理论鼓吹与创作支持。

这里特别需要说明，上述五阶段说，是为了叙述的方便而人为划分的。其实，文学的发展进程不可能有这样一个分明的时间表和路线图，而是各种文学形态包容在一起，只是在某个阶段某种文学形式表现突出，其他的文学形态相对而言处于隐性。一般而言，后一种文学形态必然是在前一种文学形态孕育发展而来的，越到后来，文学的形态就越丰富，呈现多种文学形态并存、相互借鉴、各自发展的繁荣局面。

（责任编辑　施晓静）

“甜蜜的暴力”：当代西方文学理论的“革命”进程

●江　飞

无论中国还是西方，当代文学理论都处于不断分裂和重组的过程中，单数的、大写的“理论”迅速地发展成了小写的、众多的“理论”，而这些理论又常常相互搭接、相互生发、相互竞争，促进了理论的繁荣，当然这些理论也大大超越了“文学”的范畴，逐渐成为激进的文化政治的一部分。正因为如此，许多学者提出“后理论”（Post-Theory）的理论，其实也并不是抛弃或终结理论，而是反对理论背离传统审美批评，背离经典文本分析的不良倾向，其意图在于回归或者说重新建构以文学为焦点的理论，可以说这是一种“即将到来”的理论。

不管是结构主义诗学（英美新批评、俄国形式主义、巴赫金学派、读者导向理论、结构主义理论、马克思主义理论、女性主义理论），还是后结构主义理论（后现代主义理论、后殖民主义理论、同性恋理论与酷儿理论），我认为“革命”是其最核心的关键词，或显或隐地贯穿在从结构主义到后结构主义的理论进程当中。这里的“革命”并不意味着武装暴力，而是对语言、话语、艺术所具有的创新性、反抗性、颠覆性、解构性的隐喻表达，正如福柯所言，话语正是“我们对待事物的暴力”，或如阿伦特所言的“革命是唯一使我们直接地、不可避免地遭遇开始问题的政治事件。”[①] 从这个意义上来说，我们可以认为“革命”是人类创新能力、深思熟虑地建筑一个新的政治空间和文化空间能力的最惊人的例证。

毫无疑问，不同的理论是从不同的兴趣点出发对文学的不同拷问，不同的文学理论倾向于强调文学的不同功能，或者说，不同的文学理论定位于不同文学活动的不同维度，但是社会历史语境的存在和理论自身延续性的承袭使得理论具有繁衍和被颠覆的可能。如果我们认为写作是颠覆性思想能够萌芽的地方的话，那么，理论的内部和外部同样存在着不断建构又不断被颠覆的情形。无论是武装革命还是理论革命，革命

① 阿伦特：《论革命》，译林出版社，2006年版，第10页。

的对象总是在某一时空内占据统治地位的权威或者话语霸权，对于前者，暴力是唯一的途径，① 而对于后者，作为革命的潜能却有很多，比如语言符号、话语、新技术、精神分裂症、文学差异、性、性别、底层、杂交等等，而革命的结果自然离暴烈很远，或许用伊格尔顿之语“甜蜜的暴力”最为合适。

比如在巴赫金学派那里，语言或话语始终是作为一种社会建构的符号系统而获得关注，文字符号是阶级斗争不断继续的竞技场：统治阶级总要想方设法缩减语言文字的意义，使社会符号变成统一腔调。也就是说，巴赫金所关注的是语言如何用来打断权威、从“众声喧哗”（heteroglossia）的语境限定中解放出其他声音，他希望“狂欢化”（carnivalization）的文学形式能够像广场上人民的笑声一样，成为颠覆和打散一切权威的、不可改变的、严肃的东西的工具，从而实现将“狂欢节”这种具有解放力量的社会现象转换为意识形态的革命性意图，这是其理论超越形式主义的价值所在。

再比如，本雅明在《作者即生产者》（1934）中着重讨论了艺术实践的政治，他指出：新技术很可能具有革命潜力，但其革命效果却是无法保证的。艺术家需要使他们时代的艺术生产力革命化。本雅明认为像电影这样的新技术是一种蕴含了革命潜力的媒介，电影带来了感知方式的革命，比如蒙太奇的震惊效果对人的感官刺激，电影院里观众的笑声变成身体苏醒的信号，是身体成为革命的放电器之前必不可少的热身活动，本雅明由此建立了他的身体政治学，将身体经过技术重新装备而成为革命的武器。② 我认为，本雅明和法兰克福学派的出发点是相似的，即都把艺术当做是现实世界否定的知识（比如马尔库塞在《审美之维》中谈艺术与革命的问题时认为，“在艺术的本性中存在着倾覆性潜能”），只不过本雅明不像阿多诺那样只看到电影的负面价值，而是过分拔高电影技巧及其功能的意义，其片面性是显而易见的，因为就我们的实际现实来看，电影尤其是商业电影加速了艺术的粗鄙化、低俗化、媚俗化，或者已成为政治意识形态的工具，它在娱乐大众、教化大众的同时，并没有传递出先锋性、批判性、革命性的思想内涵，而一旦艺术与政治、商业调情或与政治、商业婚合，它的批判性、否定性也就不复存在了，这恐怕正是本雅明所担心的无法保证的革命效果吧。

更有意思的是德鲁兹和瓜塔里提出的“精神分裂症”文本细读法，他们认为精神分裂症意味着欲望的解放，“精神分裂症”与文学的关系是，文学也可以颠覆体系，并把自身从其中解放出来。但是，作者/文本也需要一个“解放欲望的读者”、一个“精神分裂的分析家”，激活其潜在的革命话语。很显然，他们企图从资本主义意识形态的压抑甚至压迫中解放出作者/文本的意义，但过分夸大了欲望的颠覆性能力以及作者/读者的“革命性”力量。倒是其提出的“小文学”这一概念让我们认识到“差异”所具有的革命潜力：

“小文学”是一种不遵从戒律的、富于创新的、敢于质疑的文学，和那些“再现”

① 汉语之中的“革命”一词语出《易经》，所谓“革命”的基本含义是改朝换代，以武力推翻前朝，包括了对旧皇族的杀戮，它合乎古义“兽皮治去毛”，这是西方 revolution 的意义里所没有的。换言之，汉语的“革命”之中始终存在暴力的内涵——革命是一个阶级推翻另一个阶级的暴烈行动。这是设计现代民族国家的另一种方式。当然，20 世纪的革命话语很大一部分源于马克思主义学说。参见南帆《四重奏：文学、革命、知识分子与大众》，《文学评论》2003 年第 2 期。

② 赵勇：《整合与颠覆：大众文化的辩证法》，北京大学出版社，2005 年 6 月版，第 118－181 页。

特定世界、符合确立规范的主流"大文学"处于对立的位置上。……"小文学"是那种真正伟大的文学，能够"创造"意义和身份属性，而不仅仅是"表现"那个已经存在的世界和被认定的人的共同性，所以它是一种正在"不断发展变化"（becoming）的文学。这样就把文学对准了"差异"，而差异恰恰是变化和反对的力量所在，能够对抗统治的文化模式和精神。①

创新、质疑、创造意义和身份属性以及不断发展变化，这是"小文学"的特质所在，而它与主流"大文学"的差异正是对文化统治模式和精神的反抗和革命，这种受益于德里达"延异"（Différance）思想启发的见解试图在"再现"与"表现"之外寻找到第三条道路，摆脱主流叙述的影响而获得自身存在的意义和身份，这种设想当然有利于文学和文学理论的多元化发展，然而，他们所欣赏并解构的卡夫卡在文学领域之外又具有多大的影响和革命力量呢？我赞赏，同时怀疑。

相较于结构主义诗学，后结构主义理论似乎更强化了理论的革命性，凸显出强烈而集中的政治倾向，以及身份认同的危机意识。在女性主义理论那里，语言和性始终是其反抗压迫性力量（如权威、意识形态、父权制等）的手段、出发点和理论衍进的核心空间。

比如，朱丽娅·克里斯蒂娃在《诗歌语言革命》（1974）中认为，激进的社会变革的可能性与权威话语的瓦解紧密联系在一起，诗性语言把颠覆性的符号开放性"全面"引入社会"封闭"的象征秩序中，诗歌话语实践的正是在内部反抗社会秩序，现代主义诗歌实际上预示了一场社会革命，这一革命将在遥远的未来当社会发展为一个更复杂的形式时发生。诗性语言是异质性的、非理性的语言，而社会正常的语言则是井然有序的、理性的。我觉得这本书题目中的"革命"指的是一种话语创新，不只是隐喻，当然，我同时认为，诗性语言的反抗性是很有限的，一方面就其内在特质来说，它是游移变动的，难以固定下来成为集体遵约的话语规范而具有强大的革命力量，另一方面，就其外在处境来说，因为它不是理性的主流话语，所以在社会意识形态中时时存在着被主流话语同化、利用或整合收编的危险。

而在大多数女性主义批评家看来，"性"的革命性力量似乎更大，"女性的性是革命的、颠覆的、异质的、'开放的'，它拒绝界定女性的性：如果说有女性原则的话，那一定是在男性对女性的界定之外的。"② 为了推翻男性所建构的性差异和男人定义女人的"他者"地位，她们将"性"转换为"性政治"（凯特·米利特《性政治》）或"文本政治"（托里尔·莫娃《性/文本政治》），倡导"女性写作"来创造独立于男性之外的自身原则和身份认同。我所理解的女性主义批评再现的是一种政治的、文化的、批评的解构主义的有力形式，其理论实践的政治化意味着对一直控制西方文化和殖民文化的"主流"叙述的攻击和颠覆，但她们对文本的虚构本质和文学性都有所忽略，同时，在激进的革命姿态背后也存在堕入身体欲望和反人文主义的危险，③ 推而广之，对抗异性、种族霸权、认识身份的文化与政治构成是复杂而多样的女性主义诉求，长

① 转引自拉曼·塞尔登等著《当代文学理论导读》，北京大学出版社，2006年12月版，第199页。

② 转引自拉曼·塞尔登等著《当代文学理论导读》，北京大学出版社，2006年12月版，第148页。

③ 这在受西方女性主义思潮影响的中国当代女性写作（如陈染、林白等）中表现得尤为明显。

期以来一直是黑人女性主义批评与反殖民主义批评的一个主要动力，而在后来的酷儿理论中，男女同性恋之间话语权力的争夺也更加激烈，政治意图也更加鲜明，其抨击特权、挑战主流的政治化姿态为它赢得了赞美，体现出政治诗学的解构性和偏执性。这在萨义德、斯皮瓦克、霍米巴巴等后殖民主义那里同样如此，① 解构主义为他们的理论提供了革命性的某种可能，但却并没有为他们所希望看到的那类政治实践和变革提供理论依据，而他们自身又都无法采取一种超越学术体制、超越社会政治权力结构的立场，这正是"革命"的尴尬所在。

在詹姆逊看来，意识形态的功能就是压制"革命"或说"反抗"，任何文化文本都积淀着政治无意识，也就是说任何文化文本（或文学文本）都是容纳个人政治欲望、阶级话语、"文化革命"的一个多元空间，意识形态和文本叙述在那里是相互构成的，这在压迫者和被压迫者那里都得到了回应。正如狂欢节的颠覆形式往往也是官方认可并谨慎控制的一样，理论的政治化倾向其实也只是理论在一定限度内的自我增值和价值传递，这种意识形态的"遏制策略"（strategies of containment）是理论文本自身所无法去除的：这是"革命"的限度。但同时必须认识到，正是理论所潜在的革命力量完成了理论的推陈出新，发掘出文学周围缠绕的错综复杂的跨学科领域，其意义是巨大的。而在理论革命的进程中，文学问题又逐渐离开"理论领域的核心"，文学理论成为只能遵从于社会学、政治学意味很强的文化研究的模式，沦落为文化研究的一种"症候式解释"，这是对文学研究正业的偏离，一种令人畏惧的、受到挫折的偏离，或者是一次时髦的偏离。我们不得不承认，在"后理论"时代，文学与当代文化政治貌似断裂却是更紧密地联系在一起，而文学独特的"文学性"② 却又不由周围的政治、历史或意识形态话语所决定，当理论在前仆后继的"革命"中走向后现代文化理论的时候，行动的意义掩盖了文本阐释的意义，形式、结构、阶级、种族、历史、性别等价值超越了文学的审美价值，文学的场域、审美的空间不知不觉就被遮蔽起来。而一旦审美作为一种否定与颠覆的范畴所具有的力量（在大众消费时代，这同样可以认为是一种颠覆性的革命力量）被放弃的话，我想，文学自然而然就会在诸如伊格尔顿的"政治批评"中逐渐走向沉寂：那将是温和渐进的"甜蜜的暴力"带来的文化"激进的悲剧"。

最后我想说，不存在任何"永恒的审美法则"（布莱希特语），同样，也不存在任何永恒的文学理论，我们需要在理论的动荡中建立起一个学科的整体知识结构，至少我们应当清晰地展现出当代理论的"革命"进程，理论的更迭与社会意识形态的嬗变一起构成推动学科和时代进步的可能性力量，当然，这种力量也会成为解构理论自身的可能性力量。

（责任编辑　王永华）

---

① 萨义德呼吁一种批判性的、"祛中心的意识"，倡导一种致力于消解种种主导体系的跨学科研究的集体自由主义；斯皮瓦克借用葛兰西的"底层"概念来说明被殖民的不能为自己说话的下层民众的阶层事实，他们的话语权力以及政治权力被剥夺而无法改变；霍米巴巴把"杂交"看做"对殖民再现的某种怀疑"，"杂交的产生"标志了反殖民抵抗的可能性。参见《当代文学理论导读》第266－279页。

② 此处"文学性"内涵借用童庆炳老师的观点，"审美是区别文学与非文学的根本特征"，"审美性就是我们所理解的文学性"，"'气息''氛围''情调''韵律'和'色泽'就是文学性在作品中的具体的有力的表现"，参见童庆炳《谈谈文学性》，《语文建设》，2009年第3期。

“中为体、西为用”的探索者

——论印象画派对赖少其绘画的影响及其他

●傅爱国

赖少其的绘画艺术，在他一生涉猎诸多的文艺门类中，成就最显、影响最大；晚年于中国画两度变法所得正果，被誉为“人生谢幕前的辉煌”，确立了他在当代美术史上的卓越地位；“丙寅变法”后的艺术语言以“融合中西”的特点而独树一帜。这些已是艺术界和学术界的共识。其中艺术语言“融合中西”的独特性和作为成功的典范是一个很有意义的话题，而且对此尚存微词，有待深入探讨。2007年5月16日，在“纪念赖少其诞辰九十二周年”学术座谈会上，我发言中谈及“赖老晚年绘画艺术受西方现代绘画尤其是印象派艺术的影响，而形成自己的独特艺术语言”。著名油画家鲍加先生当时提出不完全赞同的看法，他在发言中说道：“给赖老定位很难，他的容量很大，不能把他的艺术定在哪个点上。他喜欢印象派，后来完全融化到自己的艺术中。他的艺术是一个大师通过多方面吸取融会贯通而成的（大意）”。对于鲍先生的说法我是同意无疑的，而我的语意中含有一个“赖老对于西方现代绘画尤其是印象派艺术的吸纳”是“自觉意识”中的事，有意识的接受和吸收与无意识的爱好和影响是有区别的，有意识则会在目的性中出现必然性，无意识则会在盲目性中带些偶然性。这一点当然不足以作为给赖老艺术定位的唯一依据，但对于研究赖少其的艺术人生和艺术语言都是很重要的，以至对于当代人们探索中国画的创新之路不无启迪。

对西方现代派绘画的兴味并受其影响，对于赖少其来讲是有年头的。而在实践中，把印象派的观念和方法结合于自己的创作中，那是70岁以后的事了。

一、在“西学东渐”中得西画正传

广东是我国受外来文化影响较早的地域之一。作为广东人的赖少其少年的时候到了广州学习美术，这时“西学东渐”对我国艺术形式和艺术教育渗透已深，美术界也有着“全盘西化”的观念。

百年前，我国知识分子谈所谓的“西学东渐”，成为进步、开放，以图民族复兴的话语。百年后的今天，所谓“西学”，已经不是一个“渐”不“渐”的问题，它已经从纯粹的思想跟抽象的理论层次，深入到国人生活里头成为每个人呼吸的世界，渗透到最具体的生活内容的细节之中。尽管如此，“西学东渐”在我国近现代“形而上”和“形而下”的历史中都是具有重大意义的现象。

“西学东渐”是指西方学术思想向中国传播的历史过程，一般是指在明末清初以及清末民初两个时期欧美学术思想的传入，在这段时期，中国人对西方事物的态度由最初的排斥，到五四时期逐渐接受西学。随着“向西洋学习”、“中学为体，西学为用”等观念的逐步确立，中国人开始向西方学习造船、海军、制炮，进而学习地理、科学，再进而学习哲学、法学、心理学、艺术。在向西方学习的过程中，中国人开始接触西方的文学、绘画、建筑、雕塑、歌剧、音乐等新的文化艺术，亦开始创作受西方影响的艺术作品。另一方面，开始介绍西方近现代美学、哲学及文艺观。出于对政治的不满导致部分知识分子提出“全盘西化”的主张，并造成巨大社会影响，可以说这一波的“西学东渐”潮流，一直持续到当代而未停止。

西学东渐的过程中，借由来华西人、出洋华人、各种报刊书籍以及新式教育等作为媒介，以澳门、香港、其他通商口岸以及日本等作为重要窗口。对于“西学东渐”，向有两种态度，一种是抵抗，把本国的文化当做珍宝，唾弃外国文化，另一种是不了解西方本身发展的历史过程，对现在流行的各种一概接受。鲁迅对此有个很好的总结，他把对本民族文化的盲目性和对外民族的盲目性，称为内外两面的桎梏，只有摆脱了这两种桎梏，中国才能真正与现代世界潮流合流，而又不会梏亡了中国向来的民族性。

刚满 14 周岁的赖少其，离开家乡，经香港来到广州，开始了他的求学游历生涯。他原计划是打算读师范学校的，将来当一名中学老师。因为在家乡龙山中学念简师时，一位美术教师发现他有绘画方面的禀赋，劝其到广州报考美术学校。经过考虑，赖少其接受了这位美术老师的建议，到了广州就决定投考广州市立美术学校。“士之于道”的中国文人，择学与术业，术业与专攻，专攻与成功，往往是一条独孤行的不归路，全在于从兴味和敬业中走过。没有兴趣，就没有事业的责任心；没有责任感，要想取得事业的成就谈何容易。所以说，此事对于赖少其度过蒙学后的人生是值得庆幸的一次重要选择。不仅体现了现代教育有利于个性发展的人文本质，而且是其终身术业专攻以及最终获得与此选择密切联系的成功的关键。他到广州时，已是冬季，错过了投考市美的机会，他只好在胡根天先生主办的“赤社美术会”学习水彩画，等待来年再投考。在这期间，他白天学美术，晚上就跟关良先生的哥哥学习日语，直到第二年 1930 年秋，他考上了广州市立美术学校西画系。

自上世纪初西学东渐以来，广州成为 20 世纪中国美术的中心之一，很多影响重大的美术思潮、美术现象、美术团体、美术家的发轫都与广州有关，岭南画派关注现实的精神备受推崇，因此潮汕人改变了舍近求远到沪上或海外求学的习惯，转而把求学深造的目标稳定在广东政治、经济、文化中心的广州。晚清之后，随华侨关系到国外学西洋画的广东画人，有李铁夫、冯钢百、梁銮、雷毓湘、陈抱一、赵雅庭、许敦谷、关良、谭华牧、梁鼎铭、胡根天、陈丘山、徐守义、梅雨天、容有机、李澄之、关金鳌、林风眠、余本、符罗飞、吴琬、司徒乔、李桦、胡善余、胡光弼、丁衍庸、任真汉等，粗略统计达五十多人。从广东到外国学西洋画的人少数寓居国外，大部分归国从事西洋画的创作和教学活动。有些人活动于上海、苏州、杭州和北京等地，相当一部分回广州从事西洋画传播。1921年由胡根天、冯百钢、徐守义等人在广州组织成立的“赤社美术会”，便是广州第一个由社友自己出钱出力组织的西洋画研究、创作及传授的美术团体。1921年由胡根天、冯百钢、徐守义等人在广州组织成立的“赤社美术会”，是广州第一个西洋画研究、创作及传授的美术团体。该社于成立当年的10月1日举办赤社第一次西洋画展览。展出油画、水彩画、木炭画、粉彩画等西洋画作品160幅，作者有陈丘山、雷毓湘、徐芷龄、李殿春、徐守义、梁銮、容有机、胡根天等人。赤社开办12年，造就了不少从事西洋画创作的人才。赤社成立的次年（1922）广州成立了全国最早的一间公立美术学校“广州市立美术学校”。在筹备市美的同时，经几个月的筹备，在1921年12月借用文德路广东省图书馆举办了“广东全省第一次美展”。市美和赤社的成员及全省第一次美展的展出，是广东西洋画创作活动的一个高潮。

赖少其在广州市立美术学校学习期间，李桦是其班主任，他是市美第一期毕业生，留学日本，学成后归国回母校工作的。年轻的赖少其通过谭华牧、吴琬、关良、李桦等良师的指导而获得了西方现代艺术的启发和初步认识。从那时，他尤其喜好印象派绘画，对光、色有较深的研究，有对物写生的基础。同时又感受到了岭南画派“折衷中西，融会古今”的艺术魅力，以及当时岭南画派创作群体关注现实的精神。最初接受的系统教学内容对于一个有志者的成长是至关重要的，最初的良师益友的艺术思想及其艺术创作对于始志不渝的学生会影响终身。赖少其从艺几十年对于西学现代绘画印象派的态度，与其在广州市立美术学校学习期间所确立的根基是有因果关系的。

而且，他从艺之初随其师专事版画创作，就以现代意识对于西学艺术有过研究和借鉴。20世纪30年代初，现代木刻艺术兴起，这是一场由鲁迅先生在上海发起的波及全国、以新的一代青年人为主体、以西方版画为艺术借鉴、以反映社会和人生为主旨的新兴木刻运动。它的一个最重要的特征是强调创作。鲁迅先生在20年代后期，为翻译介绍和出版苏联、德国、日本等国优秀版画做了大量工作。因为木刻作品便于自行复制、易于在大众中传播，所以在李桦老师的指导下，赖少其与同学唐英伟、潘业、陈仲纲、刘仑、吕蒙等一批有抱负的青年学生，借鉴了德国著名版画家凯绥·珂勒惠支等的表现形式和技法，取材于下层劳动人民，去反映社会、人生。在李桦老师带动下，他们于1934年6月组织起以本校西画系学生为主的版画团体“现代创作版画研究会”，最初有会员27人，赖少其是其主要成员。李桦、赖少其等常写信请教鲁迅先生，并受到鲁迅先生多次书信指导。为了推动这新兴木刻运动在广州迅速壮大发展，提高木刻创作艺术水平，1934年赖少其在李桦老师的帮助下，编译出版了《创作版画雕刻法》一书，比较系统地介绍了日本雕刻技法。

虽然赖少其没有留学西洋和东瀛直接学习西学的经历，但他是在“西学东渐”中自觉接受西画教育和得西画正传者。而且，从学习美术肇端和早期版画创作，他便崇尚鲁迅艺术思想，受其影响极深，对于西学及其西方现代艺术既无吐弃之意，也未受其桎梏。

二、以开放心态对待现代派绘画

对于西方现代派绘画，20世纪以来乃至当下，我国一大批像赖少其这一代同辈画家中，反映出的心态差距十分明显，闭关自守妄自尊大不屑一顾者有之，民族主义国粹主义心存忧虑者有之，隔窗观景雾里看花妄加评论者有之，只作书斋研究反对实践融通者有之，抱以开放心态有意吸纳者亦有之。赖少其所持的态度属于为数不多的最后一种，而且，他有自己独到的认识。他在1979年《访问南斯拉夫波契德列画廊纪要》中首先从现代社会人们生活需要上予以现代绘画积极意义的肯定："现代绘画讲究色彩和构图，此点对人民生活（建筑、家具、衣着、用具）有好的一方面，不宜全盘否定。……毫无疑问，现代画派的色彩和造型使人们生活的各个方面显得现代化和色彩缤纷。也使人感受到生活在这样社会的人，都是一些性格开朗、感情奔放的人。"[①] 客观辩证，情深意切，誉美由衷。其次，他还从艺术本体价值给予现代派绘画的认同："我们从现代画派中也仍然可以看到有些画家继承和发扬了民族、民间优良传统，很值得我们注意和学习，尤其在民间艺术和民间艺人中蕴藏着健康的生命力。……我们这次给波契德列画廊的木刻《陈毅吟诗》，是和他们所倡导的现代画派格格不入的，但他们并不因此而排除'异端'。不要因为不适合自己胃口就加以反对，也许我们所反对的东西恰好是好的呢？"[②] 言语平实，却能反映一个艺术家的眼力和文化艺术领导者的胸怀。这里，赖少其深入浅出地讲了一个道理：艺术的事情，从发展的眼光看，没有过的和没见过的应该就是新的东西，新的东西一般属于未知的领域，人们还来不及认识的时候，不可以轻易加以否定的，古今中外不是有那么多的艺术家是在盖棺定论后才被人们认知的。优秀的艺术是要经得起时间检验的，过早的结论和否定是会导致良莠不分的。就像批判地继承传统，不能倒洗澡水一同将婴儿泼去一样，对待新的艺术，外来的艺术，不能手持"钝锈"的板斧将其胡乱砍伐。赖少其的这种对于现代艺术的认识，成为他后来"中为体，西为用"的艺术实践的思想基础。

"体用"是我国古代哲学常用的基本范畴。体，指本体或实体；用，指作用、功用或用处。这是它们的本来涵义。在中国哲学的长期发展过程中，逐渐形成一种有体有用、体用一如的思维模式。体用范畴也被赋予了复杂多样的涵义，但主要有两种：一是指实体及其作用、功能、属性的关系；二是指本质与现象或根据与表现的关系。此外，还用来表示一和多、全和偏、必然和偶然、原因和结果、主要和次要等多种关系。体用范畴作为一种思维模式，在中国哲学史上产生过长期而深远的影响。剔除其唯心主义和形而上学的糟粕，其中也包含着真理性和科学性的内容。近代，体用范畴继续被哲学家们沿用。谭嗣同提出器体道用说；张之洞等人提出"中学为体，西学为用"

① 洪楚平等主编：《赖少其诗文集·让人民选择自己认为最美好的东西》，岭南美术出版社2005年12月第一版，第183页。

② 洪楚平等主编：《赖少其诗文集·让人民选择自己认为最美好的东西》，岭南美术出版社2005年12月第一版，第183页。

说，其所谓体用是主要与次要、根本的与从属的两者的区别。张的观点虽然在学术上有争议，如严复则从实体与功用的关系上批评“中体西用”说，他说：“体用者，即一物而言之也。有牛之体，则有负重之用；有马之体，则有致远之用。未闻以牛为体、以马为用者也”（《与外交报主人论教育书》）。但是，“中体西用”的观点在许多领域被有志有识者接受，并在具体的术业实践中努力作兼容运用。上个世纪就有一些老一辈的画家在这一思想的指导下，探索着中国画的创新途径。赖少其的绘画创作堪称这方面的典范。尽管他没有明确说过自己的绘画走的是一条“中体西用”的路，若从他的艺术文论中一些片段文字的义理不难读出与此是暗合的。

1988年7月2日，此时正是赖少其进行“丙寅变法”时期，他在香港中华文化促进中心作了一次题为《我的创作道路》的演讲，在演讲中，好几次谈到了中西绘画的问题，比较集中地体现了他的“中体西用”的绘画艺术观。

“我原来是学西画的，特别喜欢印象派，因此把印象派的技法带进木刻，尤其是套色木刻，因研究国画和民间木刻，也把国画的技法和民间木刻的技法带进了木刻，使木刻有民族气派，……”[①] 说明他是学习西画的美术科班，他不仅喜好印象派是由来已久的，而且自觉地将印象派色彩的技法带进了木刻创作中，但这仅仅是用于形式表现，以增强艺术效果，他更重视把国画的技法和民间木刻的技法带进木刻创作之中，要有“民族气派”才是画家的根本出发点。

在谈到“丙寅变法”的具体方法时，“中体西用”的艺术规则更加明了。“如何变？画法要变，我以中国画的线条为基础，吸收西画印象派的颜色；……我还用不中不西，又中又西的方法，画了黄山春、夏、秋、冬，为了加重画的内涵，我在画中加了诗。……有不少西方的朋友对我的变法表示赞赏。当然，这还很不成熟，我还要继续探索。”[②]“画法”与形式效果相关。但是，赖少其在进行“中体西用”的“丙寅变法”过程中，决非停于形式技法的表层，“以中国画的线条为基础，吸收西画印象派的颜色”，一语道出心机。中国画之所以被称做线条的艺术，不仅是形式表层的东西，更主要的是民族艺术精神的体现，“国画民族性，非笔墨之中无所见。”（黄宾虹语）与黄宾虹谊在师友的赖少其是深谙斯理的，“线条”被锁定为中国画的基础，实际上所讲“笔墨”就是国画民族性的本体，万变不离其宗。对于讲究“绘事后素”、“返璞归真”、“逸笔草草”的中国画传统来讲，画家们对色彩的运用历来是退其次的。不过，为了创新，为了增添形式表现力的感染性和强烈性，赖少其“吸收西画印象派的颜色”。当然，前者“中国画的线条”是基础的、是主要的、是根本的，后者“西画印象派的颜色”是次要的、是从属的、是附丽的。

对于学习西画的目的，他认为：“我们不仅应向古人学习，也应该向同时代人学习，向全世界的同行学习，向青年学习，只要自己的立场站得正，就不怕学习。学习的结果，应该是使得中国画更加丰富、更加美。我想世界人民是希望中国有新的发展，

---

① 洪楚平等主编：《赖少其诗文集·我的创作道路》，岭南美术出版社2005年12月第一版，第252页。

② 洪楚平等主编：《赖少其诗文集·我的创作道路》，岭南美术出版社2005年12月第一版，第254页。

而不是把中国画变成了西画。”[①] 从这段直白中可见得，赖少其晚年变法，宝刀不老，老当益壮，仍能保持年轻的心态、开放的心态、包容的心态，其目的是“使得中国画更加丰富、更加美”，而不是把中国画变成西画。1991年在一幅题为《小仓兰之图》的花卉小品中，跋有一段白话文字耐人寻味：“当你采取传统风格时应注意时代精神，当你接受外来影响时不要忘记自己是中国人。”可谓其“中体西用”的创作实践的注脚，体现了大师的风范。

三、对印象派绘画语言的借鉴和引进

“从古至今，所有艺术都在寻找同一个问题的答案，什么是真实的？每一代艺术家都在以某种形式千方百计地表达现实的存在。印象派艺术家通过飞流疾逝的大气效果看到了现实的存在；……对各个时期的所有艺术家来说，给现实下定义都是一个难题，因此我们实际上兜了一个圈子回到了原来的地方。因而，已经发生的事必然是将来所要发生的事。”[②] 艺术表达现实的存在归根到底是传达生命的真实。中国画的形而上学，就在于随着人的生命不断地被超越后而不断地提升意境，故而被视为提升生命、净化性灵之具。赖少其一生对于革命和艺术两件事抱以极大真诚，在政治生命无奈的情形下，把艺术生命作为寻求真理的火把，以求让自己的艺术照亮现实。他一意履践“融合中西”的变法，尽管是超越自我的冒险探索，却是和现实联系一起的。

他之所以晚年执意借鉴和引进西学绘画，有三件事是值得提起的。

其一，社会环境的变化。他自己说过：“安徽有黄山和九华山，广东虽没有像黄山和九华山那样美的山，但它是热带，五彩缤纷，所以广州叫花城。广东是改革开放先走一步的地方，高楼大厦有如春笋一般林立，农村也变了，怎么办？有一些好心的朋友劝我不要搞什么‘变法’，已经七十多岁了，还提什么‘变法’？我已回到老家，家乡变了，我的画也应该变。我戏称‘丙寅变法’（1987年为丙寅年），实际上，我已在福建、山东、汕头用写生方法反映这些地方的山水；我再向前发展，反映家乡现实，这完全是可能的。”[③] 不难看出其“变法”的决心和信心。他为什么选择印象派的颜色为变法的切入点，而不是其他什么流派？回到南国家乡，自然环境变了，虽然也在沿海的一些地方进行了山水写生，但以过去掌握的传统新安画派清淡沉冷的山水画法，难以表现家乡花城五彩缤纷的现实，所以要“再向前发展”，大概是长期对于印象派的独钟和理会，他认定印象派色彩能够使自己的绘画增添表现力和在强烈的视觉冲击中产生新的和谐，从而大胆地借鉴了印象派的色彩语言。这种选择，无疑是主动的、自觉的、刻意的。选择的本身，就是一种有意识的活动。尤其在艺术活动中，艺术家对于个性风格发展方向所做出的自我选择，一定是充满心智和责任感的。因为艺术家进

---

① 洪楚平等主编：《赖少其诗文集·我的创作道路》，岭南美术出版社2005年12月第一版，第254页。

② ［美］威廉·弗莱明：《艺术和思想》，上海人民出版社2000年第一版，第7页。

③ 洪楚平等主编：《赖少其诗文集·我的创作道路》，岭南美术出版社2005年12月第一版，第254页。

入个性风格形成阶段，必然经历了厚重的积淀过程，至于某种艺术的经验思维已经发展到相当成熟的地步，若心志更向高而远的境界迈进，自然会对自我、对艺术乃至艺术史产生神圣而崇高的责任感。他不再满足积累起来的经验中的东西了，也不会满足人们熟悉的已经有的东西了。赖少其在西方现代艺术中选择对于印象派的色彩吸取，是一种理性、智性的选择。按照“个体发展”理论的西学东渐，他走自己的路，不管别人怎么说，孤注一掷地踏上开放的路、兼容的路、创新的路。

其二，对印象派绘画的进一步认识。1985 年，在他即将离开安徽时，法国画家吕霞光送他《印象主义绘画》一书，为他十分喜欢，觉得颜色真好，有自然光的感觉。技法上有点类似宋代米芾和明末清初龚半千的画法，画面结点而成。于是他便联想尝试以陈老莲写生法结合印象派的色彩感觉来画花卉，自觉妙趣横生。同时，在山水创作中开始追求光影及色彩的效果，似乎一下子看到了自己多年摸索和思考的问题找到了方向。这件事是个契机，几十年与印象派绘画若即若离的情态一下子贴近了。将绘画从客观自然再现转向主观精神表现，反映印象派具有绘画独立性的美学观念。印象派并不反对以自然为师，只是强调“不要失掉你所感觉到的第一印象”。印象派认为“记忆”和“想象”可以“从自然的束缚下解放出来”。对于印象派的这一独立性的美学观念，变法前的赖少其更多的是在理论层面的好而知之，不曾作出专门的系列作品的探索和实验。1986 年从安徽移居广州，他体验到南方人的审美情趣与安徽区别很大，对岭南派绘画的光色运用，也有了更多的理解。

其三，访问美国时参观张大千画展与之晚年作品的神交。1991 年 10 月至 1992 年 1 月，赖少其应邀访问美国，10 月份又去法国访问。同年，筹备出版“丙寅变法”以后的第一本画册，1993 年面世。画册收进的山水画作品，跟他的美国之行不无关系，在《天都峰》一画中，题道：“春，余在纽约见张大千临终之前所作《庐山高》，也用王蒙此法。”这张画明确地题了天都峰，但是，看不出是黄山面目，只是他记忆中的黄山，混合着王蒙的语言和与张大千比较切磋的心态。在此前，赖少其从艺数十年并没有对张大千有过特别的关注，同是艺术“峰顶”上戏云听涛的同道者，真是“人生何处不相逢”，晚年的他在大洋彼岸观赏了张大千的晚年作品，见画如见人，为之感动的同时，也进一步增强了自己创新的冲动。后来他与门人陈圣泓谈及时，作出的评骘真是心有灵犀。陈圣泓如是记载：“1991 年底他到美国访问，最大的收获便是仔细观摩了欧洲印象派画家的原作。那年正好是丙寅年，先生的作品受印象主义的影响和自身环境的改变，意境上开始变得朦胧深远，色彩上更加强烈鲜艳起来。在一张《黄山春色》画上的题跋写到丙寅变法，也就是大家所一致公认的赖少其‘丙寅变法’的由来。因此先生说他在这次纽约观摩莫奈、凡·高、高更、塞尚和马蒂斯等印象派大师的原作时，似乎自己的心境与他们息息相通，心情变得异常激动。先生提到那次专程去华盛顿一家博物馆看了张大千画展后，认为张大千后期的画风除了眼疾的原因，其实受西方绘画的影响很大：当然这些成就与大千先生早年醉心摹习古人作品，尤其石涛和王蒙对他的影响是分不开的。”① 被称为“现代艺术之父”的塞尚是 19 世纪末印象派绘画

① 陈圣泓：《与赖少其先生相处的日子》。

的执牛耳者。“塞尚选择的形式取自固定的日常景物——苹果、山、房屋、树等。通过这些‘常数’，有可能测量出其思想发展的程度。他曾这样说：‘要征服它们就必须画它们’。维克图瓦山高耸多石，位于其老家（普罗旺斯地区艾克斯）的附近，它是塞尚反复作画的主题，从而成为其雄心壮志的象征。”[①] 黄山是赖少其反复作画的主题，不也是成为他雄心壮志的象征。归故里后，虽然遥离黄山，不可能再像从前经常出没于黄山的溪壑峰峦之间，但是，安徽是他的第二故乡，可谓是艺术的老家。了不断的黄山情结，仍然是他绘画的主要题材，他是凭着记忆和梦境不断地反复画着黄山。1991年他画过一幅《黄山之梦》，画中题道：“老夫归故里，日日梦黄山。梦中写来苦，笔笔汗湿衫。吾用元王蒙干笔渴墨之法皴擦之，以西画印象派着色之法渲染之，颇能摄黄山之神；故喜而记之。”（《赖少其诗文集》第37页）“用元王蒙干笔渴墨之法皴擦之，以西画印象派着色之法渲染之”，算得上与张大千成了志同道合者。

赖老生前最后两年多的岁月里，由于失去行动能力，在医院病榻上，由夫人和女儿为他备好所用的绘画材料，自己只能斜倚于病榻上，用一只还没有完全病痹的手在一块小画板上作画，完成了近百件作品。就是这种独特的创作方式，成了他衰病老年精神生活的主要方式。据说他自己对这些画并不十分满意，认为自己的手如果能够自由自在地听使唤，他相信能够画得更好。对此，也只能是假设，作品的形式可能会增添精微谨细的成分，但意味和境界所至已是神清韵远的地步。有如李伟铭先生评述的那样：“如何研究这种创作状态，是一个复杂的课题，但有一点可以肯定，赖先生病中的精神状态很清醒，与其说他是在用他的一只手作画，倒不如说他是在用他的心灵作画。这些作品也许没有什么明确的主题，更非某种现实情景的再现；它们经常弥漫着一层似梦非梦的薄雾，但它们特有的幽深、神秘的空间容积，却分明透露出一位世纪老人异常丰富的智慧和对不可企及的美的彼岸执着的追求与向往。”[②]

四、绘画形式“别样”的成功创新

赖少其的绘画艺术拥有两度辉煌：新徽派版画确立了他的美术史地位；晚年变化后的国画使他走进大师的行列。晚年引进印象派色彩，对于他线性艺术人生多点延伸来说，是至关重要的终点冲刺。如果不是从印象派悟得并独创“色彩灿烂”，可能是一位恪守笔墨底线的能画者，很难被置于大家大师的行列。

艺术作品中变化最大的是智力视觉的特质。好的作品不是靠卖弄技巧媚取观众，更重要的是在视觉传达要能作出合道的智力创新。再好的技巧也弥补不了艺术家智力上的贫乏。

“艺术品所‘表现的’东西，从感情意义上讲，在很大程度上取决于观众以感情机制的方法带给艺术品的是什么东西。艺术家的工作决不是，也从来不是预期观众

① ［美］威廉·弗莱明：《艺术和思想》，上海人民出版社2000年第一版，第531页。

② 李伟铭：《赖少其研究文集·关于赖少其近作的一种阐释》，岭南美术出版社2005年12月第一版，第24—25页。

的……。艺术家决不能控制其作品的感情后果：他当然会欢迎这些后果。但是他在创作行为中首先关心的唯一关怀的东西是现实的结构因素：按照构成主义的理论，这些因素是在空间和时间的物理变化中被赋予的。"① 赖少其70岁归故里后，虽然在情感上因为生活环境和对于艺术的专注有了较大的变化，但"丙寅变法"以至延伸到"衰年变法"的创作行为中，他对自己过去绘画的样态，在作出理性超越的反思后，决计走"中体西用"的自我创新之路，竭力寻求如何将现代艺术视觉因素用于自己现实创作之中，似乎是唯一关怀的东西并报以极大的热情。其勇气就是能于表现对象、创作方法、艺术语言等方面直接借鉴和引进印象派绘画的某些特质，以求为我所用。正是"在空间和时间的物理变化中"赋予他艺术上的"别样"构造所舍取的因素。他的作品整体在色彩上的变化，印象派绘画所具有的独立美学观念明显地被融入到他的晚年整体创作实践之中。尤其是体现印象派的艺术注重绘画的光、色、形、意、美融合的主要特征，被自觉地转换成自己的艺术语言，有意识地把光和色看做是形、意、美的艺术起始点，让形、意、美在光和色中成形、达意、示美。

印象派新的绘画语言，是在采用原色并列、重叠和补色手法中产生。为了表现物体的动态变化和光色的斑斓绚丽、光怪陆离，印象派画家采用小笔触和色调并列方法，有些颜色不再在调色板上调配，而是红、黄、蓝三原色并列，时而重叠，并把红和绿、黄和紫、蓝和橙色互补对比，使色彩在强烈视觉冲击中产生新的和谐。可能这是赖老晚年对于印象派最为看好的艺术语素。变法前，大批通过写生描绘黄山的画作中，苦涩的渴笔、干裂的焦墨，橙黄为主调的色彩，加上从文人艺术中得来的点线皴擦的娴熟技法，简中见繁，把黄山的深姿秀色渲染的苍润浑厚，尤其是山峰石质的机理，视觉效果独特别具，已初步见出赖氏绘画风格的端倪。变法后，岁月流逝，生理生命虽然衰弱，创新欲望依然未退；不仅对象生命要借山川草木表现心灵，而且与宇宙生命同在，作画进入"宇宙在乎手者，眼前无非生机"（董其昌语）的境界。在保持积淀多年的中国画笔墨元素的前提下，在色彩上他更向前迈进了一大步。不论在山水画中，还是在花鸟画中，以中国画皴擦渲染的技法代替印象派画家采用小笔触的方法，把红、黄、蓝三原色与重墨点染并列或重叠，时而也把红黄蓝、绿紫橙等艳丽之彩与墨色互补对比，形成了单纯、深沉、鲜明的浓墨重彩的艺术语言。

赖少其是位能画大画的画家，晚年变法中也多有巨制作品，如长卷《桃花源》、《西海群峰》、《黄山之梦》等等。这些巨制，满纸云烟，茫茫苍苍，奇峰汇聚，云烟缥缈，岩壑深邃，氤氲跌宕，不矫作，不萎靡，全然是他晚年变法后幻化出的一片灿烂，也正是他光明心性的映照。1991年创作的一幅题为《岭南花似锦》的大作，画中并无花，只有黄色调的山峰重峦叠嶂，红色的块垒簇拥，灿若山花烂漫；富有装饰味的人造物把画面上下平分；画面的左上方山之巅笋立着一座视觉上已是很小的亭榭，有高远之感；画幅上方浓墨重彩的山峰之上以淡墨大笔触顺山势稍加擦染，有深远之感；画面人造物与山峰之间留有一泓透白的湫涧，有平远之感；右上方空白处题有诗文长跋，曰："二月岭南花似锦，改革开放葆新葩。春夏夜雨润万物，日出骄阳照千家。为

① ［英］赫伯特·里德：《现代艺术哲学》，百花文艺出版社1999年7月版，第237页。

纪念中国共产党周年而作。羊城初夏于广州之木石斋，赖少其”。忆幻中的黄山峰峦块垒与岭南艳阳景致同构，红黄色调与五彩墨色叠合并用，“诗性”的东方精神与异域情愫合璧，传统技法消融于现代气息之中，构成了典型的赖氏变法后的绘画语言。艺术家在创作活动中所表现出的和体验到的专心致志态度、无限的献身精神与压倒一切的满足感，是与对作品的制作联系一起的。“从纯粹的视觉审美角度看，赖少其绝对的灿然异出，那种苍茫混沌，逸笔率性里隐透出孤绝的灿烂之美，令人触目惊心。自黄宾虹以来，再没有如此深透、奇异、渊厚的山水造境了，他的每一个笔触都似通灵般的朴率任性，如‘风在水上，自然成纹’般天趣盎然。”[①] 也如一位外国艺术家说过：“……作品对艺术来说就是一切；艺术的唯一法则就是对作品的苛求与作品的成功。……艺术家竭尽人类的精力和智力来制作一件东西。这对所有艺术来讲都是如此；生活与意志方面的烦恼或无聊都会在每个画室的门口消失。”这种“烦恼与无聊”，就像印象派画家所说的那样，也会在他们热烈的追求自然“真理”的道路上、山坡上和田野里消失。[②]

古今中外艺术史表明了一种现象，就是在艺术的多种多样的表达方式中，可以概括得出两种主要的截然不同的人类倾向，就其表达的目的而言：一种是直接表现普遍的美，另一种是自我的审美表现。其实就是主体对于对象的客观和主观表达的问题，从而形成了再现与表现的两大艺术类型。前者的目的在于客观地再现现实，后者的目的则是主观地表现现实。赖少其“丙寅变法”后的大量作品无疑是后者的实现。不仅无法和20世纪30年代作为战斗武器、为抗战服务的版画的通俗形式，以及“新徽派版画”时期那批现实主义典型化的套色巨制的形式风格作出合乎逻辑的联系，而且与新安画派诸贤的艺术范式及其他自己变法前大量在黄山通过写生创作的作品明显拉开了距离。其时的作品所显现出的艺术世界整体，有如幻觉、记忆、灵性生成，仿佛天来之笔、天来之色、天来之音，鬼使神差般地跃然纸上。其实，他是在“艺术需要求得正确的解决”（蒙德里安语）中，走上现代艺术的纯粹性，获得绘画形式“别样”的成功创新。这种创新所在，即形式和形式因素通过连续的对立而达到的统一，从而，体现了“在造型艺术上，静态平衡必然要转化为宇宙所显示的动态平衡”的现代性原则。这“别样”，中国古人没有，现当代也没有。他之所以能够在当代画坛独立地位，其新视觉形式的纯粹个别表现，实在是太重要了。

赖少其在当代中国画家中之所以充盈耐人寻味性，不仅是他的富于传奇色彩的人生经历，而且在综合中西艺术的实验中所作的终生不渝的努力，都具有鲜明的文化针对性和丰富的可阐释性。“‘丙寅变法’，被视为赖先生艺术生涯的转折点。如果说，从80年代中期开始，在干笔渴墨的传统审美特质中，纳入现代版画艺术的平面分割意识和浅绛设色纯净透明的单纯性，体现了赖先生以枯淡求苍润，以平实求渊深的实践取向的话，那么，进入90年代，赖先生则在这一基础上，将如虫蚀木的传统线条笔法与源自印象主义的灿烂的色彩经验融为一体，从而，在赋予‘古意’以新的内涵的同时，

---

① 朱明：《赖少其研究文集·最后的山水画大师》，岭南美术出版社2005年12月第一版，第220页。

② 转引自列维·史密斯：《艺术教育：批评的必要性》，王柯平译，四川人民出版社1998年10月版，第69页。

以鲜明的'差异性'，给现代中国画艺术中的文化折衷主义开拓了更广阔的新的前景。”“特别是，当披着民族主义外衣的保守主义思潮在中国美术界正以某种反复无常的方式重弹'东方精神'的高调的时候，赖少其的实践无疑具有尖锐的文化针对性。”[①] 赖少其变法的艺术实验的创新，“使他的'精神'觅到了遥远与玄秘的中国画'精神'的渊层。……由中返西，由西及中，中西融汇，深识中国'墨'理与直入书道堂奥又于西画印象派悟得'色彩灿烂'，让艺术最终映射出艺术家的智慧妙心，赖少其的伟大之处即在于此。”[②]

五、赖少其不宜被列入岭南画派

在很多研究赖少其绘画艺术的篇什文字中，常有人以“折衷中西，融合古今”的美学内涵概括之。“折衷中西，融合古今”是岭南画派艺术创作的宗旨，因此，有粤人依据赖老回归故里在绘画上作出“丙寅变法”后的艺术风格，顺理成章地将他划入岭南画派，在当下的拍卖场上甚至有人将他与关山月、黎雄才、赵少昂并列称为岭南画派四大家。一个地域艺术流派，如果增添一位能在当代和未来都能叫得响、立得住的大家，显然会给这个流派添加审美权重的砝码，会使这座艺术山峰更加拔高。从这个意义讲，粤人将赖少其列入岭南画派可以理解。可是，从艺术的内部结构和艺术家个人的全部创作实践过程作深入检讨，作出这样简单的门户纳进，实在过于牵强。

“岭南画派”出现于中国近代与现代历史交接、中西文化碰撞融纳的时代氛围中，原称为“折衷派”。从时间的流程上看，可以明白“岭南画派”的主张和实践与中国现代美术历史的衍流是一致的。其创始人是人称'岭南三杰'的高剑父、高奇峰和陈树人。后有关山月、黎雄才、赵少昂等一批广东籍画人接炬传薪，发扬光大，多成名家。画派创始人高剑父和陈树人为清末广州著名花鸟画家居巢、居廉的弟子，高奇峰曾与其兄高剑父留学日本，学习美术。他们主张创新，以岭南特有景物丰富题材；主张写实，引入西洋画派；主张兼容，博取诸家之长。精髓可以四个字概括：“中外古今”，即“折衷中外，融合古今”，这是最重要的主张，是“岭南画派”的艺术原则，也是革新的途径。“二高一陈”在艺术上的睿见卓识和身体力行，使他们成了那个时代大潮的代表者。他们糅合了东洋画的渲染技巧和居派撞水粉的技巧，使现时绘画比传统绘画更加富有真实性和艺术魅力。有如陈传席所说的那样：“岭南画派是间接学习中西的。岭南画派若从画风上分，应该叫折衷中西派。岭南派绘画的两个源头与岭南的其他文化一样，但是学习的途径却都是间接的。中，是通过广东的居巢和居廉学习内地传统，'岭南派'三杰高剑父、高奇峰、陈树人都是学居廉的；西，是通过日本学习西方的，'二高一陈'后来都留学日本，日本的美术虽来自中国，但当'二高一陈'在日本学习

---

① 李伟铭：《赖少其研究文集·关于赖少其近作的一种阐释》，岭南美术出版社 2005 年 12 月第一版，第 24—25页。

② 朱明：《赖少其研究文集·最后的山水画大师》，岭南美术出版社 2005 年 12 月第一版，第 220 页。

时，日本已向西方学习，所以，‘二高一陈’是通过日本学习西方的，也包括学习日本了。”[①]“岭南画派”的概念到底何时提出，至今尚未有定论。20世纪30年代已有“岭南派”一词，五六十年代后逐渐“约定俗成”了。近年来，广东地区对“岭南画派”的探讨已经成为一个理论热点。有学者针对岭南画派从创始发展到今天的历史演略，提出“从学理的角度说，岭南画派并没有形成比较连贯的、明确的艺术主张和艺术风格。”还有学者认为“艺术风格不等于艺术流派”的观点，很有见地。换言之，不能单一地依据艺术风格就可以划定艺术流派。在此讨论的基础上，梁江先生对于艺术史上的流派之定名，提出大致可依据的几种因素，如：相近的艺术观或理论主张；相近的艺术风格特征；相近的籍贯或活动地域；师承关系的延续；艺术活动时间的平衡。并指出人们在对艺术史流派划分中实际存在的弊端：“实际上，人们常常因为其中的一两种因素而给某些艺术家冠以流派称谓，艺术家也常因其中的某一二因素而结集宣言命名，大多时候并非包含多种因素更非囊括所有因素。”[②] 当下对于“岭南画派”进行理论探讨的这些观点，足可以作为不宜将赖少其列入岭南画派的理论依据。无论是艺术观、艺术风格、师承关系，还是艺术活动地域和艺术活动时间，他与岭南画派都应该是失之交臂。

赖少其的绘画“融合古今”已成定论，为世人共识，毫无疑义。倡导“融合古今”的绘画艺术观，不独“岭南画派”的专利，也是“新徽派绘画”的创作理念，而且是现代中国画坛各个地域风格形成的共同原则。现当代的一大批老画家们无不是高举这面旗帜走上艺术创造的成功。至于“折衷中西”，用以概括赖少其的艺术风格，则有待商榷。“折衷”，词义就是谐调折中，“衷”与“中”通。赖少其是否有意识地接受岭南画派的这一创作宗旨，从他自己的大量遗存文字中和各方面的研究文字中，尚无明确的记载。若追究其几十年从艺作风，似乎这种中庸之道与他无缘。他在艺术上是一个敢于铤险走钢丝的人。虽然在学习古人和他人的过程中，有过极其忠实的时期，但他不会甘当一名在别人脚下讨生活的踵武者，也不是一位顺其自然踵事增华的改良者。就像革命中他敢于做舍生取义的勇士一样，在艺术上，同样是敢为人先，敢于突破、敢于创新，敢为别人不敢为的斗士。所以，他能别出心裁，创造别样的艺术。对于西方现代派的绘画抱以宽容心且主动吸纳，是赖少其的一贯主张，但在方法上绝非是1加1的折中和合，那则低估了他作为艺术家的天才智能和制作实践中孤诣独创的能力。

就视觉效果而眼，赖少其归故里变法后的山水画，苍润灿美的画面中的一座座、一柱柱、一块块光华明亮的峰峦山块，明显地留存着黄宾虹对于皖南山景绘制的浑厚华滋的山水画中透白的山水块垒的基本形态，只是色彩系黑白两极对比转换成暖调的色彩对比；在笔墨技法上，仍然保持着在安徽时对传统深浸、尤其是对新安画派程邃、戴本孝等人的研习所形成的渴笔焦墨的妙趣；形制上虽因人们居所环境作出适时的变化，改纵向条屏为斗方和横幅，而画面构图取物造境，无不暗合新安画派的简中见繁、虚实相生，无笔墨处皆是画的画理体现出中国绘画“目击而道存”的哲学意味，彰显

① 金羊网（ycwb. com）2007—11—24。

② 梁江：《“岭南画派”与岭南画风》，世纪在线中国艺术网（Century Online China Art Networks）。

着“自重岗复岭，以至一木一石，无不有生气贯乎其间”的主体生命精神；变法后他继续保持于画面大块题诗跋文的习惯，重视诗书画印合璧的文人艺术趣旨。所以，不仅在本质上，他的画姓“中”而不姓“西”，我们称其晚年作品叫“中国画”，而不叫“西洋画”；而且在画风上，与岭南画派是难以同日而语的，更多的是并没有舍弃他自己曾经力倡的且付诸实践的“新徽派美术”的重要艺术语素。

当然，话说回来，作为广东人，自少年在广东接受正规美术教育，几十年游历生涯未少与广东美术界交流活动，晚年在绘画上两次变法也是回到广东实现，如果说岭南画派对他没有一点影响，恐怕是不现实的。而且他的艺术观和艺术风格也的确有与岭南画派暗合的因素。尽管如此，无论怎么说，赖少其只是一位广东籍的画家，他晚年变法后所形成的属于自己的画风，应该是他倡导多年的“新徽派美术”探索延伸的结晶。有如与他“心仪已久”的老友赵朴初所言：“在安徽工作 26 年，年年上黄山，所写黄山景物，被誉为‘新黄山画派的执旗人’。1986 年以来，少其定居广州，对黄山依然魂牵梦绕，所作梦中黄山图，用元王蒙干笔渴墨之法皴擦之，又以西画印象派着色之法渲染之，能摄黄山之神，曾自题：‘黄（宾虹）老少年时，曾有一老师告他：虚不易。余亦感写实之法不易虚。今离黄山日久，反而能虚，故知写生为不可无之基础。但最高要求是概括。虚至关重要。’说明其画境老而益进，为继黄宾虹之后的又一位山水画大师。”①

（责任编辑　王永华）

① 赵朴初：《赖少其书画集·序》，《赖少其研究文集》，岭南美术出版社 2005 年 12 月第一版，第 9 页。

无孔不入的死亡

——格非小说主题学研究

●梁　弓

在先锋作家的小说中，还有一个词汇出现频率很高，那就是死亡。在中国的文学作品中，还从来没有像先锋文本如此热衷于关注死亡主题的。不过这并不奇怪，对于死亡的探讨，本来就应该是自然而然的，“因为同爱情、性、血乃至生命一样，死也是人类最永恒的主题，是对揭示生命意义的最有力的警示；死亡是丰富而生动的，没有它，生命显示不出完美的旋律和乐章，也显示不出人间所有悲喜剧的催人泪下、深值眷念的光辉。”“死伴随着生命中所有的现实与幻想、身内与身外的内容，从这种意义上讲，死同生一样，对人类的好奇心也具有深不可测的诱惑力，我们下意识里都想揭开那重帷幕，匆匆一瞥，这正是对生命的依恋之情。”①

从以上文字可以看出，死亡对人类的好奇心具有诱惑力，能挑起人们探讨的欲望，然而不可否认的是，在中国古代，这却是一个禁忌的话题。重生轻死无疑是中国人的一种典型的生命态度和生存哲学。儒家学派代表人物孔子，对死亡的认识是趋近现实性和伦理性的，更注重于生，而不是死。孔子在回答其弟子的提问时说：“未知生，焉知死?”“未能事人，焉能事鬼?”（《论语·先进》）是儒家的一贯思想；道家学派的始祖庄子也说过：“外天下……外物……而后能外生；已外生矣，而后能朝彻；朝彻，而后能见独；见独，而后能无古今；无古今，而能能入不死不生。”（《内篇·大宗师》）心学大师王阳明更明确宣称：若于“生死念头”“见得破，透得过，此心全体方是流行无碍，方是尽性至命之学。”（《传习录》）所有这些经典的言论，都代表了中国古代文化对于死亡的一种隐晦态度。毋庸置疑，无论是古代的中国还是西方，对死亡话题都是一种回避态度，只有到了先锋作家那里，这种状况才得到彻底改变。先锋作品中充满了对死亡的叙述，与前人形成极大的反差。而他们的死亡主题，也体现了后来者强烈的革命性和反抗意识。

需要说明的是，先锋派之前，中国现当代文学作品中也有关于死亡的描述，但它们与先锋派体现的死亡迥然不同。之前小说中的死亡绝大多数情况下只是一种情节手

① 华进等：《人的末日·前言》，上海文化出版社，1988年版。

段，或者是为了故事发展的需要，或者是为了渲染悲剧气氛强化作品主题的感染性。换句话说，它呈现在作品中主要是认识论意义，而不是一种本体论意义上的生命意识。死亡只是一个结果，而不是一个生命化的动态过程。在追求死亡的社会价值和认识价值的同时，作家们未能以体验的方式介入到死亡本体之中，也未能展现出生命作为一个过程在终结的那一瞬间的状态。

当代文学中，对于死亡的描写，总的来说，应该承认也有相当的成就。尤其是新时期以来，“伤痕文学”、“反思文学”的出现，把目光又投向了死亡。吴义勤甚至认为，“新时期中国文学是最富于悲剧精神的，其实在很大程度上新时期文学的悲剧力量来自于充斥于当时小说中的那些惨不忍睹的死亡场面。”[①] 中国新时期文学是否是“最富于悲剧精神”，这一点还有待研究，但毫无疑问，作家们对于死亡的大胆描写，与前人相比，肯定是一个突破。当然，必须清楚一点，新时期文学作品中的“死亡”还是传统意义的死亡，是情节的需要，主题的需要。他们并没有把死亡当做审美对象来书写，并没有涉及死亡本身。先锋作家则不同，他们是“无根”的一代，没有文化禁忌的束缚，可以无所顾忌地书写死亡，更能够探讨到死亡本身的东西。马原、洪峰、余华、苏童等人的作品，提供了充足的文本。这其中，当然也不能缺少个性鲜明的格非。

一、死亡的神秘性

死亡是神秘的，没有一个人可以体验了死亡，再来揭示死亡之谜，因此在格非及同时代先锋作家的作品中，死亡经常与神秘联系在一起，显示出诡秘莫测的一面。

在《仪式的完成》中，苏童讲述了一个民俗学家的故事。这位民俗学家去异地考察民俗，却神秘地死于这一个杀活人祭祀的民俗之中。什么原因并不清楚。余华的《世事如烟》则显得更为奇特，一个司机梦见自己将压死一个灰衣女人，他惊恐万分，行车途中果然发现灰衣女人。司机相信梦境是真实的，为反抗命运，他买下女人的衣服，将衣服压在轮下，以为可以这样象征性地压过女人。不会再带来麻烦，想不到的是，女人捡回这件灰色衣服，仍然神秘地死去了。

在格非笔下，类似的事情也经常发生，其中人物的死亡莫名其妙，无法通过正常的方式来解释。在《青黄》中，小青儿子的死就很奇怪，在门前池塘的冰上玩耍，傍晚的时候，掉下去淹死，显得很突兀。在《蚌壳》中，女人丈夫的死更让人无法理解，“他看见光从玻璃窗中投射到墙上就感到紧张，我实在看不出墙上那块白色的光斑有什么可怕，可他总是一个劲儿地喘息，浑身颤抖，自从在一个平常的午后他突然犯病之后，我们家的窗帘就一直合着，即便夏天也是这样……”[②] 男人行为怪异，为他后来的死亡蒙上了一层神秘的面纱。而在《褐色鸟群》中，“我”妻子的死同样充满了神秘色彩，在她三十岁生日那天，也就是结婚那天，居然会在烛光晚会上因为过于激动而患脑血栓死掉。一系列稀奇古怪的死亡，让人觉得不可思议。

---

① 吴义勤：《中国当代新潮小说论》，江苏文艺出版社，1997年版，第52页。

② 格非：《蚌壳》，《格非文集·树与石》，江苏文艺出版社，1996年版，第213页。

死亡神秘性在另一个表现是死前会有些征兆，然而无论如何防备，终归是避免不了。余华《世事如烟》中就有种迹象，司机的梦境与后来的事实完全吻合，即便做出努力，仍无法改变结局。在格非的《迷舟》中，则表现得更为明显。旅长萧的死其实也早有征兆，萧的父亲曾写道："我不再奢望能见他一面，他的军队不久就要覆没，我现在不像以前一样担心，担心听到他的死讯。"[①] 而他的母亲，则看到"他的眼神和丈夫临终前的眼神一模一样。深陷在眼眶里的眼球没有丝毫新鲜的光泽。丈夫从屋顶上摔进水缸在她心中引起的不祥的预感又开始泛滥起来。"[②] 这说明对于儿子的灾难，母亲同样有所觉察。面对这种情况，萧本人深觉不安，否则不会去算命，道人含糊地说了一句，"当心你的酒盅"[③]。当然，萧的父亲和算命先生在对萧的死亡方式上预感出错，然而死亡这一结果却始终未能改变。萧躲过了三顺那一劫，却丧命于警卫员的六发子弹。在小说《青黄》中，小青儿子的死应当说也有征兆，那就是他反复说看到一个老头在门外转来转去，而那个老头长得很古怪，像是小青的父亲，也就是他的外祖父——看到一个死去的人，是否意味着那个人在召唤他的灵魂？对此小青也有感应，一整天都觉得不对劲。同样在这篇小说中，老艄公的死也显得非常蹊跷，他的船突然间翻了，没有任何原因可寻，唯一的线索是老艄公强暴了小青。这二者是否有联系？它们有什么联系？这些是无法知道的。

在格非的作品中，关于死亡的描写，最能体现神秘性的，首推长篇小说《敌人》。在这部作品中，我们目睹了众多人物的死亡。赵伯衡的死，赵景轩的死，赵少忠女人的死，赵虎的死，赵龙的死，猴子的死，柳柳的死……有些是自然死亡，更多的则是意外之死。在意外之死中，其中一些人的死亡还是有先兆的，比如说，几年前三个女人送花圈，预示了赵虎的死，赵少忠通过占卜者的预言，预示了赵龙的死，尽管如此，他们的死亡仍笼罩着神秘色彩。甚至可以说，这些终于成为事实的预示，更增强了死亡的神秘性。

在先锋小说中，尤其是格非的小说，死亡一个重要的特点就是神秘性，这一点显而易见。它的神秘性并非妨碍了故事的叙述，反而给小说创作提供了一个新的言说死亡的机会。

二、死亡的简单性和无价值性

阮海彪有一部小说，叫做《死是容易的》[④]。小说把主人公设置在死亡的阴影中，对于死亡所带来的绝望，带来的恐惧，都表现得极为真切。主人公感叹："我觉得活着没意思，别说割去一条腿，就是割去两条腿，我也宁愿。人，反正是要死的……"[⑤] 然而在他一次次自暴自弃后，又顽强地生存了下来。由此可见，死并非那么容易。人们

---

① 格非：《迷舟》，《格非文集·树与石》第80页。

② 格非：《迷舟》，《格非文集·树与石》第63页。

③ 格非：《迷舟》，《格非文集·树与石》第66页。

④ 阮海彪：《死是容易的》，作家出版社，1987年版。

⑤ 参阅阮海彪：《死是容易的》。

常常说，活着需要勇气，其实死亡更加需要勇气。在格非的小说中，死亡却变得非常简单，生命显得极其脆弱。

在格非小说中，曾屡次提到死亡或死亡方式的简单性。在处女作《追忆乌攸先生》中，我弟弟老K先杀鸡，杀飞了，又跟着“我”去看杀人。“枪毙乌攸先生时他就站在我旁边，他张大了嘴，完全不是杀鸡时的那副样子，等到在回来的路上，老K才小心翼翼地说了以后三天中唯一的一句话：杀人比杀鸡容易得多。”[①] 这也意味着，人的生命还没有鸡来得更坚强。在《镶嵌》中，对于韦利的死，叙述得更为简单：“两名乔装打扮的歹徒也不搭话，他们将韦利拉到垃圾筒边，简单地杀死了他。”[②] 至于如何杀死韦利，甚至都不重要了。而在《迷舟》中，旅长萧虽逃过三顺那一劫，最终仍死在了警卫员手中：“警卫员站在离萧只有三步远的地方，非常认真地打完了六发子弹。”[③] 一个生命的消逝，竟然如此简单，确实是非常太残酷的。死亡的简单性和容易性，某种程度上，其实也揭示了死亡的另一个特征，即死亡的无价值性。

在传统小说中，不会轻易设置死亡，死亡是有特殊意义的。反面人物的死是罪有应得，是因果报应，乃大快人心之事，而正面人物的死，则具有极大的悲剧性和崇高性，感染力极强。在《红旗谱》、《红岩》、《铁道游击队》等中国当代文学的经典之作中，英雄之死和敌人之死也都是对比分明的，或者是为了伸张正义，或者是为了批判丑恶，小说的主题意义和教育价值很大程度上都是紧紧附着于不同的“死亡”之上。但显而易见的是，这些东西对于格非来说并不具备约束力，“死亡”也正如他的文本中的其他许多话语一样，只是一种话语，往往并不具备话语之外的特殊意义。

在《迷舟》中，关于旅长萧的父亲之死是这样描述的：“这位七十八岁的老人颤巍巍地拿着一根绑满稻草的竹竿爬上了屋顶。他在踩碎了三片瓦和两根烂椽后，摔死在灶屋的水缸里。”[④] 在这里，非但看不到死亡的价值，反而显得十分滑稽。而萧本人的死，同样是不值得的，甚至可能是阴差阳错。因为攻陷榆关的是萧的哥哥，为防止有人给他传递情报，整个涟水流域的防御计划落空，师部规定，只要萧去榆关便将他打死。很显然，萧去榆关的目的已经没有人关心了，他的死极有可能是无辜的，是一种错杀行为。在《大年》中，豹子的死一样没什么价值——为了夺取玫杀掉丁伯高，结果却被另外看中玫的唐济尧杀死。豹子杀死丁伯高，只不过减少了唐济尧的麻烦。而在《相遇》中，何钦文的死似乎也无多少价值可言。对杀人者来讲，何钦文的死可以传达失败的消息，而于何钦文本身，根本没有任何意义——现实中不能给自己的一方作贡献，心理上也非情愿去死。倒是大主持的死出于信念的破灭，还让人有所感动，然而这种死又有何实际作用？英国军队照样入侵了西藏，照样进行了破坏活动。

格非诸多作品中，最让人触目惊心地展示死亡的，仍然要属《敌人》。几十年前的一场大火，给赵氏家族蒙上了一层厚厚的阴影。几十年后，赵家的后代一个个死去，

---

① 格非：《追忆乌攸先生》，《格非文集·树与石》第2页。

② 格非：《镶嵌》，《格非》，人民文学出版社，2000年版，第363页。

③ 格非：《迷舟》，《格非文集·树与石》第85页。

④ 格非：《迷舟》，《格非文集·树与石》第61页。

使得人们生活在恐惧之中，却又阻止不了死亡的到来。无论是赵龙、赵虎，还是猴子、柳柳，他们死亡的原因和方式已经不重要了，重要的是作家借助他们完成了对死亡的书写。这也决定了，他们的死仅仅是一种生命符号的存在方式，毫无价值可言。孔子在《里仁》中说："朝闻道，夕死可矣。"把死亡的价值定位为对于真理、知识的追求，在格非的作品中，是看不到的。

死亡的简单性和无价值性，是格非对于死亡的一种全新的阐释，彻底颠覆了以往文学作品中关于死亡的认识。

三、死亡美学

死亡是每一个生命个体的必然归宿。人，无论是人类或个人，一旦降生，会经历许多事情，其间充满变故，仅有一点是确定不移的：过去以及未来的尽头——死亡。在这个世上，一切都有可能改变，唯有死亡的归宿不变。因为这样，许多人面对死亡都感到焦虑和恐惧。卢梭说："谁要是自称面对死亡无所畏惧，他便是撒谎。人皆怕死，这是有感觉的生物的重要规律，没有这个规律，整个人类很快就会毁灭。"[①] 拉普斯特说："我怎么能够证明死不可怕呢，我说不清楚，因为我看见整个自然力都显示出，死是一切事物中最可怕的。"[②] 斯威夫特也曾说过："上帝指派给人类的魔鬼当中，不可能有比死亡更自然、更必须、更普遍的了。"[③]

面对死亡，人们会感到焦虑，痛苦，恐惧，这无可厚非，是正常的情感表达。即便在先锋作家的作品中，也有类似的东西。格非的《敌人》中发生一连串死亡，搞得人心惶惶；《青黄》中父亲的死，小青呆呆地坐在路坎上，脸色变得非常奇怪，其悲伤心情可想而知。然而在先锋作品中，更多情况是死亡带给人带的恐惧感并不那么强烈。当小青的父亲去世时，母亲"长长地叹了一口气，说了一句，'那个倒霉的人死了'。"[④] 在这里，死亡真正带来的是解脱，而不是焦虑和恐惧。

如果说《青黄》中的死亡还能给人带来些许的痛苦和不安的话，那么到《背景》中，这种痛苦已经不存在了。

你们怎么还不哭？棺材都走到村头了。她说。

那几个女人彼此对望了几眼。其中一个突然亮开嗓门大叫一声，接着我们就听到了一片稀稀拉拉的哭声。

……

抬棺材的扁担断了一根。

小脚女人解开裤腰带递给他：找几根树枝把它绑上吧。

她甩开我的手，绕开那只燃烧的火罐，走到那几个披着麻袋的女人身边：

---

① 让-雅克·卢梭：《新爱洛绮丝》，转引自恩莱特：《人的末日》第11页。

② 托马斯·拉普斯特：《善死之策》，转引自恩莱特：《人的末日》第11页。

③ 约那生·斯威夫特：《宗教沉思》，转引自恩莱特：《人的末日》第13页。

④ 格非：《青黄》，《格非文集·树与石》第158页。

你们怎么还不哭，棺材已经走到村口了。

接着我们主听到了一片稀稀拉拉的哭声。①

从以上引文部分可以看出，人们对于死亡的恐惧感根本看不到了，而且，就是基本的痛苦都没有了。对于死者的哭泣，只是出于一种应付。而抬棺材的扁担断掉了，更是一个莫大的讽刺。这其中不排除偶然因素，但这种事发生在棺材下葬时，至少说明他们对待这件事并不严肃。在《迷舟》、《镶嵌》等作品中，也体现不出死亡的威慑力量。

代替对于死亡的恐惧，在格非的作品中，死亡呈现出一种直接体验性和审美化造型。当然，在其他先锋作家中，也有类似的倾向，这里不妨引用几段文字加以说明：

鲜血像花朵似的，一簇一簇地开放在老板衣服上，满嘴的血和唾沫，给人的错觉是他用红颜色的牙膏刷牙。

房间里太静了，静得像一张照片，像老鹰在天空滑翔时留下的一道阴影，像夜间墓地里冰冷的墓碑。

——叶兆言《最后》

她明显觉得脚趾头是最先死去的，然后是整双脚，接着又延伸到腿上。她感到脚下的死去像冰雪一样无声无息。死亡在她腹部逗留片刻，然后像潮水一样漫过了腰际，漫过腰际后死亡就肆无忌惮地蔓延开来，这时她感到双手离她远去了，脑袋仿佛正被一条小狗一口一口咬去。最后只剩下心脏了，可死亡已经包围了心脏，像是无数蚂蚁似地从四周爬向心脏。她觉得心脏有些痒痒的。

——余华《现实一种》

在叶兆言、余华的笔下，对于死亡的书写完成是一种客观的、冷峻的态度，呈现为一种绝对的文本化状态，不带有一丝感情。他们细致的描写，仿佛直接面对死亡。而在叶兆言的《最后》中，鲜血像花朵，房间静静的像老鹰在天空滑翔时留下的阴影，无疑对死亡采取了一种客观审美的态度。这种写法，在格非的小说中体现得更加明确，在《相遇》中对于何文钦的死描述得就非常冷静：

何文钦突然感到一阵冰冷的寒气袭入他的腰部，很快流遍了全身……

当康巴人将何文钦的身体拽向河边的时候，他并未完全死去。纷乱的光线刺得他睁不开双眼，但他能同时感受到植物清新的芳香和阳光的温暖。

不一会儿，何文钦感觉到自己的身体顺着水流朝下游漂去，凉飕飕的河水漫过了他的脸庞……②

而在小说《风琴》中，也不乏对于死亡的审美化造型的书写："到处都是尸体……天边泛出紫灰色，脱离实际隐没在光秃秃的树梢背后，赵谣小心翼翼地跨过那些残缺的肢体——在那些血污和尸体中间，在那些稠厚的血腥中，在被鲜血浇得湿漉漉的草

① 格非：《背景》，《格非文集·树与石》第149页。

② 格非：《相遇》，《格非》第329页。

从中，赵谣看见了一副熟悉的面容，这个本分的小木匠什么时候加入了王标的队伍？”①

由此可见，在格非的小说中，死亡呈现为一种绝对的文本化状态，格非对于死亡的描写更多的时候都是一种想象化的产物，也就是说，它主要是一种“形式”，我们的文学经验积淀在其上的那些文化的、情感的、心理的意义和内涵都被剥除了。他以冷静的方式试验着自己的文学想象力和描写技巧，死亡由此也变成了他们的一种赏玩对象。

（责任编辑　王永华）

① 格非：《风琴》，《格非文集·树与石》第197页。

史诗视野下的文学建构

——评黄书泉先生的《重构百年文学经典》

●汪　杨

黑格尔曾经断言中国文学没有史诗，20 世纪 90 年代以来，随着“去政治化”时代的到来，文学研究也愈加强调抒情性，从而贬抑史诗传统，比如被汉学家普实克誉为“伟大的当代史诗作家”茅盾，就因为其作品的“现实主义”和“史诗式”从大师行列中被“剔除”，再如沈从文、张爱玲等抒情性作家“行情”的看涨。“史诗”一时间陷入到了尴尬的境地，俨然成为了“假大空”的代言词。可事实上，“为时代立传”一直是文学创作的目的之一，任何一个时代与民族都不可能完全规避文学的史诗性，20 世纪中国文学的发展也一直都是史诗传统与抒情传统并行的。单就长篇小说而言，史诗性，不仅是许多作家进行文学创作时的自觉追求，也是评论家衡量其作品思想艺术水准高下的重要标尺。而一旦从史诗角度去重构中国现当代文学史，过去的很多结论也都有待重新评价。黄书泉先生的新著《重构百年文学经典——20 世纪中国长篇小说阐述》正是在史诗视野的观照下，将“重写文学史”的努力落实到对经典文学作品的重构上，将理论层面的研究进一步具化到对整个 20 世纪各个时期中国长篇小说的考察中。

一

要完成对于 20 世纪中国长篇小说的梳理显然是一个浩大的工程，以什么样的标准去遴选作品，在具体的文本解读中细化到何种深度，决定了这一文学阐释工程的价值。这本约 40 万字的《重构百年文学经典》是以历史时间为主线，从清末民初一直梳理至新世纪，每章中既有综合性的概括，也有关于文本的介绍，表面上看是遵循了文学史的写作路数，但是在实际的论述中，著者并没有将文学史的既定结论作为其论述的唯一维度。比如在第一章《最初的经典》中，著者选择了《九尾龟》、《玉梨魂》、《广陵潮》等以往文学史不曾或很少提及的清末民初通俗长篇小说来进行阐释。而在论述新时期长篇小说时，著者又选择了文学史鲜有提及的《血色黄昏》作为阐述对象。这一文学选择就涉及了著者关于“经典”的定义，在他看来，“文学史之于文学经典的建构，是一把双刃剑”，“一方面，文学经典的发现、确立和追认，必须借助文学史才能完成。从文学接受角度来看，正是依靠文学史的历史性、客观性、权威性，建构了人们对文学经典的认同”，但“另一方面，由于文学史书写者的主观性和时代的局限性，特别是受意识形态的影响，文学史又可能尘封、遮蔽、歪曲真正的文学经典，而同时制造出虚假的经典”，因此，著者认为要想去确立一个文本是否“经典”，除了参照和尊重文学史的讲述外，还应当从特定的、当下的社会认同以及文学消费这两个维度去综合考量。

早在1920年，匈牙利著名的美学家、哲学家卢卡奇就在《小说理论》一书中提出，史诗真正的继承形式应该是小说。作为史诗形式的延续，小说这种虚构形式，一方面汲取了史诗中强大的生活内在性，它可以取消时间而使生活直接进入永恒；另一方面，在小说虚构的生活中，意义和生命被分隔开了，意义作为永恒的本质，与生命时间性的有限之间，产生了巨大的张力。至此，史诗从一种特定的原生的文学体裁，演化成为一个普泛化的审美范畴，而这种审美范畴强调的是作品对于历史连续性以及总体性的把握，即“生活的外延总体性不再直接的既存，生活的内在性已经变成了一个问题，但这个时代依旧拥有总体性信念。”[①] 著者对于“经典”长篇小说篇目的择取与判断，正是建立在他对于这一史诗概念认可的基础上，他强调对于20世纪中国长篇小说经典的认定，一定要“返回现场”，要关注文学作品与当时时代命运的汇合，比如在谈到新文学时期左翼文学时，他着重分析了萧红的《呼兰河传》和端木蕻良的《科尔沁旗草原》，他提出“无论是作为女性写作，还是作为左翼文学，《呼兰河传》都具有某种‘个人化写作’的开拓”，虽然萧红讲述的是自己记忆中的故乡，但这隶属于个体的充满诗意的片段性的聚合，使得这部小说成为了“此后世世代代都有人阅读的经典之作”；细节体现真实，个人跌宕起伏或喜或悲的命运，为勾勒时代面貌以及揭示整体性意义提供了现实性的基础。史诗作品固然是要探寻民族的特色、时代的精神，但决不应只是纯粹的抽象，而应落实在每一个感性具体的细节之中，衡量一个文本是否具有“史诗性”，不是只看是否有大场面大结构，而更重要的是文本能否将这一时代、民族的生活方式、风俗习惯、自然景观以及人情风貌描绘出来。史诗是深沉凝重的，但更是鲜活逼真的。因此，著者认为《科尔沁旗草原》的成功，既因为其“恢宏的历史框架”、“作者欲借写家族史来‘譬喻中国的衰落与再生的视界’的宏大叙事意图”，更是因为端木蕻良并没有让小说陷入到空洞的“宏大叙事”中，而是将历史叙事植根于自己“曾经生活过、以生命体验过的深厚的草原文化的土壤中”，浓厚的自叙传风格“将历史书写置于家族文化和草原文化的沃土中，而作者被家乡点燃的想象力，进一步增强了草原地域文化的神奇色彩”。借由史诗视野，著者在《重构百年文学经典》中，将一大批被社会和历史所遮蔽的文学作品经典化，还原了它们理应有的文学地位。

① ［匈］卢卡奇．卢卡奇早期文选［M］．张亮、吴勇立译．南京：南京大学出版社，2004。

二

李泽厚在《中国现代思想史论》一书中曾提出：“应该期待中国会出现真正的史诗、悲剧，会出现气魄宏大、图景广阔、具有真正深度的大作品。”在整个20世纪中国文学作品中，真的没有经典的史诗性作品吗？在著者看来，“文学经典，对于个人接受来说，是一种‘召唤结构’”，一千个读者心中就有一千个哈姆雷特，“文学经典之所以是经典，不在于写什么，而在于怎么写”，而“题材决定论是对文学经典当代性的消解”。比如在清末民初，中国与东西方列强的对抗过程中，中华民族作为“国家”的观念在知识分子及一般民众当中获得共识，此时的人们其实是期盼通过史诗类作品去重建民族自信，因而会去寻求一种能够强化民族精神和现代民族国家认同的“宏大叙事”。对于史诗性的追求在20世纪初期的中国就已超出了单纯的文学范畴，而与落后民族在现代性背景下建设民族国家、追求现代化的课题联系起来，因而沉淀了太过深厚的历史重负，并深深影响了作品的文学审美性，这也是这批作品始终不能被经典化的主要原因。但事实上，在对政治的书写中，文学仍然可以显示自身的价值，而史诗这一概念本身就具有极大的包容性和不固定性，它既可以作为一个文学体裁概念来使用，亦可以当做一种审美范畴来理解。所以，较之于以往关于“文学经典”的学术讨论中对作家艺术水平及职责的要求而言，著者更强调经典认定过程中文学理论批评家的作用，他认为评论家理应比一般读者更早也更深入地发现和认识文学经典的价值和潜在价值，“当文学经典的意义和价值被种种因素所遮蔽、淡化、误解和质疑时，应当是他们发现、诠释、确认和守护经典。”著者同时认为，“就作品自身的价值而言，凡是文学经典，在题材、主题、思想、内容、精神以及审美特征、艺术风格方面，都与作者所处的特定时代、社会有着紧密的联系，打上了鲜明的当代性印记”，“艺术地反映、描写、表现特定时代的社会、人生与精神，永远是经典文学作家的共同特征”。

从1917年至1949年，中国经历了从传统帝国向民族国家的转型，史诗性恰恰在这一历史情境中成长为文学经典的中心话语。而抗日战争和解放战争的相继爆发，让中国人民的精神空前振奋、英雄业绩也层出不穷，更让整个民族经历了巨大变动，时代在呼唤史诗的诞生，也为文学经典的产生提供了丰厚的素材。著者认为现代作家们确实没有辜负这个伟大而痛苦的时代，他从“通俗经典”、“启蒙经典”、“左翼经典”、“大众经典”、“另类经典”这五个分类入手，全面而详尽地梳理了现代文学时期的长篇小说，而在著者看来，这些作品之所以能够称之为经典，除了文本自身的艺术特质之外，无不都是多重维度建构的结果，“或是由于产生重要社会思想影响而成为经典，或是由于被具有浓厚政治意识形态色彩的主流文学所认同而成为经典，或是由于在大众读者中畅销而成为经典”，换而言之，这批作品从史诗的角度承载了人们对于时代的厚望。建国后，一个全新政权的确定，为史诗的讲述提供了天然的舞台，而文学与现实之间的密切纠缠，注定了史诗传统在当代文学中的持续高涨，从“红色经典”、“文革文学‘地上’与‘地下’的经典之辩”，到新时期、90年代乃至新世纪的长篇经典小说的整理与分析，《重构百年文学经典》一书完成了对于当代文学全景式的记录与评析，并由此建立一种当代文学的整体观。著者特别对“当代文学无经典”的说法予以了反驳，他认为对于这部分正在发生的“文学事实”，学术界理应从宏观的角度，以一定的理论观念去加以观照和把握，“抹杀文学经典与当时社会的关系，进而取消了建构文学经典的当代性维度，是对文学经典的片面认识，是对历史的拜物教”。在他看来，当代文学作品的经典性也正是体现在文本对于史诗的追求和认可之中，相较于抒情传统而言，史诗性的长篇小说在创作中更注重后瞻性，它是为后人了解现时的社会人生而留存，也就是说在历史的更迭中，这些当代史诗作品主动承担了守护记忆、背负记忆、传载记忆的责任，是在用现实的火炬去照亮未来，而“那种认为只有写爱与死等永久题材的作品才有可能成为经典，而反映和表现当时社会现实题材的作品，生命力注定是短暂的观点，实际上还是一种‘题材决定论’”。

三

史诗视野是著者在纷繁复杂的作品中确立经典的标准，也是他重构这些经典作品的理论起点，而在具体的论述中，他坚持的是让文学回归文学本身，他是将宏观的理论概括与微观的文本分析相结合，在文学史的背景下对各时期的代表性作品，在文本细读的基础上，进行经典化的重点阐释，是美学与文化、文学社会学阐释的结合。比如在解读 20 世纪 90 年代的长篇小说时，他先从宏观的视角，在美学与文学社会学结合的层面，对其作出了整体性的审美判断，他认为 90 年代的长篇小说是在后现代文化语境中的写作，严肃小说开始通俗化，已然成为了“整个文学生产场中的一部分，融入大众文化，具有消费文学的鲜明特征”；随后选择了《白鹿原》、《尘埃落定》以及《坚硬如水》这些具体作品进行论述。小说评论本身是极具个性化特征的学术创作活动，但对文学经典的选择与评价又需要评论家去确立及坚守一种恒定的价值和标准，面对这样的悖论，著者的选择是遵循作品本身，“以具体的文本说话”。比如，在探讨当代文学经典在商业化社会中如何存在的问题时，他并没有从理论去谈思潮谈文学现象，而是以莫言的长篇小说为例，通过对其作品的个案分析，彰显自己的学术观点。他首先对莫言的具体作品进行了梳理，建构起莫言的“小说世界”，即莫言的小说是“属于诗学意义上的存在小说”，“充满了存在的不确定性、各种可能性和人性的复杂与荒谬”，随后著者指出莫言的这些被认可的经典作品的存在，是 20 世纪 90 年代文学生产与消费关系中的“文学事实”，“他的长篇小说不仅具有思想价值、美学价值，同时还具有文学消费价值。后者不仅没有削弱前者，还使得前者落到了实处”，也就是说，“在大众文化时代，追求人文价值和美学标高的作家不是注定会被读者拒绝的”，“文学生产与文学消费不是注定矛盾的”，职业化的作家同样会写出具有人类性、超验性、审美性的存在意义上的小说，从而抵达经典。

这样从具体作家作品出发的推导过程，使得冷冰冰的学术具有个性的温度，促进了文本创作、文本阅读以及文本评论的良好互动，既不失其原有的学术意义，又增强了学术文章的可读性和普及性，加强并推动了大众的经典阅读意识以及作家的经典创作意识。

（黄书泉：《重构百年文学经典——20 世纪中国长篇小说阐释》，北京师范大学出版集团、安徽大学出版社，2010 年版）

（责任编辑　王永华）

论石楠女性传记小说的女性意识

●向叶平

1980年代以来，石楠创作出版了《画魂·潘玉良传》《寒柳·柳如是传》《美神·刘苇传》《从尼姑庵走上红地毯》《一代名优舒绣文》《陈圆圆·红颜恨》《海魄·杨光素传》《另类才女苏雪林》等八部女性传记小说，在文坛引起了很大的反响。这些作品的主人公都是命运多舛的知识女性，正如作者所说，“我为苦难者立传”，尤其要为“巾帼才媛立传”，其作品“富浓郁的女性意识”[①]。

一、创作主体清醒的女性意识

传记小说是在史传文学与艺术化小说相毗连的边缘域生成的一种交叉型文学样式。它以真人真事为依据，也可以虚构人物和情节。用作家的话说就是“真实的只是人物的主要经历，细节几乎全部是艺术想像和虚构的”[②]。多年来，作家“坚守‘传记小说’这种交叉型文学样式的写作原则，她的每一部传记小说都在为她的创作主张作证”[③]。因此，对以“传者为被传者雕塑人生，也用被传者注解自己”为创作宗旨的石楠来说，其作品中表现出来的女性意识，显然离不开创作主体自身的女性意识。对父权制文化下的中国女性所处的社会地位、生存环境乃至历史定位，作家有着清醒的认识，体现出了鲜明的女性意识。

对女性所遭遇的不平等对待，她感叹：“为人类生存和繁衍作过伟大牺牲和贡献的女人们，在精神上，同样不乏建树。然而，历史长河的漫漫泥沙和世俗偏见淹没了她们的光辉。……作为一个女性，我感到遗憾和不平！我决意去寻找女性中即将被历史淹没了的星星，我想努力去工作，用自己微薄的力量去擦拭她们的泥沙，让她们重放光彩。”[④] 诚哉斯言！一部中国史就是一部男性的历史，中国女性在主流历史上是被遮

① 盛英：《石楠与她的传记小说》，《石楠文集》第14卷，中国戏剧出版社2006年12月，第1页。

② 石楠：《我为苦难者立传》，《石楠文集》第1卷，中国戏剧出版社2006年12月，第17页。

③ 丁增武：《“镣铐”禁锢下的生命之舞——评石楠的长篇传记小说创作》，《阜阳师范学院学报（哲社版）》2001年02期，第36页。

④ 石楠：《画魂·后记》，《石楠文集》第1卷，中国戏剧出版社2006年12月，第181页。

蔽的。虽然她们大都为民族的延续作出了巨大的牺牲，其中一些人也为社会历史发展作出了巨大贡献，但历史淹没了她们的名字。如果有，往往也充斥着误解与偏见，因为言说者都是男性。

对于女性的被误解与遭受的偏见，石楠也很不满意。“女人不能有所作为，不能有所建树，女人天生愚鲁、无能；如果有才，那肯定无德，若有某种建树，就一定是某某男人所为。”① 的确，在男权中心文化的制约下，女性只能是男性的奴隶和家庭总管。个别女性出类拔萃，必将遭到各种打击与批判。那些超过男性的女性，几乎都被妖魔化了。夏之妹喜，商之妲己，周之褒姒，汉之赵飞燕以及唐之杨玉环等等，无不替男人们承担起亡国之罪责。作家对这种历史是不满意的，她对柳如是这类被误解的女性，“舀起了一勺陈年积水，放到现代的放大镜下，妄图为一个被历史的枯枝败叶掩埋了三个世纪的女人，一个才艳盖世的绝代名姬，诗人，一个爱国志士，一个被当时道学家们诋毁，又遭后世轻薄者诬诽的女人做点什么。”② 尤其在陈圆圆的问题上，更显示了作家清醒的女性意识。“在所有为陈圆圆书其事的文笔史笔之中，石楠是唯一的女性之笔，她的作品，具有激烈的反抗男尊女卑的自觉意识，给予‘女祸’论者以重重一击。”③ 她创作的这些小说，代女性发言，替女性正名，很大程度上起到了拨开男性话语迷雾还历史以真相的作用。

作家的这种意识，首先来自于她的幼年生活，父辈的重男轻女观念使她对女性卑微的家庭地位有了朴素的性别意识。随着人生阅历与学识的增加，对中国女性在现实生活与历史上所遭遇的不平等境遇，她的认识逐渐清晰起来。每一个传记作家，其塑造的传主形象多少有着作者的影子，对石楠来说更是如此。从苦难中走来且身为女性的她找到了自己喜爱的传主，就是出身低微，历经苦难，凭着人生苦斗终至成功的女性。“石楠是传记小说作家中一位精心选择‘类我’角色的作家，苦难与苦斗是她与传主共同的生命主色调，她咀嚼着自己的人生苦难去体验传主的人生苦难，她借助自己的人生苦斗去观照传主的人生苦斗。”④ 当然，新时期以来的社会文化思潮必然也对作家产生一定的影响。“八十年代末至九十年代，……西方女性主义文学思潮的影响开始由批评界进入创作领域”。⑤ 石楠创作中的女性意识正是时代公共话语在个体作家创作中的回应。

二、传主的独特选择

一般来说，传记作家在选择传主时，都会选择在社会各领域取得重大成就对社会历史发展产生重要影响的人物，比如政治家、军事家、科学家等等。文以人传，传主

---

① 石楠：《我为苦难者立传》，《石楠文集》第1卷，中国戏剧出版社2006年12月，第5页。

② 石楠：《寒柳·柳如是传》，《石楠文集》第2卷，中国戏剧出版社2006年12月，第1页。

③ 王海燕：《为名伶立传替红颜雪耻——评石楠长篇历史小说〈陈圆圆·红颜恨〉》，《安庆师范学院学报（哲社版）》1999年04期，第66页。

④ 宗灵：《不想说的故事·序》，《石楠文集》第9卷，中国戏剧出版社2006年12月，第373页。

⑤ 乔以钢：《多彩的旋律——中国女性文学主题研究》，南开大学出版社2003年1月，第123页。

的身份为传记作品的成功打下重要基础。综观石楠的传记小说，在她已经完成的十一部传记小说中，其中有八部“所选择的立传对象，几乎全是社会地位低微甚至为上层社会所不齿的弱女子”[①]，因此我们可以看出：

其一，为女人立传。恩格斯指出，母系社会的被推翻，是世界妇女的一次具有历史意义的失败。在父权制的绝对控制下，中国的两性关系长期表现为“男尊女卑”和“重男轻女”格局，女性一直处于屈从和边缘化的境地，厚厚的史册里没有女性的声音。但石楠却要为女人立传，这不能不说是作家勇敢的抉择。作家早期的传记小说，从艺妓潘玉良到娼优柳如是、陈圆圆，以及演员舒绣文等人，都是女性。只是到了后期，才开始关注一些男性艺术家。

其二，为女人立传，更为身份低微的女人立传。虽然说中国历史上的名女人极度缺乏，但并不是完全没有。无论男性历史接受与否，武则天、李清照、慈禧等女人还是以其无法忽略的作用对中国历史、文化产生了巨大影响，在历史上占有一席之地。如果为她们立传，未尝不是一种讨巧的行为。但作家固执地从历史的故纸堆里挖掘出了一个又一个低微的女人来，为她们立传，为她们高唱生命的赞歌。如果说相比于男性，女性是边缘化的，那么这些出身低微的女性就是边缘里的边缘。然而这些女性，无不自尊、自爱、自信、自强，最终取得了人生的成功。“在男权社会，作为弱女子，她们不甘于称奴称妾，不甘做金屋之娇；在事业之途，作为才女，她们誓与须眉一争雌雄。”[②] 她们虽出身低微，但其人其行令人感佩。

《画魂·潘玉良传》里的潘玉良是一个为生活所迫沦落风尘的艺妓，《寒柳·柳如是传》里的柳如是是被命运捉弄的风尘女子，《红颜恨·陈圆圆》中的陈圆圆出身娼优，吴三桂的小妾。如果说传统中国的女性没有地位，那么身为娼优的中国女性其地位则更加卑微，“倡优所蓄，流俗之所轻也”。她们是社会最底层最苦难的女性，是家庭的敌人社会的病毒，对她们，人们唯恐避之不及。但作者亲近她们，发掘她们的美，并敢于把她们的美展示出来，显示了作家过人的勇敢与智慧。她为女人正名的勇气可钦可叹！另外几个传主同样出身低微，刘苇、杨光素出身寒门，梁谷音则来自尼姑庵。

三、传主的形象塑造

对于出身如此低微的女性，作者丝毫没有看轻她们，也没有把这种写作作为人们茶余饭后的谈资，赚取名利的工具，而是真诚地塑造出了一群内外兼美有着极强的主体意识的天使。

这些女传主外表都十分美丽。梁谷音“仿佛无月的夜空突然亮起了灿烂的星星，她那对明澈的大眼睛是那么美，柔软的黑发像一团轻曼的乌云，衬托出她那白皙的面

---

① 盛英：《石楠与她的传记小说》，《石楠文集》第14卷，中国戏剧出版社2006年12月，第3页。

② 王海燕：《血相融 情相通 搏相同——石楠传记小说创作主体逼近描写对象的途径》，《文学自由谈》1994年02期，第106页。

庞，就像五月盛开的广玉兰偎依着绿油油的叶子那么端雅明艳，正在散发出淡淡甘冽的芬芳”①。潘玉良初次与潘赞化见面，就以其美貌打动了后者。“那个身材稍高的姑娘（即潘玉良——作者注），两目秀美，白里泛红的两颊时时现出一深一浅的两只酒靥，一颦一笑，就像两杯醇厚的青梅酒，诱人思醉。她们穿着旗袍，显露出优美的身体曲线轮廓。她们那股迷人的魅力，使举席皆惊。”② 此外，更不用说柳如是之美艳绝伦，陈圆圆那能令吴三桂“冲冠一怒为红颜”的倾国倾城。她们实在太美丽了，犹如仙女一般超凡脱俗。

可贵的是，她们美丽外表下蕴涵的精神世界更为动人。她们虽出身低微，但个个拼却一生之力去追求自身人格之独立、尊严以及人生价值之实现，有着极鲜明自觉的自主意识和进取精神。“这些弱女子个个不屈于命运摆布，在多舛偃蹇的人生历程中，显示出对光明的追求和顽强的意志，显示出善良的愿望和高尚的品节，显示出独立的人格尊严和崇高的社会价值；屹立在人们面前的，是具有中华民族特色的中国才女形象系列。”③

潘玉良通过不懈努力，成为把名字留存于世界艺术之都巴黎的著名画家；刘苇坚持追求经济、人格上的独立，她在“文革”中所表现出来的铮铮铁骨和浩然正气，更使她的人格闪现着熠熠光辉。柳如是被命运几番捉弄，依然勇敢地以船为家四处漂泊寻找着自己的人生价值与归宿，最终与自己仰慕的文坛泰斗退隐重臣钱谦益结为夫妻，婚后她加入反清复明大军，其追求已经超出个性解放、人格独立的意义，而是与时代、民族的命运紧密联系在一起。陈圆圆沦为娼优，最后做了吴三桂的妾，虽然如此，她还是希望吴三桂能成为反清复明的重要力量，肩负起历史重任。当全部希望落空后，她便以死保全了自己的名节和人格尊严。现代著名女作家苏雪林也正是凭着一股不屈不挠的奋斗精神，才一次又一次从封建大家庭中为自己争得了学习和不断深造的权利，从一个村姑成长为著名的作家和大学教授。舒绣文从小就很倔强，“她敢说敢做，像一团火，她到哪里，哪里就烧得彤红。”④“这些女性的个人生活史就是一部血泪史和奋斗史，她们大部分出身低微，未能摆脱悲剧命运，但她们从不向命运低头，在这些女性身上，不仅体现了中国女性的坚强品格，而且也体现了中华民族的不屈精神。”⑤

四、其他女性形象

除了这些光彩照人的传主，作品塑造的其他女性形象尤其是传主们的母亲也值得关注。这些母亲大多对自身的境遇有着较为清醒的认识，并有着一定的独立人格。正是在这些无名而伟大的女性的引导下，这些传主形成了最初的性格。从母亲身上学习

---

① 石楠：《从尼姑庵走向红地毯》，《石楠文集》第 3 卷，中国戏剧出版社 2006 年 12 月，第 1 页。

② 石楠：《我为苦难者立传》，《石楠文集》第 1 卷，中国戏剧出版社 2006 年 12 月，第 16 页。

③ 盛英：《石楠与她的传记小说》，《石楠文集》第 14 卷，中国戏剧出版社 2006 年 12 月，第 3 页。

④ 石楠：《一代名优舒绣文》，《石楠文集》第 4 卷，中国戏剧出版社 2006 年 12 月，第 344 页。

⑤ 汪修荣：《悲剧情境与悲剧风格——石楠女性传记文学的艺术特色》，《石楠文集》第 14 卷，中国戏剧出版社 2006 年 12 月，第 50 页。

到的自尊、自立、自强的女性意志是传主们选择苦斗人生的一个重要动力。

杨光素小时候敢违抗父亲的包办婚姻，52 岁时还要远赴法国追求艺术，很多人不理解，而她的理由是：“我之所以要来法国，我是要向那些看不起我的人，认为我没有才华的人证明，我杨光素能不能在艺术上走出一条属于我自己的路。”① 她的叛逆与敢于和苦难较量的独立精神，最初主要源自于母亲的教导。她的母亲在娘家时因为自己生为女儿失去了和兄弟们一同接受教育的机会。因为没有文化，也没有外出工作的机会，无法挣钱，在丈夫面前，她极为自卑。所以她一直教导女儿，“好好读书，上完小学，上中学，将来还要上大学。做一个不依靠男人也能生活得很好，又受人敬重的人。”杨光素记住了母亲的话，奋斗不止，终于在艺术上获得了极大的成功。

刘苇的母亲能干好强。“她深刻地感受到，女人依靠男人过活是可悲的，也是最靠不住的，只有自己学会一些本领，自食其力，男人才不敢欺负。”她常常鼓励刘苇：“女人和男人有同等的智慧，男人能做到的事，女人也一定能做，关键是要有信心，要努力去学习。”在母亲的影响下，刘苇排除万难报考了上海美专，读书期间十分用功。婚后夫妻关系不好，她为了保持自己的独立，毅然离开了家。梁谷音的母亲为梁谷音取的小名叫“孜孜”，寄意为勤勉不懈怠。母亲的意思就是希望她努力学习，成为有用的人，能养活自己的人，能为社会服务的人。这些女性从母亲那里获得了最朴素的自我奋斗思想，从而开始了人生的苦斗历程，并最终走向了生命的辉煌。

西方人类学家认为，在人类文化史上，女人过着一种双重生活，她们既是社会总体文化圈内的成员，又拥有女性自己的独特特征，其文化和现实生活圈子同社会主宰集团的圈子相重合，却又不完全被它包容，有一部分溢出这重合的圈子之外，于是“前者可以用主宰集团控制的语言清晰地表达，而溢出的部分是女子独特的属于无意识领域的感知经验，它不能用主宰集团的语言来表达，这是失声的女人空间，是野地”②。石楠的女性传记小说就是社会主宰集团控制以外的声音，她以女性的视角塑造了出身低微而奋斗不息的女性群像，让蒙尘千年的女性焕发出耀眼的光芒。

（责任编辑　王永华）

① 石楠：《海魄·杨光素传》，《石楠文集》第 9 卷，中国戏剧出版社 2006 年 12 月，第 198 页。

② 乔以钢：《多彩的旋律——中国女性文学主题研究》，南开大学出版社 2003 年 1 月，第 63 页。

浪漫而古典的诗意

——刘湘如先生印象

●方维保

第一次见到刘湘如，大概是四五年之前了吧。在佛子岭水库，典型的学者型作家、儒雅洒脱的诗人形象呈现在我的面前。很简单很赤诚的一个人，两三天的交往，隐隐之间，没有多少言语，就感觉是朋友了。当然是忘年交了，他比我大十几一二十岁，乡贤，长者。后来，他陆续地把他的新出版的作品，长篇小说《美人坡》和《风尘误》等寄给我，我们有时候通过书信，有时候通个电话，谈论着对人生的看法，更多地讨论着对于文学的心得。不久前的一个春天，因琐事到上海，仅仅凭着一个简单的信息，在春光烂漫的上海常熟路，在一个非常西式的中餐馆，我们把酒对谈。静静地，并排坐着，一边喝着昂贵的啤酒，一边说我们的文人话题。猛然发现，我们在为文和为人以及当下若干文人的文品和人品方面，竟然如此见解一致，我俩虽然年龄相差不少，但却有许多相同和相似的话题。直觉之间，刘先生是一位文人气息很浓厚的作家，是那种熟悉古今学识很广、思想里不时冒出闪光点的作家。

由刘湘如的风度，不由得不说到他的文章。刘先生早在上个世纪80年代就参加了中国作家协会，出版了很多散文集、报告文学集和传记。他写出很多不同形式的作品，都得益于他的文学功底。他的作品有一种独特的文字美，最初写诗歌和散文出身、后来以写散文、报告文学为主的作家，语言文学功底自是有着独特优势。他的很多作品都有着广泛的社会效果，都曾受到过读者的迷恋，在上个世纪80年代，分别由公刘和鲁彦周作序、由全国著名的两大出版社长江文艺出版社和上海学林出版社作为优秀书目推出的《星月念》和《淮上风情》，都是百分百的纯文学散文集，面市时新华书店里出现读者争购供不应求的场面，这情景在今天的纯文学图书市场上是不可思议的。

我感到刘湘如早前作品更注重给人美感，近年来的作品是偏向探索现代社会的现实现象，用他的观察和思想，剖析人生和社会。虽然我过去对于刘湘如的作品探研有限，不过我知道文坛对他的评价一直很高，我从诸多评论文章中有所了解，我最为熟悉的是他的两部小说《美人坡》和《风尘误》。

我说刘先生是一位文人气息很浓厚的作家，其实我还想说的是，他是一位有着浓厚的中国古典韵味的诗人式的作家，也有着这一类作家所特有的浪漫的情调。从他近年来出品的长篇小说《美人坡》和《风尘误》就特别能够看出这一点。中国文人的浪漫情调，总是关涉诗歌、酒和女人。诗歌是诗人的本业，没有诗当然也没有诗人；没有诗人情怀的作家成为不了一个好作家，没有诗的和诗人修养的作家，或者说没有诗人气质的文人就是一个江湖中的混混而已，一点都不浪漫。还有就是酒了，苏轼所谓的把酒当歌，吟诗必是酒后，有酒有诗，当然是文人的洒脱和浪漫了。但仅仅有这两样还是不够，还要有女人，但并不是所有的女人都可带来浪漫，只有那些有才情的女人，哪怕是妓女都无所谓，才情一定是要有的，或能鼓瑟而歌，或能挥毫泼墨。当然这样的才情也还不够，假如仅仅能够鼓瑟泼墨而泼辣如孙二娘者也不浪漫，文人的浪漫还要求这样的女人不但有才情还能够与文人心灵息息相通，更能够在壮士遭遇挫折的时候“揾英雄泪”。上从诗人屈原，中有苏东坡，辛弃疾，曹孟德，直到当代之刘湘如莫不把酒当歌，风花雪月，诗意人生。刘湘如的文人浪漫情调可能是在生活情调上，但更主要地还体现在他的小说创作上。我所熟悉的湘如先生的最著名的两部长篇小说《美人坡》和《风尘误》。前者为当代题材，后者为历史题材。这两部小说的共同特点，都是以优美的女性为题材。他以诗性的语言演绎女性的纯真，感性和多变的人生状态。其中有对女性忠贞的赞美，有对女性多情的流连，有对女性多舛命运的同情和悲悯，更有对于女性才情的崇拜。而在这两部小说中最能体现刘湘如古典浪漫情调的当属历史题材的长篇小说《风尘误》了。

《风尘误》，其副标题是“朱熹与严蕊”，由上海远东出版社 2009 年 8 月出版。这是一个以真实历史为背景而虚构出来的凄美的爱情故事。小说中的妓女严蕊因家庭遭受理学家朱熹的迫害而沦落为娼妓，在她的为妓生涯中，曾先后与若干风流潇洒的文人墨客相爱，当然最主要的还是朱熹和理学的激烈反对者朝廷重臣严仲友相恋。小说的主人公严蕊具有双重身份，一个是有才情的才女和大家闺秀；另一个则是沦落风尘的妓女。这两者都契合我所说的文人浪漫的标准。更为重要的是，这也是一位有情有义的才女和妓女。小说通过她与唐仲友之间的情感的交往，很好地证实了这一点。而作家有意将其设置为一个弱者，则体现了作家的怜香惜玉之情。而且唐仲友这一形象，在某种程度上就承担了作家怜香惜玉的代言人的角色。小说还设置了多重冲突激烈的矛盾，有朱熹与严蕊之间的，也有严蕊与唐仲友之间的，还有唐仲友与朱熹之间的，作家将情感矛盾、家族矛盾和政治矛盾等多重搅拌处理，从而使得矛盾显得极为复杂。但由于作家紧扣严蕊这一中心人物，其他的线索和矛盾都围绕着这一人物，因此矛盾虽多线索的头绪也多，但读起来却一线通达线索明晰。当然这种“简单”也与作家将所有的矛盾放在“正”“邪”对立两个方面来处理有关。正邪对立是一种古典的审美思维。这种古代的矛盾处理方式和审美思维也是道德化。通过这种正邪对立的矛盾，以及作家围绕严蕊所设置的叙述语调，小说很好地彰显了作家的女性中心的叙述立场和情感倾向。作品中所叙述的人物大多是知识分子，严蕊是有才情的大家闺秀，朱熹则是大学问家，唐仲友也是极有学问和才情的大官僚知识分子，因此，小说所构筑的是一个知识分子的话语场境。小说的主人公严蕊虽然曾置身于妓院，但也是“往来无白丁”了。与这种知识分子语境相应的是小说的诗情化的叙述氛围。首先是大量诗词的穿插。这些诗词有主人公的也有作家根据情节而拟就的，诗词最直接增加的诗意。其次是诗性人物。人物的才情和诗情兼而有之。严蕊等这些具有才情的人物，再加上作家为人物所置身的诗情画意的环境，当然还有诗意的叙述语言，都极大地增强了小说诗意化的氛围。还有，细腻的情感铺排是刘湘如的胜场，那些丝丝入扣的情感叙述具有极强的情感渗透作用，它如水般地缓缓道来，漫过世道人心，每一丝缕都注定要在人物的命运中流下波痕。

刘湘如的《美人坡》里对于女人的书写更是淋漓尽致，很多哲理性的描述让读者拍案叫绝。许多不同类型的女人相继出现，在不同时期以自己的方式与主人公之间产生新的感情错乱或感情纠葛，一条奇瑰的线索编织出一幕幕令人感叹的拍案的故事，从女儿、侄女到到夫人的一大群女人在命运的阴错阳差中戏剧性地展开恩爱情仇，给人留下无法忘记的印象。关于女人的描写在《美人坡》里有这样一段：女人常常是一面镜子。有时候，通过女人可以窥见一段历史，有时候，通过女人可以窥见一个社会。她有时照出美，有时照出丑。假如她本身是美的，那么她也像镜子一样容易受损，假如她本身是丑的，那么她也像劣质反光容易使事物变形，假如她晶莹剔透，那么会愈加显现出周围的污浊。一池涟漪清可照人，她自己会最先被照见在里面……

对于女人了解如此，理解如此，看透如此，怜香惜玉如此，可知刘先生是个女性的唯美主义者，赞美主义者。作为一个文学浪漫主义的优秀作家，这些显然是源远流长的丰富的文化传承。也可见我对于湘如先生的浪漫古典的学者和诗人式的作家的界定是不虚的。

（责任编辑　王永华）

“井”之重和“天”之轻

——从篇名中的两个意象看《井口那片天》的内蕴特征

●李永建

淮北作者沙玉蓉的中篇小说《井口那片天》（《小说选刊》2008年第2期）虽然包含了历史、风俗和人性等多种元素而具备了丰富宏大、浑实厚重的气象，但真正吸引阅读的亮点还是主人公枝子挣脱苦难枷锁、抗争悲剧命运、追求美好幸福的人生历程以及贯穿其中的人性内涵。而篇名中标出的、在文本中反复出现的两个意象即“井”和“天”则以具象的形态艺术地概括了这一内涵：“井”是枝子惨遭厄运、身陷困境、历经磨难的隐喻，而“天”则象征着她殷殷期盼的希望、苦苦追求的光明。这两个意象的存在，不仅使作品具有了诗性的品格，也为我们解读这篇小说的深层内蕴提供了重要的视角和线索。

一、“井”——悲剧命运书写的厚重和深刻

井是新时期小说中多次出现的、有着独特文化内涵的一个意象，它成了围困、吞噬弱者生命和灵魂的存在，是黑暗、恐怖、绝望和死亡的象征：郑义《老井》中那口怎么也打不出水的旱井纠缠着孙旺泉的命运并一度让他身陷绝境，陆文夫《井》中的供小巷居民饮用、洗衣并在其周围说短论长的那口水井成了在流言蜚语的围困下走投无路的徐丽莎最后的归宿，苏童《妻妾成群》中那些年轻貌美姨太太的神秘失踪在后院的枯井里找到了答案。

沙玉蓉虽然不是井这一意象的首创者，但却是一个独特的使用者。在这篇小说中，她赋予井以自我的个性和全新的内涵。作品中反复出现的这一意象，由两个层面构成：首先它是一个几乎夺去枝子性命的实存的物化的井：亲生父亲将她遗弃投进去的枯井和管家老根诱杀她的地窖——后者是井的变形，因为二者具备了共同的特点：阴暗潮湿、不见天日、森然可怖而又暗藏杀机。这连接着枝子童年和中年的命运的两口井不仅前后遥相呼应，而且还一直纠缠在枝子的梦魇中。它们既构成了笼罩在枝子人生和心灵上的挥之不去的阴影，从而奠定了作品独特的悲情、压抑的基调，同时又营造了小说真幻相映、实虚交错的艺术氛围。其次也是更重要的是意识、精神层面的井：这

是一口深不见底、无所不在而又无影无形的井，是一口给枝子带来屈辱、血泪，不断把她沉入深渊，几乎吞没她的血肉和灵魂的命运之井、罪恶之井。就像地狱有十八层一样，这口井也由许多层组成，而井的每一层都可以将枝子拖入黑暗的地狱。

有着浓厚的重男轻女思想的父亲、奶奶是淹没枝子的井的第一层：狠心的父亲先是准备将她丢弃于枯井，后来又与奶奶合谋将她名为出嫁实为变相卖给富有的汤家，以图换来给儿子娶亲的彩礼。在这里，本来温情脉脉的血缘亲情，因为贫困的逼迫和实用理念的侵蚀而转化为冷冰冰、赤裸裸的金钱交易，从而为枝子的悲惨命运拉开了序幕。就如枝子自己所想的那样："如果自己不是一个没人痛惜的丫头，如果不是奶奶和父亲贪图钱财，她又怎么能落到这一步！"

吞噬枝子这口井的第二层是枝子的丈夫汤文忠，对此作品有一段与井的意象相对应的精彩描写："旁边的枝子呆呆看着，心里慢慢裂开一个空洞，空洞越来越深，就像她常做的梦里那口枯井。比那枯井还可怕，井口那儿看不见天，给盖子压着，够不着，掀不开，能把人憋死……枝子知道，文忠就是那个空洞，是他把自己嵌在这样一个尴尬地位，非主非仆，不上不下，甚至看不见改变的希望——像文忠脸上那两个浑浊的玻璃球，不可能再灵动起来了。"汤文忠的痴傻以及相应的性心理、性机能的残缺，一方面使枝子既得不到丈夫的情感抚慰，也无法享受男女之间的肌肤之亲，因而一个年轻多情的女人对男人的幻想和渴求全都化作了泡影；另一方面，导致枝子不能生育后代，从而堵死了枝子想通过生养儿子来改变命运的唯一出路。常言说得好："男怕入错行，女怕嫁错郎。"特别是在那个"嫁鸡随鸡，嫁狗随狗"的旧时代，女人的命运就像赌博一样完全压在她嫁给的那个男人身上了。如果汤文忠像枝子所想象的那样是一个不仅富有而且健全、魁伟的丈夫，那枝子的人生就是另外一番景象了。但事与愿违，丈夫不仅以智障让枝子受尽耻辱，还以他随后的早死给枝子带来寡妇的尴尬身份，使年纪尚轻的她成了一个活死人，以至于在苦命的井中越陷越深了。

围困枝子的井的第三层是由汤文卓、四婶儿和老根等主仆构成的。作为汤家大院的一家之长，汤文卓是枝子这场荒唐的婚姻骗局的设计者。他借助财富的优势，巧设陷阱，铸成枝子日后的人生悲剧；他依凭诗礼之家的名望，以理灭欲，对枝子难得一现的畅怀之笑，也要报以脸色；他平时一本正经、道貌岸然，但当枝子的失节给他的家族丢了面子时，他立刻露出了嗜血的狰狞面目：四婶儿的逼迫打胎、老根实施的谋杀，都是出自他的授意和暗示。也就是说，他是残害枝子的幕后黑手。他不仅要以理杀人，还要以刀杀人。

四婶儿虽身为下人，但在对枝子的伤害上，比她的主子有过之而无不及。如果说汤文卓是幕后的策划者，那四婶儿就是台前的执行者，汤文卓针对枝子所定的阴谋、设的圈套，都是通过四婶儿的具体行动得以实现的。在枝子不幸的人生遭际上，四婶起到了推波助澜、投井下石的作用：起初，当枝子发现自己被骗婚的真相并以绝食甚至寻死向强大的黑暗势力抗争时，是四婶儿的"晓以利害"的花言巧语和软硬兼施，制服了枝子："四婶儿的话从从容容，有板有眼，而且层层递进，黏胶一般严丝合缝地糊住了枝子十七岁的小心眼、小见识、小胆量。"从而使原本倔强的枝子不得不缴械投降，向不公平的命运低了头，这等于是四婶儿将枝子推进了深不见底的井中。随后，是四婶儿把本应是主子的枝子“当丫鬟使唤”，并一再强调枝子娘家的贫穷没有陪嫁，使枝子失去了做人的尊严，身陷非主非仆的尴尬处境；最终，同样是四婶儿不仅将枝子意外怀孕的隐情向主子告了密，并受命逼迫枝子打胎，从而一步步将枝子逼上了绝路。不过，特别值得一提的是，四婶儿并不是一个符号化的“扁平人物”，除了对主人公的塑造起到陪衬作用之外，还具有独特的审美价值。她是一个多维多元、复杂丰富的艺术形象：在她身上，既有主子帮凶的狡诈残忍，又有底层妇女的坦荡豁达；既有向上爬的野心、向主子邀宠的媚态，也不乏乡野女性的质朴和机智；她既是旧制度的受害者、社会下层的被压迫者，同时也是一个因为性压抑而喜欢偷窥别人隐私并搬弄是非而给别人带来伤害者。她是作者塑造得非常成功、仅次于枝子而达到了福斯特所说的“圆形人物”高度的艺术形象，而这也显示了作者极为扎实的写实功力。

井的另一层是出自众人之口、传播于街头巷尾的流言，这些关于枝子的不雅的流言将枝子几乎逼疯，使她在命运的深井中又深陷了一层。作品这样写道：“后来听说那小媳妇疯了，而且疯得很不雅，好象与男女之间的事有关，被粮行里的上上下下传得很不堪。”那些作者没有写出名姓的长工、短工们，在拿枝子的丈夫——一个智力残缺的傻子寻开心的过程中，无意中将枝子的作为女人的自然的生理欲求、隐秘而不能为外人道的私情变成了公开的笑料，并将之丑陋化、戏谑化和粗鄙化了，从而使枝子失去了堂堂正正做人的资格以及女人特有的矜持和自尊。这样不堪的处境和遭际，再加上汤文卓媳妇生子的喜庆所带来的刺激，枝子走向精神的崩溃也是情理之中的事了。人言可畏，唾沫杀人，但致人疯狂甚至死命的流言及其散布者却又来无影去无踪。也许作者自己可能都没有意识到，作品的这一独特处理，深得鲁迅思想和艺术的精髓——鲁迅在《示众》、《祝福》、《孔乙己》和《琐记》等作品中对“流言”、“看客”等那些无主名、无意识的杀人团反复进行了揭露和针砭。由此可见，小说对枝子之疯及其原因的艺术表现，不仅揭示了主人公悲剧的普遍性，同时也启示我们：一个优秀的作者，完全可以凭借对世态人心、风俗习尚通透体察的睿目慧心而超越知识的屏障并走向思想的高度。

枝子命运之井的最后一层是她自己造成的，也就是说，她自己成了她自己的井。这首先表现在她的性格上：她的好强、外向、“利索”使她做出了代姐出嫁的决定，而这个纯属偶然的抉择使她自跳火坑、饱经磨难，但追根溯源，还是性格决定命运吧。其次也是重要的，表现在枝子放弃了自我的目的性追求转而使自己不仅安于、甘于而且向往、追求一种工具化的存在：当女人渴求的爱情、尊严、荣耀甚至性欲都无法拥有的时候，她选择了当一个生育的机器——通过生养儿子来摆脱尴尬、洗刷耻辱、唤回尊严、实现自我价值：“只有生子这件事，能给她一个公平的机会，让她彻底改变自己的命运……”。不仅如此，她还进而把自己的孩子也工具化了。当发现一直认为是儿子的胎儿出生后却是她不愿接受的女儿时，她转而将女儿当儿子养，以至于让女儿女扮男装多年，以孩子生理的痛苦、心理的扭曲来满足自己的虚荣心、弥补自己生命中的缺憾。她是重男轻女观念的受害者，同时又是响应者、实行者：被欺、自欺而欺人，受虐、自虐又虐人。正如作者告诉笔者的那样：枝子一生都没有真正醒悟，没有找到属于自己的那片天。

亲情是井，丈夫是井，流言是井，自己也是井。几股力量纠结在一起，将枝子投入井里，并掩进不见天日的井底。“他人即地狱”，在这里可以转换为“他人即井”，存在主义大师萨特的这一著名的哲学命题，在沙玉蓉的笔下得到了中国化、艺术化的阐释。不甘命运的安排而觉醒、挣扎、抗争但终于又难逃厄运的女性形象，在当代文学中可以列出一个长长的名单，但能够像本篇这样多棱面、多层次、多视角地写出人物悲剧的命运轨迹、表现形态和产生原因的却为数不多，而这篇小说所特有的厚重自然会在当代小说中留下浓抹重彩的一笔。

二、“天”——救赎之路构画的创新和单薄

与井的意象相应，枝子当初在被父亲抛入的、几乎置她于死命的枯井中所见到的“白亮亮的”“一片圆形的天空”，在她以后的人生道路中多次出现，从而天也成了贯穿作品始终的一个重要意象，并成为了主人公抗争命运、向往光明、追求幸福的一个象征。就这个意义上说，我不太同意作者认为主人公没有找到光明的看法。我认为，寻找自己的天、追求自己的幸福是一个过程而不仅仅是最后的结果，只要永不放弃，永不停息，也就等于获救了。同时我们也承认，与井的意象内蕴的厚重深刻相比，天的意象及其承载的内涵，既有独特创新的一面，毋庸讳言，也有其单薄甚至不足之处。

作品的独创之处在于对主人公的天即希望、出路的别具匠心的设置：当身为大家庭的寡妇却失节与别的男人有了身孕，在地窖将被诱杀而身陷绝境、命悬一线之时，枝子的人生轨迹发生了从山重水复到柳暗花明的出人意料的陡转：就像小时候被好心的邻居从井底救出而重见天日一样，历史风云的突变及其带来的人们伦理观念的变化，给坐以待毙的枝子送来了一线生机的天光。日寇的屠杀、暴虐和疯狂唤醒了人们的良知，不仅善良、勇敢的栓柱舍身相救，连原先预谋杀害她的老根、四婶儿在血腥面前也转变为她的救护者。同时还有了人们觉醒的生命意识和对枝子的宽容，甚至容忍、原谅了她的失贞：“血流成河的大屠杀，惨遭杀戮的两百多条人命，让曲河人的目光宽容起来。”她因此不仅逃过一劫，还顺利生育了孩子，实现了做母亲的夙愿，从而在她原本暗淡的人生中留下了极具光彩的一页。

在中国现当代文学史中，那些封建时代的违背伦理、不守妇道、放纵情欲的女性形象，大多都是以悲剧性的结局为自己的生命化上句号的：陈忠实《白鹿原》中的田小娥，不甘做有钱男人的“泡枣”工具，先与长工黑娃纵情于男女之欢并双双私奔，后又以身体为武器对男性群体进行报复，但最终死于公爹鹿三的矛枪之下；苏童《妻妾成群》中的梅珊忍受不住被丈夫冷落的寂寞，与一个医生有了私情，败露后被投入后院枯井；刘恒《伏羲伏羲》中的菊豆，受不了年老变态的丈夫的摧残，转而与丈夫的侄子有染并生了孩子，但一直受到丈夫、儿子的质疑和责难，以至于在永远还不清的孽债中饱受折磨。这几乎成了一个定型的叙述模式，对之有所偏离而产生变数的可谓寥寥无几。较早的可以追溯到沈从文的《萧萧》：童养媳萧萧与别的男子有了身孕，被发现后按族规应该沉潭，但她的伯父和婆家人选择了将她另嫁作为处罚。但在等待别人娶她的过程中，她生了孩子，而婆家人包括年幼的丈夫都原谅了她，甚至连来路

不明的孩子都被接纳了——是淳朴的民风使她绝处逢生。往下就可以数到沙玉蓉的这篇小说了——我不敢说它已超过以上提到的那几篇公认的经典，但可以说，历史元素的置入和主人公命运由暗转明的设置，确实有了很大的创新。

枝子在命运的井底看到的第二重天——追求光明、自我救赎的另一条路径与一个男子有关：枝子小叔子汤文祥的好友方家诚。是他彻底改变了枝子的命运，使枝子得到了一个女人所渴望得到而她以前一直欠缺的一切：方家诚的温情、关爱使她的精神和情感发生了很大的变化，有了以往从未有过的幸福和快乐："这些日子可能是这辈子最快乐的时光了，她就像旱季里一棵奄奄待毙小树苗，在如水的温情里慢慢复活。二十六年来，她第一次体验被人关注、尊重、欣赏、疼爱的感觉。"朦胧的情爱不仅使她由一个疯子变成了正常人，还使她变得更加柔和、美丽而多情。方家诚还给了她丈夫无法给予的生命的狂欢，让她体验了一个女人情欲满足的畅快和沉醉。还有，他不仅让枝子有了身孕从而实现了做母亲的愿望，还让她在以后漫长的生命旅途中有了坚实的精神依托。也就是说，方家诚在枝子的生命中，充当了枝子姑娘时就一直幻想、期盼的理想丈夫的角色："甚至出嫁前对文忠的想象，都在家诚身上得到了契合。"他成了她沦陷中的生命的救赎者，成了支撑她、召唤她活下去的真正的希望、光明和信念，成了她真正的天——传统的妇女对死了的丈夫不就是哭"我的天"吗？

方家诚这个人物不仅对枝子至关重要，对这篇小说也同样不可或缺。如果方家诚不出现，那枝子的生命将永远暗无天日，她的人生也就成了另外一种样式。这篇小说没有了方家诚，也就失去了叙述的悬念和艺术的张力。不过，也恰好是这个人物，给小说留下了许多缝隙，我们所说的单薄或不足，也正出在这个人物上。

首先值得商榷的是，虽然用墨不多但对人物命运走向极为关键的事件——枝子与方家诚的一夜情是否可能？当时正是隆冬季节，孟德斯鸠《论法的精神》认为——其实常识也可以告诉我们：人的情欲的强度及其实现的方式都会受到温、湿度等气候因素的制约和影响：冰冻的严寒会浇灭熊熊燃烧的情欲之火，而御寒的重重衣衫也会将欲望的冲动一点点地拦截、减弱。还有一点就是，虽然二人偷情交欢之时借助了夜幕的掩护，而且作者也特意设置了四婶儿离开的情境，但即使这样，在那样的一个人口众多、到处都是耳目的大家族里，他们如何神不知鬼不觉地顺利达到目的，仍是一个难解之谜。最后一点就是两个人如何冲破心理障碍：一个受名节观念熏染极重、性无知性压抑甚至有点性变态的寡妇，即使对她钟爱的男子，恐怕也既不会主动示爱，也很难被动迎合；而知书达理的方家诚对好友的寡嫂，即使有情有欲，也会对行为的后果有所顾虑。至此我们有理由追问：颇具写实功力、善于对人物的心理、动作、神情等精描细绘的作者，为什么对这一重场戏却一笔带过呢？这除了以作者恪守的洁净清雅的写作品格与当前流行的以渲染床上戏来吸引眼球的浅俗之风拉开距离，是否也确实存在着实写的难度而只有留下空白让读者自己去猜测、想象和补充呢？——并非笔者求全责备，只因作者走的是写实的路子，所以在人物刻画、细节处理等方面一定要能经受住生活逻辑、心理依据等各方面的质疑和考究，千万不要落了如《红楼梦》中贾母所嘲讽的公子小姐私定终身后花园的脱离生活的戏剧和当下的帅哥靓妹轻易以身相许的流行影视的旧窠新套。

另一个需要商榷的问题是方家诚这个人物的评价以及相应作者的叙述立场。从作品本身看，主人公枝子一直把方家诚看做自己原本枯萎的生命的再生者、救赎者，是她的希望和理想的寄托。即使独自承担偷情后的苦果时也无怨无悔，内心深处还存有对他的深深的回忆、眷恋和思念，连她的私生女也不仅原谅了他、接纳了他，还对他满怀赞美之情："你很懂她。就凭这一点，我母亲值了！"也就是说，与方家诚息息相关的母女二人都是认同方家诚的。对此作者还专门用了一节的篇幅交代了方家诚后来音信杳无的原因、补叙了他的忏悔、主动承担责任以及最后悲壮自杀的结局。因此，可以看出作者的评判取向与作品中的母女是一致的，是重合叠印在一起的：都是对方家诚的认可、谅解甚至赞颂。在这里，人物的态度我们可以理解，因为她们身处其中，自然不识庐山真面。而作者的态度，却不得不让我们深思细究：对方家诚的态度流露出了作者在女性立场坚守上的犹疑甚至放弃。因为如果站在女性立场上看，方家诚对枝子的行为并不是那么高尚和光明。我们想一想，不要说是那样一个男女不平等、女性不独立的时代，即使是在爱情甚至性都十分自由的今天，一个男人可以用这样的方式去救一个身陷困境的女人的吗？方家诚唤醒了枝子但却不能给她以出路，让她得到了女人的生命快乐但却付出了天大的代价：因为怀孕而处境尴尬，受尽百般凌辱、万种折磨又几乎死于非命。也就是说，方家诚一夜欢情然后不负担任何社会和道义上的责任地飘然而去，完全是一个始乱终弃的行为。作者没有站在女性的立场对这一人物进行深度的审视和拷问，因而自然就缺少了张爱玲、张洁、王安忆、铁凝等那种戳穿男性面对女性的冷酷、寡情、虚伪的假面和直面女性被凌辱、被欺骗的人生悲剧的冷峻、锐利和深刻，虽然这也少了戾气而多了温馨明媚——这大概是作者深受儒文化的温柔敦厚精神的浸润和黄淮风习的质朴宽厚气韵的熏染所致吧！

但瑕不掩瑜，即使存在着上述不足，我仍觉着这是一篇难得的上乘之作。当然更希望作者能精益求精，更上一层楼，写出更好的佳作来。这篇作品在语言运用的老到圆熟、风俗描写的深厚精细、叙述结构的时空切换等方面，都有许多可圈可点之处，但限于篇幅，只能放在以后的评论中再谈了。

（责任编辑 王永华）

国企改革岁月的新叙事

——评杨小凡长篇小说《酒殇》

●陆　琳

安徽籍作家杨小凡的长篇小说《酒殇》以天泉酒业集团为主要表现对象，着力描写了国有企业改革和改制的艰难发展历程，是当前为数不多的国企改革类的作品中的叙事新篇章。作家以独特的身份和浪漫的精神，对国企改革的艰难岁月进行了新的叙事，为我们描绘出了一幅介于真实与理想之间的国企改革的宏伟图景，塑造了新一代企业改革家戚志强的丰满生动形象，同时也从中国传统文化的特殊背景上，尤其是中国官本位的文化传统强力影响下体现着国企改革中的诸多无奈和尴尬，当下中国文坛，自觉地从事工业题材、企业改革题材创作的作家越来越少了。而写得比较出色的作品更是凤毛麟角。因此，《酒殇》在我国这些年来长篇小说对于国企改革题材的叙写方面其实还是具有一定的填补空白作用，有其积极的现实意义。小说在透视表现国有企业与当地政府之间微妙而错综复杂的关系方面，也的确有着不少生花妙笔。

中国国有企业的一大突出特色就是首先是由政府掌舵，地方政府是行使企业权力的主体。正因为国企的掌门人都是由政府直接指派来负责其经营管理活动的，所以国有企业的发展自然也就不得不更多地受到来自政府的干预。而另一方面，企业要想在市场经济的商业环境中生存下去，还必须得按照市场的客观规律办事，得加入到市场优胜劣汰的竞争过程当中去。因此，国有企业要想生存发展，既要与地方政府进行各种更多与权力相关的互动游戏，还必须在商业竞争的大潮中摸爬滚打。这样一来，一旦地方政府的利益、甚至政府个别领导人的利益，与企业自身的利益不一致的时候，难以化解的尖锐矛盾自然也就产生了。于是，也就有了地方政府与国有企业之间、政府人与企业人之间、政治权谋与企业韬略之间、目的与手段之间的多重的博弈与主题变奏。相对于80年代初期蒋子龙、张洁等一批作家创作的工业改革题材小说而言，问题要复杂得多！所有这些，都是《酒殇》作者着力渲染和描写着的地方，同时也是小说的出彩之处。

国有企业天泉酒业集团地处偏僻的故园市，以“天泉御酒”为主打品牌。天泉酒业的董事长兼总经理戚志强，毫不例外地是由故园市政府委派而成为了天泉酒业的主要负责人。作为故园市的支柱产业，天泉集团是故园市政府税收的主要来源。因此自然也就成了领导密切关注的对象，甚至成为某些领导诸如市长施天桐、市委副书记兼纪委书记王莫平等人捞取政治资本以求晋升的工具。他们丝毫不顾及企业的现实发展需要，在很大程度上把天泉集团当做了满足个人私欲的一个工具。如此一来，为了实现把天泉做大做强的理想蓝图，戚志强就不得不与他们展开动人心魄的明争暗斗了。

官本位文化在我国一直有很大的市场，国有企业在这种文化背景下要想改制发展自然就面临着诸多的无奈和尴尬。这成为了《酒殇》中最重要的一条结构线索。尽管戚志强早就识破了施天桐等人无耻、卑劣的政治阴谋和险恶用心，但是由于天泉的改制与发展还有赖于市政府的大力支持和帮助，所以他并不能与施天桐之流撕破脸皮硬干，一系列的斗智斗法当然就是不可避免的了。小说一开始，尽管戚志强明明知道施天桐给他派副手是要给他掺沙子、使绊子，但表面却还依然得“感谢市长大人”。他只能在暗地里使用政治手腕，以其人之道还治其人之身地解决集团所面临着的危机。尽管宋戈知道省药品监督管理局的桑处长“不仅敢明目张胆地收受贿赂，而且也色得很”，但为了拿到药品批文，却还是不得不陪桑处长吃饭、唱歌，甚至于不得不容忍自己喜欢同时也喜欢着自己的姚笠被桑处长挑逗戏弄，最后被占尽了便宜。类似这样的场景与情形，《酒殇》中有着很多细致的描写。的确如此，处在官本位文化背景下的国有企业，为了自身的发展要施展各种手段抖动自己沉重的翅膀。在这里作者对于国有企业在官本位文化背景下的生存现状所进行的深入思考和艺术表现，以及对于官本位文化的深刻批判，正是《酒殇》最值得肯定的一种思想成就。

《酒殇》的另外一条结构线索是围绕天泉集团的改革改制和发展壮大进程而展开的。天泉是一家以“天泉御酒”为主要产品的酒业集团，掌门人戚志强有着远大的理想抱负，要把天泉做大做强，要更好地为故园市的经济发展服务，要造福一方。从收购烂尾楼、威尔乐公司和天隆公司，到托管天泉旗下的大型酒店；从试图出卖部分集团股份，到集团股票上市；从国有企业的企业改制，到变为集多种经营活动为一体的大型民营企业，天泉的每一步都走得十分艰辛。然而，不管是道路多么曲折，但天泉的改制最终还是取得了成功，终于发展壮大成为一家实力雄厚的大型企业集团。需要特别指出的是，尽管《酒殇》中展示的国企改革图景有着深厚的现实生活依据，有作者真实的国企工作经验作支撑，但是小说中十分明显的虚构和想象成分的存在又使作品弥漫着理想主义色彩。这种理想主义色彩正是作家对于国企改革所寄予的美好愿望。

应该注意到，小说中的以上两条线索是以交叉的方式向前滚动发展的。作家杨小凡正是通过这样两条线索的合理设定，通过对于天泉集团艰难改革发展历程的生动书写，为我们描画出了一幅介于真实与想象之间的国企改革的宏伟图景。

一部好的长篇小说，自然要塑造能够给人们留下深刻印象的独特而鲜明生动的人物形象，《酒殇》的情形也是如此。

作为天泉集团的董事长兼总经理，戚志强有理想、有胆识，面对新的形势，敢于突破陈规，锐意进取。他的人生理想是使天泉集团不断发展壮大，以造福一方人民。作者善于把戚志强放到各种现实矛盾中经受考验，从而多角度、多侧面地刻画出一位当代国有企业家的生动形象来。戚志强眼界开阔，尽管困难与挑战不断，但他却依然坚守着自己的理想，一次次地带领天泉人从极端困难的境地中突围出来并踏上新的征程。需要注意的是，作品中的主人公戚志强并没有被塑造成为一位“高、大、全”式的英雄人物。在充分表现他作为一个企业家的魄力，表现他作为儿子、丈夫的孝顺、负责的同时，我们也能够感觉到戚志强身上某些人性缺陷的存在。其中突出的一点就是，作为第一代企业改革家，戚志强并没有能够完全摆脱既有计划经济时代传统经济思想的旧陋。值得肯定的是，小说在展示戚志强事业层面不断开拓进取的同时，对其日常家庭生活和个人感情生活也进行了一定程度的描写，使得这位企业改革家的形象更加生动丰满。

市长施天桐，作为一个寄生在政治权势下的腐败领导者形象，基本上也是可以“立”起来的。他有着强烈的权力欲望，为了取得政绩，不顾天泉的经济利益，运用各种政治权术捞取政治资本以获得不断晋升的阶梯。在生活上，施天桐作风腐败，常利用手中的权力满足自己的私欲。对于这一形象，作家也没有作简单化的处理，而是充分地写出了施天桐的精明、干练和圆滑：几乎每到关键时刻，他都可以凭借自己的政治手腕与谋略而侥幸逃脱法律的严惩。即便如此，却不能够逃脱他曾经的错误，最后被纪委双轨应该是他必然的一种人生结果。作品在这里再次表现出了一种可贵的理想主义光彩。与此同时，借助于这一人物形象的塑造，作家对于寄生在政权内部的当权者腐败现象也进行了格外鞭辟有力的批判。

小说在叙述结构和叙述方式上也有自己的鲜明特色。作者擅长将人物，尤其是主要人物戚志强，放在理想与现实的冲突之中，放在尖锐的现实矛盾冲突之中，以充分地凸现人物的个性特征。同时，也擅长于把多种情感交织融合在一起，进而使人物的心理描写更加富于戏剧性。这一点，在戚志强、施天桐等几个主要人物身上表现得都相当突出。

杨小凡从事长篇小说创作的时间不是很长，作品的数量也不多，但从他的文学创作历程来看，作者很显然对于国企改革题材有着特别的厚爱，并执著地用小说这种方式艺术地呈现他对这个题材的新的叙事。1999 年发表在《中国作家》上的报告文学作品《调查古井贡》可谓是一部具有代表性的作品，此作以客观写实的笔法认真反映企业改革的艰难历程而大获成功。据作者自己讲，长篇新作《酒殇》的意图正是在写作《调查古井贡》的过程中产生的。杨小凡之所以对国企改革题材极为关注且屡作书写尝试，一方面固然是作家对文学创作执有的强烈热爱之情；另一方面，却也明显地得益于拥有美国北弗吉尼亚大学工商管理硕士身份的他长期担任酒业集团的高层职务，所以便有着一般人对所写题材难能具备的经历、见闻和体会。这所有的种种，都使得怀有强烈社会责任感的杨小凡在创作如同《酒殇》这样密切关注我国目前国有企业生存境况的长篇小说时，具备着非凡的胸襟。乐观而充满理想主义情怀的杨小凡写出了国企改革的艰难岁月，更写出了国企改革的光辉岁月。

（责任编辑　王永华）

轻舟已过万重山

——我与台港海外华文文学研究

●王宗法

自有人间以来，任何人的出生都是偶然的，而且是不可选择的。对大多数人而言，出生后的生活道路，也基本上由所在家庭、环境诸多客观因素决定了的。但是随着社会的进步，有机会享受文明成果并掌握一定社会资源的人，相对地说就拥有一定的选择权，比如有条件读大学的，去学什么专业，往往是由自己决定的。这种决定，实际上就参与了对今后人生道路的一次具有深远影响的选择。所幸，我生在20世纪下半叶的中国，能够受到系统教育，从而获得了一个选择的机会。

正是把握了这次机会，我选择了学中文。大学毕业后在政府机关工作10年，又主动调入安徽大学中文系从事中国现当代文学教学与研究，从20世纪70年代末就将台港文学纳入其中讲了两堂课，颇受欢迎，于是逐步演变成一章（基础课）、一门（选修课）、一个方向（硕士生专业方向），并写入多种教材出版了，从而在安大中文系创建了一门独立的新学科，成为30多年来我投入精力较多的专业领域。回首来路，真有点“两岸猿声啼不住，轻舟已过万重山”之感。

说起我对台港海外华文文学的兴趣，原因有两个。一是远因，非学术的。自从20世纪40年代末两岸之间冰封雪冻之日起，“台湾”便成为反动势力的代名词。久而久之，生活在海峡那一边的人到底什么模样，在人们眼前也越来越模糊了。尤其20世纪60年代初两岸关系一度紧张后，这种模糊就更加变成漆黑一团了。本来一水相连，却仿佛远在天外，“台湾”渐渐成为一个可望而不可即的罪恶深渊，那儿的人即令不是“罪犯”，也免不了沾上“匪气”，不禁令人望而生畏起来。就是在这种气氛中，一天傍晚我在一份内地小报上读到了于右任的《国殇》，思路一下被轰毁了。到底是怎么一回事呢？一个国民党的立法院长怎么可能写出这样血泪交迸之作？我一时无法相信这是真的。再睁大眼睛仔细看去，明明是“于右任”，明明是字字泪、句句血的“国殇”，白纸黑字，又是印在权威性极高的“参考消息”上，不会有错的，绝对不会！于是，我在一阵惊喜之余，默默地在心中念出一句千古不易的真理：到底是血浓于水呀！由是，我开始认真思考起“台湾”的一切，明白了一切应在事实的基础上来分析、来对待，不可轻信那些一锅煮的流行说法。这是一次思想的解放，尤其是经过自己独立思考带来的，因而弥足珍贵。从此，种种笼罩在“台湾”上空的人造迷雾开始散去，“祖国宝岛”、“骨肉同胞”的概念明晰起来了，那里“反动派”是有的，不反动乃至爱祖国、爱民族的也大有人在，连于右任这样的国民党大官尚且如此，遑论小民呢。认识到这一点；心中之欢喜就非言语所能形容了。这正是我后来能够较早地自觉认同台湾文学的思想基础，一个远因。

二是近因，纯学术的。我是1978年全国科学大会后到安大任教的。当时，“文革”刚刚过去，百废待举、百业待兴，当代文学正是新兴学科之一，一无教材，二无大纲，全靠白手起家。我在自拟第一份教学大纲时，从“中国当代文学”题中应有之义出发，觉得没有台港文学这一块就名不副实，于是毅然将“台港文学一瞥”作为一节列入，就以《国殇》为起点，结合当时报刊上刊载的其他作品，在1979级本科生课堂上作了一个概略的介绍，也许因为材料新颖、视角别开生面吧，大受学生欢迎，也得到了分管教学的领导肯定，头一炮就打响了。很清楚，在我的教学中，“台港文学”是同“当代文学”同时起步的，一开始就是从学科建设出发的，后来由台港而澳门而海外华文文学，由本科生基础课的一节、一章而单开一门选修课，再发展到研究生的一个专业方向，短短四五年间，随着整个当代文学体系规范化而逐步定型、成熟起来，影响也日渐扩大——从中文系的专业课到全校各系的公选课，从本校的教学到兄弟院校开讲座、去党政机关作报告，正好适应了新时期以来台港文学快速进入大陆文坛的历史趋势，成为备受瞩目的一个“热点”，这却是我始料不及的了。但仔细一想，其中也有必然性在，正像瓜连着藤、藤结着瓜似的，两岸文学本是同根生的并蒂莲，一时的分隔原是人为的，当交流的条件具备的时候，打成一片也就成为历史的必然了。所以，这一次看似偶然的选择，其实是必然的归趋，个人的主动性恰好与时代的大趋势不谋而合，这才成就了一番聊可自慰的事业——开拓了当代文学教学的新局面，也打开了个人研究的新天地。

本来，学术研究是大学教学的生命线，当代文学包括台港海外华文文学尤其如此，因为这是新学科——一是刚刚从现代文学中独立出来，二是只有上限而没有下限，新人新作、新思潮、新现象层出不穷，乃是一块未开垦的处女地，这就给研究工作带来了极大的诱惑与压力，成功与挫折同在、机遇与挑战并存，不但要有敢于探索的勇气，而且要有识别良莠的眼力，尤其是时间、精力的支出，那是没有止境的。可以说，每一位在此领域筚路蓝缕、披荆斩棘的先行者，都有一种“明知山有虎，偏向虎山行”的倔劲在。

就我来说，这一路上所面临的困难主要有三个：资料、攻关和时间。

资料是科研的基础和起点。没有资料，无异于巧妇难为无米之炊，你只能一筹莫展。安徽地处内陆，尤其是在30多年前信息不灵之际，缺少广东、福建、上海、北京的地利之便，往往要等到近水楼台发表后才能接触到，以至我曾同100多位内地“同学”进了在深圳举办的“台港文学讲习班”，但因看不到作品，收效甚微。于是，我设法到资料较多的单位去看。值得一提的是，安徽省台办、深圳大学图书馆、厦门大学台湾研究所等有关单位的领导很开明，及时满足了我的愿望，我由此直接获得了第一手资料，并从中发现了若干论文题目，比如有关郑愁予《错误》一诗的“黄水之争”

（香港黄维梁与美国水晶）这桩公案，就是在深圳大学图书馆台港阅览室见到、记下的，后来据此写成文章，在海内外获得广泛好评。与此同时，尽力购买也是一途。我曾在深圳书店订购一批书籍，当场造册、开票、打包，约定款到、寄书。不料，后来收到的书出现了“掉包”现象，例如《桑青与桃红》（聂华苓）第四部被另一种不相干的书替换了。致函询问，答复颇为干脆：其中有性描写，不宜寄往内地——呜呼，书店也成了读者的上帝！也就在此期间，我校校长曾拨一笔专款（好像10万——这在当时不算小数目）给学校图书馆添购一批台港图书，开辟专室陈列。事成，他亲自打电话通知我去看看。我满怀兴奋地去了，一进门果然见到一排排书架陈列着满满的新书，便几大步走到第一排书架前，抬头一看，却是一套精装的《李鸿章全集》，足足占了书架的一层，我不禁一愣：这书内地有啊！随手打开一本看定价，却是内地的好多倍，岂不冤哉！更没想到的是，随后浏览到的其他几架新书，均是名副其实的杂七杂八的“杂书”，仔细寻找，才找到一本《胡适日记》和台湾版《美国现代文秘手册》稍具价值，其余就连“李鸿章”也是不屑一顾的。我当时哭笑不得，连值班人员让我“留言”的雅兴也扔到爪哇国去了，匆匆拂袖而去——说句公道话吧，如此现象并非“独此一家”，还真的“别有分店”哩。

当然，随着两岸“文通”的迅速发展，继报刊打头阵之后，出版社也紧紧跟上，资料之难随之让位于学术“攻关”了。迄今30多年来，我在此项研究中已经越过三道关，即初期的作品细读、中期的文化攻坚和近期的综合比较。

初期即1979—1984年，教学限于基础课的一节一章和选修课，研究偏重于作品研析和教材建设，从作品选到文学史，出版了好几种，基本上满足了教学需要。中期即1985—1988年。我在给1981级开选修课时涉及“战斗文艺”、“乡土文学论战”等复杂现象，颇感困惑。尽管这门课选修生达全班90%以上，远远超过同期各门选修课的比例，且有外系旁听生，仍不能令我满意。恰好1985年秋，我去香港会亲，有机会逛书店，大大开阔了眼界，尤其国学大师钱穆在新亚书院以他名字命名的“学术讲座”中开宗明义提出“研究学问，都应该拿文化的眼光来研究”的论述，给我启发极大。于是，在连续几年间我集中业余时间猛读中外文化著作，不但看透了国内“文化热”的来龙去脉与混乱，梳理清文化概念的内涵、外延及历史变迁，更为重要的是找到了观察台港海外华文文学的新视角——文化变迁的大视野，这时面对日新月异的作家作品与潮起潮落的文坛流变，就恍若“登泰山而小天下”似的，原本纷纭复杂的文学现象，仿佛变成了一条条清澈见底的小溪尽收眼底，那心情之欢快真难以形容了。基于此，我在完成《当代台湾小说发展的一个轮廓》（1985）和《当代台港文学名作赏析》（1988）书稿后，相继写出《80年代台湾文学的走向》（1988）、《寻找香港文学的突破口》（1989）、《当代台湾文学的文化主题》（1991）、《深化台港文学研究的几个问题》（1993）、《都有一颗中国心》（1994）、《走向世界的华文文学》（1996）、《澳门文学的独特性》（1999）、《台湾文学的中外文化渊源》（2003）、《新移民文学的发展轮廓》（2006）、《新移民文学的走向》（2008）、《新移民文学的新课题》（2010）等系列论文，在上海、香港、中山、庐山、武汉、北京、南京、厦门、焦作、南宁、宜昌等地召开的国际学术研讨会上发表，并被两岸三地及海外报刊广泛转载与评介，反响热烈。随即，美国加州大学“世界华文文学研究中心”于1997年10月邀请我参与一项国际合作研究，并于次年暑假邀请我赴美做访问学者，完成了《昨夜星辰昨夜风》（专著）和《中国大陆与台湾当代文学异同论》（论文）两个课题，在加州大学圣巴巴拉分校召开的“世华文学”与“台湾文学”两个国际学术研讨会上，得到与会各国学者的广泛好评。从此，我又跨入了由文化观察到多元文化与华文文学综合比较研究领域。与此同时，从20世纪80年代初开始，我参加了几乎所有综合的或单项的台港澳与海外华文文学国际研讨会30余次，并从复旦会议（1989）开始，有机会多次在大会发言，或宣讲论文，或担任即席点评，或作会议综述，或评述本领域的学术历程，一再受到海内外与会者口头和书面的热情肯定，众口一词的是：有个性、有激情、有见解，不敷衍，令人印象深刻。我也因此结识了许多朋友，建立了广泛的国际联系，经常收到北美、南洋、西欧华文文学组织和作家赠刊赠书，进一步扩大了学术视野，有力地促进了我的教学与研究。到目前为止，教学、论文之外，我还参与了6种教材、6种工具书的编写，出版专著和相关编著10余种。其中《台港文学观察》（专著）与《寻找香港文学的突破口》（论文）分获省级一、二等奖，《山外青山天外天——海外华文文学综论》（专著）荣获华东地区高校出版系统优秀著作二等奖，我则于1993年被评为国家级有突出贡献专家而享受国务院特殊津贴——这显然是对我微薄成绩的充分肯定，我视之为一种鞭策。

有人将“人到中年万事空”这句话中的“空”字改为“忙”，我深以为然。“忙”是今天的时代特色，有人忙“权”，有人忙“钱”，而我则像数以百计的同行一样，忙“学”——学习。此话当真？没有半点虚假。近30多年来，我扮演的公开角色是教师，而心里的自我定位则是学生，因为我所从事的专业乃是新学科，即令名牌大学老教授，也站在同一条起跑线上，非学生何？所以，从起步开始，就是一个“学”字当头，找资料是学，买书是学，备课是学，写论文是学，编书是学，就连专著也是深入地学，真是天天学、月月学、年年学。如果说30多年前的最大困难是“资料”，今天则是“时间”了，因为资料多到一天24小时不睡觉也看不过来了。怎么办？一是“挤”，挤出一切可以利用的点点滴滴空隙来阅读、思考，至于双休日、寒暑假乃至国庆、春节等等，往往被我用来写作，集中打一个歼灭战也颇有收获。然而，人在江湖、身不由己之事常有，节假日哪能这样给你满打满算地支配呢，那又怎么办？再来一个“减”字吧——减去一些可有可无的应酬、拜访、聚会、聊天、娱乐，也忍痛割爱一些重要的学术会议，这方面损失自然不少，我只能从相关会议报道、综述中了解一点动态来聊作弥补了。如此一挤，“偏”是必然的，却还没有“废”。当然，有时仍觉得已经做的太少，想要做的尚多，每当中夜难眠时，我只有仰望苍天、徒唤奈何了。如此说来，那不成了个苦行僧？非也！苦行僧者，只为一人的修行也；而我所觉之苦，则是人生有限而事业无限这一人间固有矛盾所致，“苦”在其中，“乐”亦在其中，“苦”即是“乐”，“乐”即是“苦”。正因此，像我一样一头栽进其中的已经成百上千，而接踵而至的正望不到尽头哩，苦耶、乐耶？这就是“甘苦寸心知”了。

说到底，我与台港海外华文文学结伴30多年来，似乎也源于那个流行的字：“缘”。远因是缘，近因也是缘。苦是缘，乐也是缘，亦苦亦乐还是缘。缘者，关系也，偶然中的必然，必然中的偶然也。缘分既定，且已相偕行过一段艰苦备尝的拓荒期，恍如由重庆顺流而下过了三峡，江面已宽，去路正长，无限风光在前头，不到夕阳西下、余霞散尽，此缘怕是断不了的了。那就继续不舍昼夜、大步向前吧！

（责任编辑　王永华）

“哪一个不爱我，除非他是个痴呆——”

——耐人寻味的《小辞店》

●李光南

华阳镇，是我寻访黄梅戏传统剧目之旅的一个普通驿站。在冬日的夕阳里，华阳镇呈现出一种慵懒和平和的状态。江堤外，隔着一片如烟似的防护林，长江像一管静脉，悄没无声地流过，寂静的华阳闸伫立江堤，像一个守望的留守村妇，在盼望夕照里钻出的归人。但前不见樯橹，后不见白帆，只剩下树梢上掠过的鸟群。华阳镇，昔日的繁华已随雨打风吹去。哪两层的木板楼呢？那结实的石板街呢？还有那花戏楼，以及那热闹的观前街呢？在时光的隧道里全都化成了脸谱化的水泥路和两层或三层的小楼。古华阳水陆码头，早已成为模糊的记忆，留在人们的脑海里。然而，那些枯藤、那些老树，那些昏鸦、那些夕阳，都激发我对传统黄梅戏《小辞店》的深深思考。

一、《小辞店》的发生地究竟在哪

华阳镇和《小辞店》有着密不可分的联系。当年，胡普伢就是在华阳镇收了她最得意的徒弟檀团头，并在华阳镇和她的师兄连演七七四十九天《小辞店》，痴迷的观众把花戏台围得水泄不通就是不肯放他们走。《小辞店》不仅是在华阳镇演红的，甚至可以说《小辞店》的故事就是发生在华阳镇。

我知道，我的这种说法会引来争议，甚至有人会说我是异想天开。这是因为，一直以来，在黄梅戏界都流传着这样的一句话：“桐城不演《乌金记》，三河不演《小辞店》。”《乌金记》又叫《桐城奇案》，演的是桐城县令草菅人命的故事，因此，在桐城禁演可以理解，《小辞店》演的是男女偷情的故事，在封建专制时代，这也是件丢人现眼的大事，因此禁演更能说得过去。但现在看，这可能是戏剧史上的一大“冤案”。依我的考证，《小辞店》的故事绝对不可能发生在三河。理由有四：一是从黄梅戏的流行区域来看，三河不是黄梅戏的流行区。黄梅戏的流行区主要是沿着湖北江西安徽境内的长江铺展开来。上抵湖北的黄冈，下达安徽的芜湖。在长江南部伸展到江西的星子县和安徽的石台县，在长江北部延伸到湖北的英山县和安徽的桐城市。高高的龙眠山阻隔了黄梅戏向北扩张的可能。三河镇属于肥西县，隶属于合肥市，属于皖中地区。

在以合肥为中心的皖中、以六安为中心的皖西、以巢湖为中心的皖东这一狭长地带，流行着安徽省另外一个著名的地方戏——庐剧，又称“倒七戏”。二是从黄梅戏的剧本来源看，也难以和三河镇扯上关系。当时黄梅戏的剧本主要来自三个方面。一是从青阳腔等高腔剧目中移植，包括岳西高腔，像《天仙配》、《女驸马》等，二是发生在艺人身边的人或者身边的事，如《乌金记》、《张朝宗告漕》等，三是老艺人口传身授，基本是从鬼怪、传奇、演义小说中获取的素材。《小辞店》显然来自第二种，属现编现演的剧目。现编现演的剧目必须具备两个条件，一是身边的人，二是身边的事。连黄梅戏的足迹都未踏上三河，何来《小辞店》的故事来源于三河？三是从《小辞店》中刘凤英的一段唱词也可以肯定，这个故事不是发生在三河。《小辞店》开头刘凤英出场有这样一段唱：“到春来宿的是芜湖南京上海，到夏来宿的是云南贵州一带，到秋来宿的是太湖潜山石牌，到冬来宿的是徽州石台。”这四句唱词很有讲究，一是点明了故事的地点，是长江边的一个大水陆码头，二是点明这个水陆码头一年四季人来人往、熙熙攘攘，非常热闹，是物资集散地。为什么春天来的是芜湖南京上海的客商？因为春天农业生产开始了，农民所需的农资需要他们带来，为什么夏天来的是云南贵州一带？因为夏天长江水流大，从长江上游正好放木头下来。为什么秋天是太湖潜山石牌？秋天是一年四季收获的季节，农民打得粮食、棉花、果实都运来销售，到冬来，为什么是徽州石台？因为冬天快过年了，取暖的木炭和过年的香菇木耳茶叶最行销，忙坏了徽州商人。这四句唱词，有远有近，有大有小，不管远的和大的是谁，近的小的都只有一个，这就是石牌。因此，可以说，《小辞店》的发生地在离石牌不远的地方。离石牌不远的长江边的大水陆码头，只有华阳。第四，从《小辞店》的原名《牌刀记》也可以看出，在望江一带，至今人们仍然把菜刀叫做“牌刀”。

综合以上四点，可以完全肯定，《小辞店》的故事发生在——华阳。那么为什么有人说是“三河镇”呢？这也可能因为华阳周围水系纵横，人们是否曾经把华阳镇也叫过“三河镇”，这才惹上一段麻烦？

二、在蔡刘和陈朱这两对男女关系上，为什么人们要扬前而抑后

中国传统戏曲，永恒不变的主题有二：一是情或爱，二是生（离）或死（别），最后的结局都是悲剧。也有一些以大团圆的喜剧收场的，如《牡丹亭》、《西厢记》等，但在戏曲史上仅只有一小部分。就是这一小部分，又有多少观众在欣赏过程中感觉到喜剧的愉悦？大多是悲剧的伤感，是一种淡淡的忧郁，这就是中国式的悲剧。因为中国戏剧的审美过程夹杂着过多的道德评判，和西方的戏剧在功能上划分非常明晰不一样，因此，看中国的戏剧，是很难有轻松的心情的。黄梅戏传统的三十六本大戏基本风格都是悲剧。这和黄梅戏产生的时代背景有关，和黄梅戏艰难曲折的发展史有关，和黄梅戏艺人来自长期被欺压的底层以及长期处于被欺压的底层有关。一个由饱受苦难的群体创作并表演的戏剧，不可能有多少亮色。即便是偶尔的一两部喜剧，也是自寻快乐，或是在苦难中寻找心灵的慰藉，在苦难中追寻美好的梦想。

因此，像《小辞店》这样的一个在“三从四德”的封建礼教和宗法思想统治的时

代，公然在舞台上表现不正当的男女关系，并且一写就是两对，是要冒很大的风险和代价的。但这样的一台戏居然出笼了，并且长期演下去，这就是创作者的高明之处。如果它沿袭的是《牡丹亭》的老路，在舞台风格上美化、诗化，肯定是要遭打压的，但《小辞店》的高明之处在于从一开始就把它当成一部“毒草”，一部给人批判的“反面教材”，通过悲剧结局，教导人们，不守“节操”，枕于“淫乱”是没有好下场的。这让统治者很好接受。

而事实上，《小辞店》是一部至少在黄梅戏中唯一的宣传人性颂扬人性的大戏。正因为这样，黄梅戏才在集镇和城市受到热烈欢迎。当年，胡普伢在华阳镇一演几十场，严凤英在安庆一天演三场，就能说明这个问题。

《小辞店》表现的是两对男女不正当的“婚外情”。前者是一对城里人，是生意人，即做买卖的蔡鸣凤和开小饭馆的刘凤英，后者是一对农村人，是农民，即“留守妇女”朱莲和杀猪的陈大雷。有句俗话说，富人和穷人唯一的相同点就是在“做爱”上获取的快乐是一样的。而在《小辞店》中，表现两对同样的“婚外情”，创作者的态度却失之偏颇。对前者是宽容的、赞美的、理解的，对后者却是批判的、鞭笞的、嘲笑的。

为什么会出现这一现象，这和黄梅戏的发展史有很大关系。

众所周知，中国戏曲起源于农耕文明，兴起于商业文明。黄梅戏的产生就是蔡仲贤这样一批农民和农村手工业者的努力。如果黄梅戏不是1926年进城（安庆），大胆地在城市舞台上亮相并扎根下来，就不可能有以后的发展。很可能就像文南词和岳西高腔一样散失在广袤的田野。

在遭受坎坷和曲折后，黄梅戏的艺人深深明白，黄梅戏要发展，就必须扎根城市，必须依托市民。扎根城市的最好办法是赞美城市，依托市民的最好途径是迎合市民，讨好市民。

在《小辞店》中，蔡鸣凤虽然是农村人，但他不是一般的农村人，首先他是落第的秀才，其次他是个生意人，加上他三年不归，城里的水早已洗干净他的泥脚。因此，完全可以把他归结到城里人的序列。而刘凤英是典型的“小市民”，还不是一般的小市民，是“摆开八仙桌、铜壶煮三江”的“阿庆嫂”式的人物。这样的一对，就是在城里人中也是佼佼者，是上等人。因此，他们的“苟合”能叫“苟合”吗？说是“偷情”都严重了，只能说是“相好”。因此，在舞台上，把他们的“不正当关系”都处理得很“风花雪月”、“诗情画意”。如蔡鸣凤和刘凤英初次相见，是“艳阳天，春光好，百鸟飞来”，他们的初次“苟合”是“瞒公婆与丈夫私配了鸾偕”。而他们的别离更是充满了激情和缠绵，请看刘凤英如泣如诉的演唱：“哥好比顺风船扯篷就走，奴好比无舵船失落滩头。哥好比弓上箭搭弓就走，奴好比屋檐水不能久留。哥好比英台女攻读越州。哥要学韩湘子把妻来度，奴好比林英小姐花园来游。哥要学梅良玉重台分手，奴怎比杏元小姐前世少修。哥要学汉刘备过江饮酒，奴好比孙尚香祭奠江头。哥要学薛平贵辞王驾走，奴好比王宝钏受苦在窑头。”这哪是露水夫妻的分别？分明是一对恩爱的夫妻的别离。在刘凤英心目中，蔡鸣凤就是他的夫君了。而在他们的关系展示过程中，也竭力在美化这种关系，让观众觉得他们的结合是合情合理的，没有道德层面的障碍。

但在处理陈朱关系时，就显得十分苛刻。他们的关系从开始到结束都缺乏美感，更谈不上诗意，而是物质化的、实际的和弥漫着暴力的血腥的。他们能苟合在一起，是朱莲想多吃一块陈大雷的“肉骨头”，暴露出朱莲“贪小便宜”的弱点，而陈大雷萌生对朱莲的占有欲是因为朱莲的美貌和“独守”，这是乘人之危。他们相会在肉案前，充斥着猪肉的腥气和飞舞着绿头苍蝇。他们的第一次“苟合”是“月黑风高之夜”，在伸手不见五指的环境里，没有甜言蜜语，只有赤裸裸的肉欲和骚动。而他们的别离是在蔡鸣凤血迹斑斑的尸首前，他们的死别则是在刽子手高举的大刀前。

其实，男女关系，不管其过程如何浪漫，最终的最好结局就是肉欲。从这一点看，蔡鸣凤和刘凤英，陈大雷和朱莲没有区别。但在戏中，因为人物身份的不同，就有了歧视。谁让陈大雷和朱莲是农民，生在农村。在城市小市民阶层看来，农村就是落后的，农民就是顽劣的，他们根本谈不来爱情，只会“苟合”。只有这样，才能满足小市民的自我优越感和自大的心理，才能满足他们的虚荣心。

三、在《小辞店》中谁更值得同情

在《小辞店》中，有蔡鸣凤和刘凤英分别一场戏。当严凤英饰演的刘凤英一口气唱完100多句唱词后，所有的观众都被感染得潸然泪下，大家对刘凤英的遭遇和命运寄予了深深的同情。

人们对刘凤英的同情主要基于以下三点：一是刘凤英的身世之苦。刘凤英从小就做童养媳，长大后又嫁给一个鸦片鬼兼痨病鬼。虽然名义上有丈夫，实质上就是守“活寡”。二是一个人吃苦能干，把一个小旅馆打理得井井有条，生意兴隆，让一家人衣食无忧，却得不到婆婆的赞赏和丈夫的好感。三是温柔多情。当她遇到蔡鸣凤后，她把满腹柔情都给了蔡鸣凤，给飘荡在外的蔡鸣凤一个“家”的感觉，事实上，成了蔡鸣凤的实际上的妻子和生意上的合作者。因为她和蔡的“同居”是出于对蔡的纯真的爱，而不带任何物质化的附加条件，即便这种“同居”是“非法”的，观众也非常理解。但“痴情女”偏遇“寡情郎”，蔡鸣凤对刘凤英是不是投入一样的感情？肯定不是。蔡鸣凤把刘凤英只当成一段生意场上的艳遇，旅途上的一段恋曲，寂寞中的一点慰藉，在他的心目中，真正的妻子还是朱莲，是他3年未见面，也3年未寄一分钱回去的朱莲。因此，当听人说，自己的妻子在家里红杏出墙，给自己戴上绿帽子后，和刘凤英3年的露水之情顷刻蒸发殆尽，他不顾刘凤英的苦苦哀求，执意要回。这一回，导致他命丧故里。有人认为，蔡鸣凤的悲剧源于自己的寡情，若他对刘凤英是真心，就不会回去，也就不会有杀身之祸。因此，对蔡鸣凤之死更多的是指责，并把对蔡鸣凤的指责转化为同情加到刘凤英身上，从而让人觉得刘凤英是最值得同情的人。这仍然是从市民角度看出的结果。

实际上，《小辞店》中真正受到伤害的是朱莲，真正值得同情的是朱莲。特别是新时期大量的农村“留守妇女”的出现，从他们的命运中，人们开始重新审视朱莲这个角色，对朱莲的认识也开始客观、公正起来。

在《小辞店》这出戏中，朱莲的出场并不多，但却是矛盾线上的重要环节，是推进矛盾的动力。可以说，如果没有朱莲，这出戏就像是一只断了龙骨的船，全部散了架。因为，没有朱莲，蔡鸣凤就是个单身。单身汉在外，遇到红颜知己，发生一段风花雪月的事，是很正常的，不会引起人们道德层面上的评判。因为朱莲的存在，蔡鸣凤打上了“有妇之夫”的烙印，他和刘凤英的情感，即便双方都尽量做到“纯粹”，但观众不是那么想，总认为是有悖情理和道德。更何况，蔡鸣凤一方面瞒着朱莲和刘凤英恩恩爱爱，一方面又对朱莲的出轨耿耿于怀，这就过分了。他可以3年忘记朱莲那年轻鲜活的身子，但却片刻也无法容忍朱莲给他戴的绿帽子。可见，男人都是为了面子活着。蔡鸣凤之死，某种意义上讲，就是因为男人的这点面子。

在《小辞店》中，如果没有朱莲这个角色，也就不会有陈大雷的出现，并且是那么“猫抓心”似的出现，也就没有他们的“苟合”，没有蔡鸣凤的那顶绿帽子，没有后来的蔡鸣凤的被杀。因此，有不少人憎恨朱莲。我认为，《小辞店》中真正值得同情的是“朱莲”。

其一，朱莲的“失足”是蔡鸣凤造成的。如果说，蔡鸣凤出外经商是因为生活所迫，可以理解，那么，出外3年，不捎一书，不寄一钱，就无法让人理解了。如果朱莲手头活络，就不会去占陈大雷的小便宜，就不会上陈大雷的当。女人占小便宜是天性，没有钱的女人占小便宜更让人同情。更何况，朱莲是在“揭不开锅”的情况下逐渐被陈大雷逼上绝境的。伪“道学士”们也许可以说：“饿死事小，失节事大”，那是因为他们说这话时是饱着肚子的，如果是饿着肚子就不会说了。有信仰和气节的“道学士”都无法做到的，常人能做到吗？朱莲只不过是普通的农村妇女，可以说，活着是她最现实的，能更好地活着则是她本能的追求。在蔡鸣凤杳无音信的情况下，陈大雷给了她物质的满足，进而又给了她精神的满足，她不是圣人，“失足”是无法阻挡的。

其二，朱莲的“失足”是陈大雷布下的“陷阱”，如其说是她“失足”，倒不如说是“被失足”。在《小辞店》中，朱莲和陈大雷之间没有“情”，只有“欲”。这也是为了迎合小市民的欣赏心理。在他们看来，“情爱”是“市民”阶层的专利，农民是不懂这些的，农民只有赤裸裸的“原欲”。如果说，当初在陈朱关系上还在玩“猫抓老鼠”的游戏，但到后来，两人之间还是生发了感情。在朱莲这方面看，至少，第一，陈大雷能保证她物质的需要，其二，陈大雷能在她孤独的时候给她安慰和安全感，她可能不爱他，但不能没有他。在陈大雷这方面看，首先他觊觎的是朱莲的美貌，后来是被朱莲深深地迷住了，他爱上了朱莲。也许他不会有蔡鸣凤那么多的甜言蜜语，但他的爱是付诸行动。

其三，朱莲和刘凤英对待自己的“失足”的态度是截然不同的。刘凤英在和蔡鸣凤的关系上是积极的、主动的，她充分享受着婚外的“性爱”，并不觉得自己有什么道德和良心上的“亏欠”。这充分体现了19世纪中晚期商业文明催生的“人性”的萌芽。而朱莲相反，即便她能找出一百条理由为自己的“失足”解脱，却仍然陷在深深的良心和道德的“拷问”之中，可以这样说，当陈大雷占有她肉体的一瞬间，原来的朱莲死了，留下来的朱莲是一个背负着沉重的道德的“十字架”的“行尸走肉”。她本来可以成为“忠贞”的守望者，但现实的不幸，让她沦为“忠贞”的牺牲者。

朱莲的“堕落”让我们想起托尔斯泰笔下的妓女玛丝洛娃。玛丝洛娃从一个纯情少女沦落为妓女，是谁之责也？朱莲的“堕落”又是谁之责也？

我们在对朱莲这个人物寄予深深同情的同时，更应该鞭挞那些伪善的伦理道德和丑恶吃人的封建制度。

四、对黄梅戏《小辞店》应该给予什么样的评价

可以这样说，《小辞店》自诞生起，就处在舆论的风口浪尖上。有人大加赞扬，有人大加鞭笞，褒贬不一，莫衷一是。这在一个剧种里，是少有的现象。有趣的是，不管是挺的，还是骂的，都对这个戏非常痴迷。固然，这里有“明星效应”。如胡普伢和严凤英，他们饰演的刘凤英都漂亮、风骚、多情、迷人，能打动观众。但如果只是“明星效应”，也只是“昙花一现”。《小辞店》在舞台上有长久的生命力。在黄梅戏的七十二本大戏中，能完整留下的已经寥寥无几，而《小辞店》是其中的佼佼者。黑格尔说，凡是存在的都是合理的。《小辞店》能这么持久的保持坚强的生命力，肯定有其合理性。

《小辞店》的存在，我认为至少有三个方面值得思考。

第一，虽然反映的主题并不深刻，却有广泛的社会意义。

什么是《小辞店》的主题？一言以蔽之：偷情者终没有好下场。这样主题的戏，是很难提炼出深刻的思想性和美学意义的。但如果联系到《小辞店》的产生背景，还是可以看出其广泛的社会意义。黄梅戏产生于清代中期。这一时期，整个中国被视为正统的程朱理学所笼罩。

自从宋儒大谈“饿死事小、失节事大”（程颐）、“革尽人欲、复尽天理”（朱熹），明清理学家又继而推波助澜，遂使整个社会蒙上了浓重的禁欲主义色彩。这时候，是很难诞生《小辞店》这种公然赞扬“人性解放”的戏的。《小辞店》的诞生是在太平天国运动之后。太平天国领袖洪秀全以“天子”自居，信仰的是“拜上帝教”，因此，所到之处，砸孔庙、毁圣像，给女人以天足，经营中国几千年的儒教思想受到很大的冲击，加上第一、第二次“鸦片战争”失败，中国的大门向西方列强敞开，运进来的除了大烟，还有西方资产阶级的思想和文化，商业文明开始挑战主流的农耕文明，“人性”的禁锢和解放展开了拉锯战。随着洋务运动的深入，工业、手工业、商业开始发展壮大，小集镇建设蓬蓬勃勃，市民阶层越来越大，封建礼教开始被他们踏到脚下，他们在呼唤新的思想和解放。这个时候，《小辞店》应时而出，是势在必然，无法阻挡。

更何况，《小辞店》所展示的市井生活画卷，既是现实生活的客观反映，又是市民心中的自发向往。刘凤英所追求的相互愉悦、相互平等的“男女性爱”，更是人性自由和解放的具体表现，激发了不少受封建包办婚姻之苦男女的觉醒和抗争。《小辞店》不仅让他们获得了舞台演出那短时间的满足，更对他们完成了如何追求平等愉悦“性爱”的启蒙，成了不少市民追求的榜样。

可以这样说，《小辞店》是传统黄梅戏中的《金瓶梅》。她在戏曲手法的运用上是以白描为主，在故事的进展和矛盾的展开上，也是客观的叙说，在围绕两对男女关系

的主辅线周围，安插进像魏大蒜和朱茂青式的“小人物”，以他们的行动线充分展现民风、民俗、民情，是一台既有“情”又有“趣”的戏。

第二，《小辞店》实质上是一部“公案戏”，她的目的是“警示”，而不是“宣扬”，这正是它的思想局限性所在。

长期以来，关于《小辞店》到底是“爱情戏”还是“公案戏”，一直争论不休。有人认为《小辞店》是“爱情戏”，虽然后面出现了“凶杀”和“破案”的戏，但其重点放在蔡鸣凤和刘凤英的“性爱”上，这也是观众最关注的重点。但是，我认为《小辞店》是“公案戏”。前面我就说过，《小辞店》的创作者很高明，对“游戏规则”掌握得很好。虽然太平天国之后，资本主义开始在中国萌芽发展，但整个国家依旧被封建王朝把持。他把《小辞店》的主题定位为“偷情者没有好下场”就是充分猜透了统治者的心理，他们以“程朱理学”为道德正宗，只有这样的主题才能是先贤们倡导的道德主流，才能通过，否则，演不到一场就被“查禁”。要把这个主题做下去，就必须以“公案戏”为表现形式。因为道德的评判也好，法律的评判也好，其裁判长都必须是“官府”，首先是最“基层”的县官。这样，即便前面有了长长的“性爱”出现，在整个戏里也是“铺垫”，是为后面县官的评判提供条件。

但实际上，创作者是“明修栈道，暗度陈仓”，他是以“公案戏”的外壳来包装“爱情戏”的内容。因为有这个“外壳”在，风格就不能走得太远，因为外壳在，“性爱”的揭示就不能太深，在表面上要和统治者的观点相吻合。

这样造成的结果是：表现形式和表现内容不统一，表现主题和真实意图不统一，“性爱场景太多”、人物刻画外在，使整个戏在艺术上留下很大的局限性，虽受欢迎，却无法站到戏曲史的高端。

第三，《小辞店》不是“爱情戏”，至少不是纯粹的爱情戏，它是掺杂了大量性爱描写的“市井戏”。

一般来说，“爱情戏”必须具备两个条件。一是“爱情线”必须贯穿始终，二是所表现的爱情是男女发自双方的真挚情感，像《梁山伯与祝英台》、《孔雀东南飞》、《牡丹亭》、《西厢记》等。而《小辞店》根本不具备这样两个条件。其一，它没有贯穿始终的爱情线，其二，它仅是写了两对婚外男女的“性爱”，而不是“爱情”。

爱情必须是双方的，平等的，不附带外在条件的，是男女双方在同一时间的内心真情的爆发，是人性深层最美的花朵绽放。用这个标准来衡量，《小辞店》中，两对男女之间都不是“爱情”。首先，蔡鸣凤和刘凤英之间不是“爱情”。别看刘凤英对蔡鸣凤爱得死去活来，从刘凤英这边看是动了真情，但爱情是双方的，在刘凤英投入真情的同时并没有得到蔡鸣凤的真情响应。蔡鸣凤的心中始终有朱莲的存在，而刘凤英的身后同样有她的丈夫，这样的情况，只能让蔡鸣凤把他和刘凤英的关系定位于“偷情”，在刘凤英的情感和他头上的绿帽子之间他更在意绿帽子。即便刘凤英爱得如何惊天地，如何泣鬼神，也只是“单相思”，算不得爱情的。

其次，蔡鸣凤和朱莲之间也谈不上爱情。因“父母之命媒妁之言”而成就的婚姻本身就缺乏爱情基础，加上婚后不久，蔡鸣凤就出门经商，夫妻之间缺乏沟通，失去了爱情培养的机会。这也是蔡鸣凤出外三年音讯全无的悲剧。但夫妻之间可以没感情，却不能没名分。因此，刘凤英巨大的爱情洪水冲不断名分的绳索，他觉得男人可以在外拈花惹草，而女人不可以。

最后，朱莲和陈大雷之间更没有爱情。在朱莲眼里，陈大雷就是嘴馋的时候的猪蹄膀，寂寞时的一个玩偶，睡觉时的一个枕头，是一个物质上给她满足身体上给她满意的人。到后来，她是把对蔡鸣凤 3 年的积怨化成报复，全部以爱的心意倾向于陈大雷。而陈大雷呢，一开始他对朱莲表现的是赤裸裸的占有，后来，开始爱上了这样一具香艳的肉体，但这种爱的背后依旧是“占有欲”的存在，不是纯粹的爱情。

可以说，《小辞店》写出了生动的“性爱”却没有一对真正的“爱情”，在人性的开拓上流于表象，写得不深不透。虽有流行性，却缺乏经典性。

目前，《小辞店》还有许多改编本，成功者依旧不多，关键是内涵。

离开华阳镇时，我意外地看到了一个民营戏班子在马路边唱《小辞店》，是当年胡普伢的老本子，我问班主，为什么不演新的？班主说，《小辞店》，观众认可的是老段子。

这也从一个侧面证明，名著改编之难。

在民营班主的锣鼓声中，我悄然离开华阳镇，踏上了下一个传统剧目的寻踪之旅。

（责任编辑　张启生）

演绎琵琶的音韵美

——浅析琵琶美音的获得

●肖　燕

被誉为“民乐之王”、“弹拨乐器之王”的琵琶，是我国主要的弹拨乐器，至今已有两千多年的历史了。南北朝时由印度经龟兹传入内地。梨形共鸣箱的曲项琵琶，木制，张四弦，原先用丝线，现在用钢丝、尼龙制成。颈与面板上设“相”和“品”，用以确定音位。演奏时竖抱，左手按弦，右手戴赛璐珞（或玳瑁）假指甲弹弦。琵琶名是由它的演奏技法“弹跳”得来的。历史上的琵琶形制多种，形状类似，大小有别。经历代演奏者的改进，至今形制已经趋于统一，成为音域广阔、演奏技巧丰富，音色动听，表现力强的六相二十四品的四弦琵琶，是独奏、伴奏、合奏的重要民族乐器。其演奏技巧为民族器乐之首，表现力更是民乐中最为丰富的乐器之一。

在演奏中如何将琵琶的美韵演绎出来，是历代琵琶演奏者不断探究的课题。笔者认为，“韵”就是演奏者审美情趣和演奏风格的体现。下面就结合自己平时在演奏和练习中的处理，从演奏者的角度谈几点体会：

一、最基础的训练是美音来源的第一途径

练好基本功是获得美音的首要条件。基本功是指从事某种工作所必须掌握的基本知识和技能。由此可知基本功掌握不好就弹不好琵琶，在实践过程中也的确如此。比如：弹与跳的用力点和速度、触弦的角度与深度，直接影响着音色及演奏者演绎作品的内涵与完整性。琵琶的基本功主要指的是左右手指法，而其中尤以弹跳、轮指、按音的指法为最基础、最重要，很多演奏指法都是在此基础上发展而来的。

众所周知，“弹”的一般定律是右手食指将弦向左下方弹出，“挑”是右手大指将弦向右上方挑进。这是初学时期的一般规律，但实践中，弹跳是否得当而能出美音确是一门学问。实践中大家看法也有差异，有人认为初学琵琶时就应考虑美音获得的因素，有人认为学到一定的时候自然就会形成。笔者认同前者观点，并认为基础训练应当努力掌握好以下支点和技巧。

1. 弹奏者的基本姿态是出美音的第一支点。首先，坐姿要正确，以椅子的二分之

一多点为要。其次，根据椅子的高度，弹奏者个子的高矮，两腿无论是前后摆放，还是平行摆放都不可夹紧并拢，应呈自然略分开状，腰部挺起怀抱琵琶将右背板贴腹部呈45度，两手放松能自然的前后上下摆动为佳。再次，根据弹跳的要点，触弦的角度，手应呈自然放松状，以食指与大指指尖带动手腕45度上下弹跳。这是弹琵琶基本功的第一步，要有一个较长阶段的练习过程才能达标。

2. 技巧训练的提高是获得美音的第二支点。初学的第一技巧是右手食指的弹。要求小手臂提起平行，手自然呈半握拳状，指尖靠近一弦处，刚劲的声音指甲触弦深点，柔缓的声音指甲触弦浅点。慢节奏手的摆幅大一点，快节奏手的摆幅小一点，轻细的声音指尖往前推进，粗重的声音指尖强甩下去后有被震回之感。

第二技巧是右手大指的挑，触弦的深浅、手的摆幅与弹相同，所不同的是轻细的声音指尖往上挑，粗重的声音指尖往后甩再有被惯性拉回之感。

上述两个技巧合在一起称弹挑，那么弹跳意蕴深远的音，右手弹时要平出、缓出、浅出才能达到“余音绕梁”之感。弹跳刚劲明亮的音要斜出、快出、深出才能有震撼力。在演奏乐曲的过程中弹跳是处在多方的变化之中。

第三技巧是右手的轮指。在琵琶发展的历史过程中，轮指有两种演奏法：一是“上出轮”，以大指、食指、中指、无名指、小指依次弹出为序。一是“下出轮”以小指、无名指、中指、食指、大指依次弹出为序。随着演奏历史的发展，现在演奏基本上用的是“上出轮”。它是根据需要以食指为序依次弹出或以大指为序依次弹出。轮指讲究均匀的颗粒性，以点成线，音质追求圆润饱满。实践中因各人手型大小的差异，指尖的触弦点、发力点不同，手型也会有些小差异。那么颗粒点、音色也不尽相同。笔者认为：练习时手臂与手形与琵琶面板平行呈自然放松状，不要刻意去追求手臂角度手型握拳状的大小，而应以自认拿起平行放松为最佳状为准。反之大脑太集中手臂与手型易导致这两个部位的紧张，造成轮指杂音大，音点不匀称的结果。在保持放松的状态中，以指尖三分之一点均匀的依次弹出，会有一个好的效果。

第四技巧是左手按音。第一是要求手臂、手指的姿势正确。在正确的坐姿持琴的基础上，手臂下垂手成自然放松状后提起至需按音的把位处，手腕自然平行，大指依托背板，食指放于音位上。把位的不同大指与食指的定点也不相同，如：一把位两点较平行，二把位大指偏高，三把位大指更高，四把位根据个人手型的大小，大指也就根据音位的变化而自然地悬在面板的前面了。总之大指定位高低，还要根据手的大小状，其他四指能自然灵活地按音为要。第二是按音位的准确。在定位的基础上我们可以找准手按品的最佳位置，以指与品之间能插一张纸的缝隙最佳。第三是指尖触弦的力度。触弦要点是要快、准，力量自然，有弹性，发出的声音明亮圆润。切忌以硬邦邦的死劲去按弦，易导致偏离触弦点，发出变音，音色沉闷等怪象。

二、良好的乐感是获得美音的第二途径

乐感是指人处在创作、演奏、欣赏等音乐活动时因节奏、旋律等音乐要素产生的感觉和知觉。有时也专指对音乐的高低、强弱等特性的听辨能力。作为一名器乐演奏

者，应具备良好的乐感才能演奏好乐曲。以《春江花月夜》第一段“江楼钟鼓”为例，第一小乐段是模仿钟鼓，感觉鼓点在静谧的夜色中顺着江面上的清风徐徐传来，出音要清纯空灵，由慢至快，直击人心。而第二个短促密集的鼓点，声音恰似穿过江水扑面而来，韵味悠长。然后随着六声清柔的鼓点，带出了经典优美的主题段……，有了这种感觉，演奏时，大脑会紧密的控制手的感觉，与产生形象的感觉合二为一，再把这种感觉传递给听众，得到美感，实现美韵的生成。

那么如何拥有乐感呢？乐感一部分是先天形成的，一部分是后天培养的，但主要来源于后天的培养。一是多听多看积累音乐体验，增强音乐听觉的直观感受 。听不同风格的国内外经典音乐作品，看不同类型的音乐会，从中感悟音乐语言与作品的思想内涵。二是学习音乐基础知识，了解构成乐句的要素，了解乐段形成的几种形式，乐曲的曲式成因、构架等，提高对音乐的感性认识和理性认识水平，获得良好的乐感。三是对要演奏的琵琶作品既要弹奏它，也要哼唱它，两种手段相互结合，生成同一层次有一定理性的乐感。在此基础上，再根据琵琶乐曲的不同风格、作品表现的思想内涵，用好琵琶的音色，使音乐的旋律起伏跌宕演绎出感人的音韵美。

三、搞好二度创作是获得音韵美的第三途径

有了好的技巧，好的乐感，还不足以能把音乐作品所要表达的内容及内在的音韵美完整的表现出来，还要有个琵琶演奏者的二度创作。作品需要在二度创作后，才能熠熠生辉。所谓二度创作是指琵琶演奏家在忠实于作品的原始形态上，融入自己对作品的理解和表现形式，诠释音乐作品的内涵。

二度创作方法是：首先，要了解作品的时代背景、特定环境和思想感情，从作品的曲式上分析乐曲的内在结构，进行细致恰当的艺术处理；挖掘作品的丰富内涵，分析作者在作品中为我们所提示的表现意图，找出音乐运动的内在韵律，奏出感人的音乐。例如：古曲《霸王卸甲》，它描写的是楚汉相争的历史故事，同情赞颂楚军，表现和渲染西楚霸王项羽的英雄气概与悲剧色彩。场面的主特点是激烈的战争场面与虞姬哀婉的哭声。全曲的构架分十一个段落，乐段以战争激烈的情绪层层递进，在高潮中夹杂着虞姬抑扬顿挫哀婉的哭声等。在演奏时根据层层递进的音乐情绪与女性哭声的特点，渲染音乐效果，达到感人的目的。

其次，要从生活中汲取养料，要丰富自己的生活情感、阅历，并将其转化成良好的艺术情感。要根据作品的内容、音乐形象，充分发挥自身的想象功能如临其境。启动平时对生活的、记忆的、情感的积累，使自己的头脑中生成一幅幅流淌的图画。因此，要感受生活，要随时用眼睛、耳朵去欣赏倾听各种生活画面和声音，增强对生活和人物的理解与想象的能力，进而演绎出更深刻的作品内涵。例如《霸王卸甲》，我们可从平时的生活中去体会女人的情感与哭泣声，借助影视作品中描写战争的场面，拼成一幅幅情景图画，再演绎作者所要表达的思想感情。

再次，要加强文化知识的积累，在学习音乐知识的基础上，多读中外各类名著，间接体会人物性格、多样场景、心理变化、环境变化、时空变化、自然变化的形态，

培养对音乐的感受能力。将这种知觉感运用到演奏作品当中，通过富于创造性的演奏去丰富原作，让自己的二度创作与原作的思想内涵融合起来，使音乐作品焕发出新的光彩。这样，作品的音韵美也同时生成了。

以琵琶协奏曲《草原英雄小姐妹》为例，作品表现的是蒙古族孩子龙梅和玉荣在暴风雪中保护羊群的动人故事。乐曲主题清新活泼，充满活力，并具有浓郁的内蒙古民间音乐色彩。对这部作品我们可借助文学作品、影视剧、生活体验，去遥想这个动人故事的全景画面。然后再根据全曲发展的五个部分进行细节揣摩：第一部分“草原放牧”，引子拉开了辽阔草原的美丽景象，欢快跳跃的旋律表现了俩姐妹活泼快乐、天真烂漫的形象。第二部分“与暴风雪搏斗”，琵琶模拟着肆虐的暴风雪由远而近，侵扰着小姐妹与羊群，小姐妹不畏严寒，在暴风雪中保护羊群顽强搏斗。第三部分“在寒夜中行进”，小姐妹护着羊群在寒冷凄清的夜色中行进，那份感人的凄美荡人心魄。第四部分“党的关怀记心间”，明朗开阔的旋律，乐观向上的情绪，表现了小姐妹忆起党的温暖和教导时兴奋激动的心境。第五部分“千万朵红花遍地开”，曲调欢快、活泼、明朗地展示了小姐妹的获救心情，小姐妹的动人故事犹如朵朵红花遍开草原……。这部作品涵盖了人物的性格、多样的场景、心理的变化、环境的变化、时空的变化、自然的变化，各种情境融合其中。演奏好它是要在忠实于原作的基础上，集多方面的、大量的经验积累，才能把作品的基本情绪和意境设想得很具体，展现出情真意切的音乐形象，赋予作品很强的感染力，完成演奏的二度创作，彰显出作品的音韵美。

综上所述，笔者认为琵琶演奏是一种艺术的再创造。要演绎出音乐作品的音韵美，不但需要娴熟的琵琶演奏技巧，还要拥有多方面的文化知识，拥有不同的生活体验，才能完成对一部音乐作品的完美的诠释。

（责任编辑　张启生）

革故鼎新　前程似锦

——浅议杂技团转企改制后的发展之路

●焦长响

中央关于文化体制改革的文件指出：加快推进艺术院团转企改制，要以发展为目的，以改革为动力，全面推进体制机制创新，进一步解放和发展艺术生产力，大力培育合格市场主体，努力满足广大人民群众日益增长的多样化、多层次的精神文化需求，不断增强国家文化软实力。这就是中央对全国艺术院团转企改制的总体要求。目的是发展，目标是市场主体。

按照党中央和省委的统一部署，我省艺术院团已经整体完成转企改制，走在全国前列。当今艺术院团一个热门话题就是转企改制后如何在走向市场中闯出新路，这个话题同时也是当今杂技人必须面对的、回避不了的命题——杂技团转企改制后的发展之路应该怎么走？作为老杂技人，我也在认真思考这个问题，并对有关杂技团进行了考察调研。通过考察和调研，对杂技团转企改制后的发展之路有了以下四个方面的浅见，敬请各位方家不吝赐教。

一、中国杂技的过去和现状

1. 基本情况

全国绝大多数地市级以上的杂技团，自 1956 年公私合营以来，都是国营单位，拿国家工资，吃国家财政饭。几十年来，我们一直遵照毛泽东同志《在延安文艺座谈会上的讲话》精神，坚持“百花齐放，百家争鸣”、“为人民服务，为社会主义服务”为我们文艺工作的指导方针，创作出更多更好的精神产品，为社会主义精神文明建设作贡献。当时上山下乡，为工农兵创作，为工农兵演出就是党领导下的文艺工作者的根本任务。组织上派我们到哪里演我们就到哪里演。演职员拿国家工资，旅运费由国家报销，也有一些诸如出差补助之类的补贴。党的十一届三中全会以来，全国的不少艺术院团从上世纪 80 年代初期就开始摸索和谋求新的演出形式，并按照市场规律开始尝试新的企业管理模式。这种尝试，就是把原来的一个演出团分成几个演出分团或演出队，搞承包演出，演出收入上交团部一部分，队里自留一部分，其余发给演职员（即

“三三制”分成），此时演员的待遇比原来的出差补贴要稍微多一点。当然这是在国家保证工资的前提下，演职员多演多得，提高了演出积极性。当时，一年分春秋两个演出季，每年在外面演出的时间大概达到 8 个月以上，严寒酷暑时回团休整。这种改法可以说一直延续到现在。在这个时期，各地的民间艺术表演团队如雨后春笋般迅猛恢复和发展起来。实际上，从这个时期开始，县、乡、村这些地方的演出市场（当时的市场观念还比较弱）主要演出份额是在广大民营剧团的手里。与此同时，中国的杂技出国演出、出国比赛也集中在这一时期。因此，层次稍微高一点的杂技团（当时地市级以上大多是国营杂技团）都加入到出国演出和出国比赛的行列中。可以说中国杂技是一支大面积、全方位、整体性的出国演出队伍，特别是改革开放以来，中国的杂技之花开遍了世界的每一个角落。现在中国杂技没有去过的国家可能已经很少了；地市级以上杂技团没有出国的可能也是很少了。中国杂技在中国所有演艺院团中出国演出第一、创取外汇第一、获得金牌第一。在这些辉煌的经历中，中国杂技人按照中央的要求，改革也一直没有停止过，比如说在艺术上：从“文革”时期的《地道战》、《越南火线运输队》等节目的改革到“文革”以后的个顶个的纯杂技节目恢复时期，特别是自上世纪 80 年代中后期到今天的主题杂技晚会，杂技剧（节）目的艺术改革与创新得到进一步深化；在剧团管理体制上，从原来的全额财政拨款到后来的差额财政拨款甚至到自收自支阶段，也都是在进行改革。当时，中国各省、市、自治区的杂技团运作模式基本相同，重视国内外杂技赛场的竞技，在市场上的演出大多数都以海外市场为主。出国演出基本依赖中国文化部、中国对外演出公司，自主经营市场的理念相对较弱。随着改革开放的逐步深入，杂技出国演出的渠道越来越多，但缺乏统一的、规范的国外市场的价格管理。因此，有许多问题值得我们思考。

2. 基本认识

近六十年来，我国的杂技艺术院团坚持先进文化的前进方向，积极宣传党的路线、方针、政策，围绕中心，服务大局，贴近生活，创作精品，面向群众，开拓市场，走出国门，为国争光，弘扬民族优秀文化，唱响改革开放主旋律，取得了显著成绩，多次获得国家和国际大奖，是我国文化艺术事业“走出去”的主力军。但是随着改革开放的不断深入，在市场经济条件下，杂技院团现有的管理体制、运行机制、经营理念已经不再适应发展的要求，直接面临经费短缺，人才匮乏，人员进出渠道不畅，从业人员待遇偏低，没有激励机制，历史包袱沉重，缺乏经营人才，市场开拓困难重重等诸多问题。社会主义市场经济的深入发展和对外开放的不断扩大，文化赖以生存和发展的经济基础、体制机制、生存环境和社会条件都发生了深刻变化。原来的文化体制与人民群众日益增长的精神文化需求、全面建设小康社会的目标任务不相适应，与完善社会主义市场经济体制、进一步扩大对外开放的新形势不相适应，与高新技术在文化领域迅猛发展和广泛应用的趋势不相适应。所以，只有不断深化文化体制改革，推动文化创新，加快文化事业和文化产业发展，我们才能繁荣和发展好社会主义先进文化。因此，改革是非常必要的，也是大势所趋的。只有充分认识到深化国有艺术院团体制改革的重要性、必要性和紧迫性，增强责任感和使命感，不断推进和深化国有艺术院团体制改革，进一步解放和发展文化生产力，我们才能切实激活艺术院团的各种潜力，从而推动我国文化事业和文化产业大发展大繁荣，为激励人民群众奋勇前进提供强大的精神动力和智力支撑。面临着艺术院团深层次的转企改制，我们一定要站在战略和全局的高度，深刻认识到艺术院团转企改制是深化文化体制改革的必然要求，是做大做强演艺产业的重要途径。艺术院团改革要以转企改制为中心环节，积极推进观念、体制、机制、内容、形式、科技、业态、传播手段创新，逐步建立适应现代企业制度和演艺产业发展要求，有利于优秀人才脱颖而出的体制机制。积极实施中国杂技“走出去”、“走下去”等工程，中国杂技也要成为“走下去”的主力军。要下大力气打造一批具有浓郁地方特色，思想性、艺术性、观赏性俱佳，能够经常演出、得到市场认可的精品剧节目，使之在国内外的演出市场中永远立于不败之地。

3. 基本现状

现在，就全国而言，有的省市艺术院团已经整体转企改制，有的省市艺术院团部分转企改制，有的省市是以杂技团为改革试点。总的来看，全国的情况不平衡。但是在全国来讲，杂技是冲在转企改制的前面的。就大文化概念来讲，全国各省、市、自治区的出版、发行、报业、影视等改革，都是比较顺利和成功的。但是，唯有演艺产业的改革比较困难。新闻出版、报业、发行、影视等都有固定的甚至是独家垄断的市场，国家可以下文件订报纸；出版发行这一块光是从幼儿园、小学、初中、高中、大学、硕士、到博士的教材就是年年循环反复的永远没有止境的市场；影视这一块更是市场广阔，越来越好，市场潜力很深等等。然而，杂技演艺没有垄断市场，或者是市场很脆弱，国家总不能下文件让老百姓看杂技吧？而且就这点市场还有竞争，影视有钱，可以请外地演员来制作大晚会，不用本地艺术院团的演员；政府买单那一块本来是由艺术院团担当的演出，却被有钱的文化商人或其他商家出钱制作，本地艺术院团的演员甚至不沾边。现在打开电脑电视，你想看什么都有，而且不用出门，不用买票，在家里抽烟喝水不受限制，为什么要花钱到剧场去找罪受呢？要想多搞演出吧，票价高了观众嫌贵，票价低了剧团赔钱。原来流行的一句话叫“大演大赔，小演小赔，不演不赔”很能体现杂技团演出难的状况。还没演出，场租就要付好几万。因为，原材料费用上涨，人的身价也在涨，艺术的价值更在涨。

中央要求在2012年上半年全部完成国有艺术院团转企改制。现在（就安徽来说）还有60%工资拨款，如果以后国家不拨款，连60%也没有了怎么办？所以，不改是不行了。只有丢掉一切幻想，全力以赴投入改革，才能使杂技团在转企改制的大潮中大显身手。

二、中国杂技发展的基本出路

1. 破旧立新

杂技艺术院团在转企改制后，失去了依附五十多年的行政事业体制框架，建立了企业法人治理结构，开始在市场中谋求独立的生存与发展。艺术院团的转企改制，被视作文化体制改革中最难“啃”的一块硬骨头，涉及面广、影响面宽，更牵涉到每个

"文化人"的身份之变。我们要真切地认识到改革已经没有退路，不改革就没有出路。所以，杂技团转企改制以后只有改变原来做法，改变陈规陋习；革除老的一些不符合科学发展规律的管理体制和运营机制，破旧立新才能发展；发展是硬道理，是新理念、新思维、新事物、新东西、新目标、新方向。

2. 双轮驱动

根据当今国内外的市场行情，要把杂技演出市场的重点转移到国内，不能光靠国外演出这一条腿走路。杂技团转企改制后必须面向基层，扩展市场，同时在国外也要拓宽演出市场，增强创收能力；必须加强制度管理，激发从业人员创造活力。国外和国内市场比翼齐飞，双轮驱动，两手抓两手都要硬，同时要积极创作"三贴近"的杂技剧（节）目，进一步提高杂技剧（节）目的生产能力和演出能力，提高市场竞争水平，繁荣舞台杂技艺术，发展杂技演艺产业。杂技的出路或者叫发展趋势，首先要规范市场，规范票价等，出国团体的票价要有一个标准，由国家派出机构内部核定一个标准，如果低于这个标准，就不能派出；走下去，上山下乡、往返旅运费，演出消耗等政府要给予补贴。当然，转企改制以后的杂技团要放下架子，要下得去。说实在话，自从杂技出国热以来，地市级以上杂技团走下去是很少的，演出市场基本都在国外。其实，大棚演出是杂技老祖宗走的路，转企改制以后还得走；杂技人从一开始就是从农村演进城市的，这个广阔天地的市场不能丢掉。杂技的演出市场是不分国内国外的，国内市场做好了，并不比国外差，所以，应该把国内市场和国外市场整合起来考虑。在现在国外市场饱和，价格越来越低的情况下，那种一阵风出国演出的外向型杂技应该转向国内市场。中国对外文化集团公司与上海杂技团合作的《时空之旅》、成都军区战旗杂技团的《茶》在国内演出的实践改变了中国杂技长期处于墙内开花墙外香的局面，创造了近年来杂技在国内演出的奇迹。

3. 创新管理

杂技团转企改制后在企业管理上既要充满信心，又要加强管理上的创新。改制后组建的杂技公司，要按照现代企业制度的要求，采取"走出去、请进来"的方式，整合资源，提供更大、更广阔的平台和舞台，逐渐形成独具特色的核心市场竞争力，要创新管理模式，在部门设置、岗位设置上建立起符合市场竞争需求的、有利于"出人、出戏、出效益"的运行机制。在分配制度上，彻底打破"大锅饭"的分配格局，建立起奖勤罚懒、按劳取酬的激励机制。在管理体制上实行总经理负责制，在演艺集团领导下，实行目标（演出场次指标和演出收入指标）管理。把年度市场演出收入指标、演出场次指标、新节目创作指标、完成政府公益性演出任务指标和国有资产增值等作为年度考核内容。主要经济指标按年度保持一定的增幅，并以此作为考核和核定工资总额的依据。改革的目的是要使文化艺术从业人员通过自身努力创造社会所需的文化艺术产品，并以此来换取应得的收入，改善和提高他们的生活，减少对公共财政资金的依赖。衡量的标准有两条，一是从业人员的收入是否增加了，二是大家的演出积极性是否被调动起来了即文化艺术生产力是否提高了。通过转企改制，塑造合格市场主体，始终坚持正确方向和市场取向，形成以杂技剧（节）目的生产和经营为中心，面向市场的艺术生产机制；形成以面向群众满足需求为导向的艺术创新机制；形成人才资源合理配置、优秀人才脱颖而出的人才培养机制；形成以重点节目和优秀主题晚会为重点、其他艺术产业共同发展的格局；完成有关重要文艺演出、政府采购和文化交流任务。这里，很重要的一点就是要有一个目标，那就是每年演出要达到预定场次，收入达到预定指标。比如说，安徽演艺集团 2011 年给安徽杂技公司的任务是演出场次 672 场，演出收入 259 万元，同比增加 15%左右；资产发展目标力争在 2010 年基础上增值 20%以上。力争通过 3 年左右时间，盘活国有演出资源，推出一批思想性、艺术性、观赏性相统一，体现国家水准和安徽气派，具有广泛影响力和持久竞争力的杂技精品，实现演出收入翻番，演员收入较大幅度增长。用 5 年左右时间，到“十二五”末，把杂技公司建成集创作演出、策划营销、剧场经营、资本运作为一体，主业突出，多元发展，特色鲜明，管理规范，运行高效，在全国具有较强竞争力的大型国有演艺文化企业，实现企业文化体制充满活力，艺术精品不断涌现，演出市场生机勃勃，演出活动丰富多彩，内外交往不断增多，文化交流日渐丰富的发展目标，初步形成强项突出、优势明显、结构合理的发展格局。有了这个目标，杂技人就有了压力，但同时也有了活力和动力。

三、中国杂技的发展方向

杂技团转企改制，对全国大多数杂技团来说，既是难得的机遇，又是严峻的挑战。机遇就是院团转企改制后有了更加宽松的发展环境，有了更能发挥艺术家才能的创作空间，有了更加灵活的艺术生产机制和管理体制；所谓挑战，无非是担心断奶，不发工资，队伍怎么带，创作资金从哪来等问题。因此，我们必须要通过转企改制，革故鼎新，革除原有体制的弊端，创新杂技创作和管理模式。充分挖掘杂技艺术特有的文化内涵和杂技人的特有智慧，进一步加快完善体制机制创新，为杂技艺术事业可持续发展，闯出一片崭新天地。

1. 打造文化品牌，开辟演出季、节、点

坚持政府协调、企业主导、市场引导、群众参与的原则，创新杂技品牌的发展机制，坚持在形式上求突破、在深度上下工夫，在发展中打造具有各地特色的杂技演艺品牌。一是杂技精品品牌。要充分发挥杂技公司、演出场所和演出营销机构的独特优势和作用，共同策划、为市场量身定做一批展示杂技特点、时代风貌、叫好叫座、在全国具有重要影响的杂技精品。二是企业文化品牌。要重点联合大型企业开展品牌文化建设，在杂技剧（节）目上实现创新和突破；可以和大型企业联姻，可以由企业冠名，由企业出资打造符合企业要求的又有市场潜力的企业品牌。三是节庆文化品牌。整合、策划全省乃至全国的重大节庆和具有较大影响的传统节庆重要活动，打造特色鲜明的杂技节庆文化品牌。这一点对我们杂技人来说应该是轻车熟路的。要下力气开拓并占领这些市场。四是会展文化品牌。依托各地的会展中心，组织各种会展创作演艺活动，逐步打造杂技特有的会展文化品牌。五是旅游文化品牌。充分利用各地得天独厚的旅游优势和文化资源，以风景区、佛教、道教等文化资源为内涵，进一步完善文化旅游联姻产品，重点开发具有标志性的旅游文化项目。六是周末演艺品牌，可以利用县、区、乡长年闲置的老剧场（有的县、区剧场基本上不演出，不放电影）举办常态化的周末演出，我们可以以低价租用剧场的方式进行周末专场演出，加大其培育市场的积极性。实现百姓、剧场、院团多方受益的目的。七是进一步挖掘、整合、利用资源，培育杂技演出市场，力争3年内在国内外开辟几个固定的具有较高知名度的演出季、节、点；提升演出经纪、经营、管理水平，放大演艺产业的集聚作用，引进一批国内外具有鲜明特色、知名度高的杂技剧（节）目，在国内外固定的季、节和地点演出，力争在1～3年形成地方乃至全国甚至在国际上都颇具知名度的杂技演出季、节、点效应。八是扩大杂技作品规模和品牌效应，在反复论证、严格核算杂技节目成本的前提下，根据国内外演出市场需要，重点扶持发展一批为国内外市场量身定做的剧（节）目（包括地方品牌的节目和特色主题晚会）。

2. 具体措施

遵循艺术生产规律，以市场需求为中心进行创作、排演剧目。演出是剧团立身之本，要用一流的艺术产品满足人民群众日益增长的精神文化需求，转企改制后的杂技人必须要奋发进取、大胆作为。一要培育和拓展市场，每年推出一个演出季、新增一个演出点，每年保证国内外市场演出600场以上，以取得较好的经济效益。二要挖掘资源，复排经典剧（节）目，（以安徽为例，比如《天赋健美》、《黄山》、《秦始皇的梦》等），排一个演一个，实现既具社会效益，又有经济效益的目标。三要确定品位，打造高雅艺术品牌，解放艺术生产力（杂技技巧不一定是最难的，但是一定要最好看的）。四要整合资源，开辟全国和国际杂技演出院线，建立演艺业连锁体系，构筑全国杂技演艺业产业链。五要加强外联，积极拓展国内外演出市场，打造外向型文化企业，多元融资，外聘知名主创团队，举办顶级品牌杂技晚会。六要建立票务和营销网络系统。七要多业并举，抓好主业，开创新的艺术业态，与广电、出版、发行、旅游、园林等部门联手打造娱乐市场需求和观众欢迎的杂技剧（节）目和电视栏目。八要建立当地最大的演艺文化创意产业基地，打造演艺文化产业新平台；以安徽为例：把安徽百戏城打造成集演艺、旅游、餐饮、购物、会展、商务、休闲于一体的新型高雅文化娱乐场所，使之成为主业突出、多业并举、内涵丰富、阵地稳固的合格的市场主体。九要逐步引进民营资本，实施股份制改造，建立多渠道的投融资体系。杂技的未来必然是集创作演出、策划营销、剧场经营、资本运作为一体的大型演艺企业，通过发展，不断培育杂技市场，引导广大群众扩大对杂技的消费投入，提高杂技产品的市场竞争能力，积极参与文化产业的国际竞争，开拓海外特别是欧、美地区杂技演出市场，促进经济效益与社会效益同步增长。同时积极培育文化市场，正确引导文化消费，创造良好的杂技演艺产业发展环境。形成多渠道、多形式、全方位、规范灵活的企业运行机制，形成有较强辐射力的杂技演艺市场。十要为各类人才充分发挥创造力营造宽松活跃的氛围，通过市场化用人机制积极引进高素质企业管理人才，认真选拔培养擅长营销的专业人才，使他们在公司重大项目中起到中流砥柱的重要作用。要充分认识到提高艺术生产力水平是增强企业市场竞争力的根本方法，是建立合格市场主体的根本保证。随着高端杂技艺术产品的数量越来越多、品种越来越丰富、品质越来越好、市场必然会越来越广阔。

杂技团转企改制后，要根据公司目前在业内所处的地位、国内外的人脉资源、自身的综合实力，将自己的经营目标锁定高端市场，并将高端市场经营提升至企业经营龙头地位，抓好营销队伍建设，积极开拓国内外高端市场。原来那种单纯依靠出口“原材料”性质的杂技节目不可能实现企业的大发展，更不可能实现杂技产业的“做大做强”。要彻底改变这种“原料供应商”的身份，就必须扭转经营模式，以高品位的杂技艺术产品形成强大的市场核心竞争力，树立自主品牌，以国内市场为基础，在国内外两个市场上均衡发展，进而掌握市场主动权。

新的时代，一定要注意新的艺术元素在艺术作品中的注入。从发展的角度来看，每个时期特色最为鲜明的东西往往也是最容易被历史淘汰的内容，如曾经流行的电声乐，20 世纪 80 年代末的“高原风”，甚至包括 21 世纪初期的《还珠格格》热以及每年都有歌手新人大赛，每年都有上百首获奖歌曲，可是真正流行和流传下来的又有多少？……现在看来，这些都是流行不流传的文化样式，但它们却无疑已经成为了一个时代特有的文化艺术标志。文化艺术也正是在这样历史的大浪淘沙的过程中被检验被提纯。杂技在改革的过程中，必须要改变原来的一些呆板的硬拼技巧的演出，必须要向观众奉献散发新时代气息的轻松活泼、幽默互动的杂技表演。总之，杂技的出路就在于演出，只有创作好的作品，开拓好的市场，多演出多挣钱，才是最好的出路。

四、杂技团转企改制需要政策扶持

艺术院团转企改制是市场经济条件下解放文化生产力、推动文化自身发展的重大举措，是满足人民群众日益增长的文化需求，构建和谐社会的必然要求。但是，艺术院团转企改制面临着许多复杂的问题，具有很强的政治性、政策性和复杂性。所以，党委和政府部门要大力给予政策支持。

一是党和政府要出台扶持杂技演艺发展的相关政策和规划（非常欣慰的是，文化部正在研究制定“十二五”时期杂技振兴规划，但是，我认为，无论杂技如何振兴，杂技人所肩负的培训杂技新人，编排杂技剧（节）目，推广和营销杂技艺术产品，探索和开拓演出市场是杂技人本身的、义不容辞的首要任务）；二是出台文件大力推动舞台艺术创作，营造出精品、出人才、出效益的良好创作环境；三是文化艺术专项资金要倾斜转企改制后的艺术院团，只要能代表国家水准、地方水准的好的作品都要给予资金扶持；四是搭建演出市场资讯平台，创造宣传艺术院团演出的良好环境；五是欢迎部分社会资金进入演艺业，在新的投融资政策支持下，杂技演艺业发展前景必定会好于姊妹艺术；六是从国内外行情来看，各方资本看好杂技演出业，开始或正在加大对杂技行业的投资，由此不难判断，我国杂技演出业发展态势明显趋好，发展速度显著加快；七是党和政府在要求艺术院团转企改制的同时，制定和完善有关政策规定，进一步规范游艺娱乐场所管理，特别是演出场所和演出票价的规范。

以下三个方面我们更渴望党和政府的政策支持：

1. 就目前转企改制后杂技团的现状而言，一方面是我们对艺术作品的全力打造，一方面是市场的充分培育与开掘。但从创作作品到市场开掘的途径与渠道却是被我们曾经忽视过的和当今特别薄弱的。我们缺少这方面的知识和经验，缺少多部门协调的力度，更缺乏这方面的优秀营销人才。很长时间以来，我们都很自然地以为，只要有了好作品就一定会有好市场和好效益。其实不然。好作品一定要看怎么推广和宣传，一定要让买家知道你这是怎样的作品，究竟值不值得他（她）去花钱并赔上两个小时的时间。所以，这个环节如果欠缺，那么从作品到市场的有机对接永远都只能是一句空话。所以，一方面，我们杂技人在创作或者包装一台剧（节）目时，一定要首先预算成本，同时就要考虑市场因素，特别是在策划包装剧（节）目时，就要同时进行市场营销和预测。加拿大太阳马戏团就是在每年有一台晚会演出的同时，就已经在编排明年的晚会，而且营销队伍也已经在世界的某一个国家或地区进行市场开发了。另一方面，国家在要求全国艺术院团整体转企改制时，同样应该要求艺术创作和市场营销机构的有机对接，刚性的规范和支持艺术院团的艺术产品和演出市场的有机对接和有机结合，这样的支持才算到位了。

2. 党和政府要求我们按照“三贴近”原则创作更多更好的艺术精品，其实要看我们打造的是怎样的艺术精品，如果人家有，我们也有，那我们就必须做精做强；如果只有我们有别人没有，而这便是我们独具的特色与看家戏。这就是一个艺术作品的特色或独特性问题。我感觉在杂技剧（节）目的打造上，在弘扬主旋律，提倡多样化，坚持“三贴近”的前提下，一定要看我们花费人力物力创作的艺术产品是否适合本乡本土的风格气质、是否适合本院团的现有条件。当然，并非所有的大制作都是精品，并非所有的作品都适合在本乡本土上演。我们需要在艺术作品的地域性、独特性上体现出自身的优势和艺术魅力。这些既符合弘扬主旋律，提倡多样化，坚持“三贴近”，又有地方地域特色的艺术产品生产出来了，党委和政府部门就要为这些产品提供商业演出的平台。当然艺术院团本身开拓市场和挖掘市场潜力是主要的，但是，按照中国国情，政府出面为艺术院团的演出市场制定政策，给予政策倾斜，或者政府出面为艺术院团与大型企业和旅游部门联姻作出规范，力度就更大了。

3. 改革的深入促使我们的观念、做法和经营模式都相应发生了变化，但曾经的演出市场和观众是否也一道与我们发生了相应的改变呢？或者说，这两种改变是在同一个层次上的吗？如果没有，我们的政府和相关部门是否应该做些相应的努力，制定些相应的政策或措施呢？这些不仅是必要的，而且是非要不可的。毕竟作为市场主体的艺术院团，在这一方面的力量是单薄而又微不足道的。它要适应改革的需要，但同样也要与周围的环境相适应和匹配。它可以转变自己的观念，但观众的观念却是不能左右的，这里确实有一个观众消费理念和消费能力的问题，因为他真要从口袋里掏钱买票。说到底，观众的培育和市场的开掘都将是一个长期的逐步的过程。而这，则是需要政府相关部门与我们一起努力，齐驱并进的。总之，艺术院团转企改制后，从原来的事业单位变成市场主体时特别需要配套政策，才能使60年事业体制比较稳妥的过渡到市场主体，才能带领所有从业人员比较平稳地过渡到市场主体中去。

中国的杂技院团转企改制尚处于文化体制改革的起步阶段，在市场化、产业化道路上依旧任重道远。但是，杂技历史悠久，是最受广大人民群众欢迎的、最喜闻乐见的艺术表现形式；不受语言限制，古今中外老少皆宜。应该说，艺术院团改制后，杂技团的出路是最宽广、最光明的。在新的历史阶段，开放的文化氛围和多元化的产业市场，昭示着杂技已经进入大发展大繁荣时期。只要我们杂技人在党和政府的领导和支持下，通过革故鼎新，转变观念，勇于开拓、奋发作为，一定会前程似锦，一定会在市场化、产业化发展的道路上大踏步前进，一定能为我国跻身世界杂技产业强国行列，为繁荣发展社会主义文化事业作出新的更大的贡献。

（责任编辑　张启生）

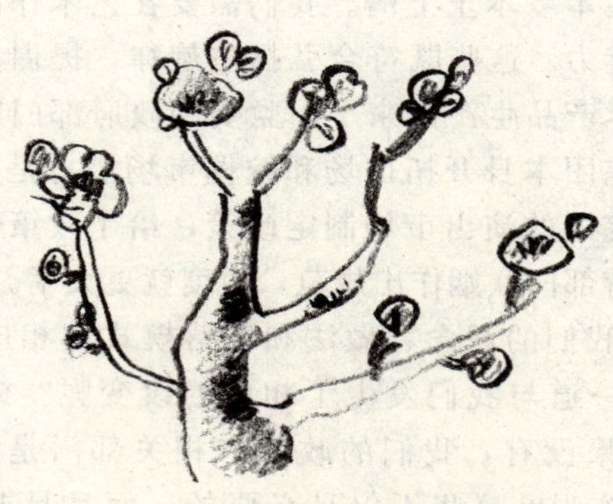

合肥市文联美术创作中心十年探行

●王 浩

合肥市文联美术创作中心是合肥市文联所属的无编制非盈利的学术性机构，于2001年8月成立，在合肥市文联的直接领导下十年来做出了轰动安徽美术界的优异成绩，因其而产生的“合肥美术现象”在中国美术界引起关注和好评。

美术创作中心是市文联体制外机构

2001年8月，市文联文研所画家张国琳递呈了成立合肥市文联美术创作中心的申报书，合肥市文联党组对此动议非常重视，从文化体制改革的高度给予肯定和支持，当月就以合文联（2001）43号党组文件正式批准。

美术创作中心负责人、安徽省美协副主席、国家一级美术师张国琳是中心唯一的合肥市文联事业机构在编人员。中心没有编制内经费，所有秘书组成员、办事人员和经常参与创作活动的50余名合肥中青年画家全是市文联编外人员，酬劳自行解决。

2001年以来，美术创作中心组织的十余次省以上重大美术活动的经费是由政府专项经费和中心自筹两部分解决的，如2006年12月2日至10日在北京中国美术馆举行的，由中国美术家协会、合肥市人民政府主办，由中共合肥市委宣传部、中国工笔画学会、安徽省美术家协会、合肥市文学艺术界联合会承办的“2006安徽·合肥工笔重彩画作品展”在政府专项经费不足的情况下，由中心成员从社会筹集40万元，并在社会各界大力支持下操作完成的。

美术创作中心工笔重彩画创作群体脱颖而出

2002年底，美术创作中心就启动了首次重大题材美术创作活动，张国琳组织了5位中国画人物画家，进行组合长卷《江淮风流——安徽历代名人图》的创作，表现了安徽区域文化最具代表性、典型性，同时对中国历史文化发展产生了重要深远影响的伟大人物：老子、庄子、华佗、曹操、曹丕、曹植、王番、嵇康、毕昇、梅尧臣、朱熹、李公麟、程大位、渐江、邓石如、程长庚、方以智、戴震、方苞、吴敬梓、梅文鼎、王茂荫、詹天佑、胡适、陈独秀、陶行知、黄宾虹、朱光潜、邓稼先、杨振宁等80位安徽历代文化名人。这批作品是在6尺竖幅宣纸上，用中国画人物绣像组合成长卷形式进行的，在当时的中国美术界这种艺术形式是新颖的，受到广大观众的赞许。长卷完成后长期在大蜀山安徽名人馆陈列，中国美协主席刘大为及各地美术界人士参观后也给予高度评价。

2003年11月，安徽省人民政府要求省美协为安徽驻北京办事处“安徽大厦”画一幅反映安徽历史文化传统的壁画。时间紧迫，省美协紧急让任省美协副主席的张国琳召集了以合肥地区中青年画家为主的7人创作组，在张国琳创作的《江淮风流——安徽历代名人图》的基础上，短短的26天里画出了一幅高2米、宽10米的巨幅写意工笔重彩壁画——《安徽历代文化名人图》。当作品装置在北京“安徽大厦”大厅的次日，闻讯赶来的著名科学家杨振宁在画幅前非常兴奋，连连感谢安徽的画家为家乡所作的贡献。

以合作创作《安徽历代文化名人图》成功为契机，在创作组原7人基础上又吸引合肥地区为主的9位中青年工笔重彩画家参加，以合肥市文联美术创作中心为平台，形成了安徽第一个工笔重彩画创作群体。群体成立了艺术委员会，提出了“立足皖山徽水，依托徽学底蕴，继承徽派文脉，营造徽式语境，构建徽派工笔重彩画艺术”的基本理念。其成员自发地会聚在合肥市文联美术创作中心，定期举办学术讲座、习作交流、新作品观摩，请名家指导、外出采风、在省内外举办展览、出版画集，通过不断的创作探索，逐步形成了一个具有核心审美理念，典型地域画风和突出领军人物的美术群体。

这个群体于2006年12月在北京中国美术馆成功操办了“2006安徽·合肥工笔重彩画作品展”，此展轰动了京城美术界，着实掀起了一场“安徽合肥工笔画”热。开幕第一天，中国文联副主席、书记处书记冯远兴致勃勃看完画展后就激动地说：又一次徽班进京！时任中国美协常务副主席刘大为说：这个展览为中国工笔画艺术的繁荣和发展起到积极的促进作用。文化部艺术司文学美术处处长安远远说：合肥画家以创作研究为主旨，这在当今浮躁风气下，他们的努力显得尤其可贵。中国美术馆展览部主任王兰介绍说：近几年来一个省份的单画种作品展在北京能产生这样的热烈效应是很少见的。工笔重彩画晋京展使合肥工笔重彩画创作群体的学术活动达到了黄金阶段。此次画展也是中国美术家协会第一次主办省级工笔画展，其意义非凡。此次画展也为打造合肥城市文化品牌，提升合肥城市艺术知名度提供了有价值的内容。

美术创作中心版画创作群体务实而富有成效

2002年，安徽省美协在合肥承办了“第十六届全国版画展”，由此在合肥引发了一股版画热潮，冲着对版画独有的艺术特性的喜好，合肥一批从事中国画、油画、水彩画创作的中青年画家在几个版画家的引导下形成了合肥版画创作群体，将版画创作当做新的绘画实践，从此一发不可收，参加人数从最初的4人发展到如今的30多人。他们定期集聚在合肥市文联美术创作中心版画工作室，进行版画的交流、研讨、创作。面对版画的制作、印刷的工艺过程，大家从新鲜好奇到沉迷钻研，经常是废寝忘食，乐此不疲。

为了更好地学习掌握版画语言和技法，合肥版画创作群体聘请师松龄先生作艺术总监，师老生前对合肥版画群体的发展方向、创作规划倾注了他生命最后阶段的大量精力和时间。安徽省美协专家及省版画艺委会成员也经常上门指导群体成员创作。江苏省版画家李树勤、翁承豪、陈超等也多次来合肥与版画群体进行艺术交流，传授版画创作经验。这些都为合肥版画创作群体的健康发展奠定了扎实的基础。

在“第十六届世界美术大会·美术特展”荣获金奖

合肥市文联美术创作中心的两个美术创作群体一直得到安徽美术理论界的支持和配合，本世纪初安徽省美术家协会扬起以赖少其为代表的“新徽派美术”大旗，“群体”成员是“新徽派美术”忠实的倡导者和实践者；他们驻足生活，反映于当前；关照传统，当随于时代；精心丹青，广纳于百家，创作了一大批反映现实，讴歌真善美的优秀作品。

合肥工笔重彩画创作群体成员从2003年群体形成到2006年安徽·合肥工笔重彩画晋京展，4年内在创作上取得了令业内瞩目的优异成绩：2006年7月在合肥举办了合肥工笔重彩画研讨会，中心邀请了全国十余位著名工笔画家、理论家与会，并编印了研讨会专集。7月底召开了合肥工笔重彩画创作会。经过全省作者两个月的努力创作，完成了百余幅工笔重彩画作品。2004年在中国美术家协会主办的“第十届全国美术作品展”中，王仁华创作的《美眉》与桑建国创作的《花季》分别获得铜奖，由谢宗君创作的《辉煌》获得优秀奖。群体成员入选作品占全省半数以上。2005年，在“第十六届国际造型艺术家协会（International Association of Art）代表大会·美术特展”上，由张国琳、吴同彦、王仁华、谢宗君、罗耀东、林琳、马群鸿、隋鸿君合作的《安徽历代文化名人图》获金奖，桑建国创作的《伴娘》获银奖，王仁华创作的《花非花》获铜奖，张国琳和隋鸿君合作的《江山万年图》，谢宗君创作的《老墙新绿》获优秀奖。2006年在“中国百家金陵画展”上，王仁华和桑建国的作品分别获得金奖。在“第六届全国工笔画展”上，桑建国的作品获得金奖……

生死印——能载入中国美术史册的经典之作

2006年由国家文化部、财政部主办的国家重大历史题材的美术创作工程，合肥市文联美术创作中心闻讯立即成立了专题创作组，积极行动起来，3年里创作组4次集体组织下乡体验生活，十多次单人下乡收集创作素材，共拍摄各种图片资料6000多张，整理出100多个典型人物形象和近百件江淮农村的典型的服装、家具、农具和日常用品资料。整理出创作文稿和创作日记35000字。创作出草图10余幅、白描稿近10幅、彩色创作草图5幅，其中有1幅色彩稿参加了2007年全国美术作品展，其他色彩稿多次在美术、美术报、中国文化报、中国文艺报、安徽日报、合肥晚报、艺术中国网等刊登发表。

经过6位画家的3年的艰苦努力，终于创作出了中国画《生死印——1978安徽凤阳》。中国著名美术评论家、全国重大历史题材的美术创作工程专家组成员、原中国美术馆理论部主任刘曦林在文章中写到："2009年酷暑季节，该画完成，送京终审。《生死印》置于军博二楼西厅入口门右东壁，光线并不太好，但那几个红手印还是闪耀着特异的光焰直射眼球，如同暗夜里的灯塔。今天你可以将那一个个手印看作珍珠、玛瑙、鸡血石、红宝石那般的珍贵，但在当年却是庄稼人生死未卜的心电图，记录着他们心脏的震颤，脉搏的涌动，那是带血的手印——生死之印呵！它成功了，它抓住了画眼，它找到了那把开启主题大门的金钥匙。成功的历史画需要一个集中事件高潮的画眼，需要一个揭示事件前因后果并能给人留下想象余地的形象契机，需要一把打开智慧、精神和灵魂之门的钥匙，《生死印》找到了！……在2009年完成的这批历史画中，希图件件成功同样是不切实际的，能有七八件、十来件经得起历史考验的经典之作此愿足矣。我以为，《生死印》将在其中。"

美术创作中心版画工作室成果丰硕

合肥版画创作群体于2002年形成，如今群体在中国版画圈内已小有名气，其成员的版画作品入选了"第十六届、第十七届、第十八届全国版画展"，"第十届、第十一届全国美展"，"第三届北京双年展"，"心系汶川·全国美术特展"，"第九届全国三版展"等。2005年在群体成员努力下成立了"合肥市藏书票研究会"，并积极进行藏书票创作。2006年群体成员在合肥工业大学筹划举办了"合肥·国际藏书票邀请展"，有十几个国家和地区及全国各省藏书票画家300余幅作品参展，同年还举办了"合肥新春版画作品展"。2007年他们在合肥市文联的支持下，组织版画进社区活动，春节前在四个居民社区进行"合肥市优秀版画作品巡回展"。2010年"合肥版画作品展"在深圳观澜版画创作基地举办。

美术创作中心是一所学校

合肥市文联美术创作中心是一所学校，从这里推出了一批优秀的中青年画家。谢宗君是定远县的一个苦孩子，只身闯荡到合肥谋生，他在美术创作上很有心得，美术创作中心这个平台让他的才华得以全面地释放，如今他已是载誉中国工笔画界的青绿山水画家。著名工笔画家桑建国在2005年参加合肥工笔重彩画创作群体前是一个默默无闻的画家，2006年在北京中国美术馆举办的"安徽·合肥工笔重彩画作品展"上，在展位紧张到每一位画家无法展出一幅作品的情况下，我们特别把桑建国、王仁华的各五幅作品挂在展厅最靠前的位置，在首都向中国美术界和北京观众隆重推出安徽的优秀画家。金寨县版画家李胜专业搁置多年，在合肥市文联美术创作中心的帮助下第一次试做丝网版画作品就获得"第十六届全国版画展"银奖。在中心的帮助指导下还有许多中国画画家、油画家、水彩画家首次创作的版画作品就入选了全国版画展。中国画画家申皖如2007年首次参加版画创作群体的创作活动，在大家的帮助指导下完成了他第一幅版画作品，此作品入选了“第十八届全国版画展”并获优秀奖。这也是他的美术作品第一次入选全国美展，之后他努力探索中国画和版画言语的交融，两年中他的中国画作品连续入选全国美展，并符合资格被批准为中国美协会员。十年来，在合肥市文联美术创作中心参加创作交流活动的画家中，有40多人次的作品入选全国美展，因此有10余位画家加入中国美术家协会，4人进入有政府行政编制的省级书画院。

如今合肥又有一大批中青年画家跻身于安徽省美术队伍的前列，合肥市文联美术创作中心愿意为他们提供最好的支持和帮助。

美术创作中心以重大题材创作为己任

美术创作中心自成立以来一直把反映有关当代及历史的重大题材美术创作作为重点，在合肥市文联领导下多次组织合肥中青年画家深入生活、交流习作、举办画展、出版画册。

近年来合肥美术事业进入了新的繁荣期，一批本土发展起来的中青年画家在全国各项画展中取得了不菲成绩，他们正处在艺术生涯的旺盛期。根据市委宣传部长、安徽省美术家协会常务副主席林存安同志关于“锻炼队伍、发现人才、打造精品”的要求，合肥市文联美术创作中心在合肥市文联领导下又开始组织实施了2010—2011年合肥市中青年重大题材美术创作系列活动，这次活动集中了中国山水画、中国人物画、版画家50余人，以探索中国画的时代精神，强化合肥版画的地域风格为创作思想，集中创作一批反映当下合肥重大题材的具有史诗性的大幅美术作品。此次创作活动形式：以分组创作进行。前期：组织创作座谈，草图、习作观摩，专家指导，确定创作方式、进行构思构图交流，组织外出考察、采风写生等。后期：进行正稿集中创作，促进交流，专家点评，作品装裱，展览宣传，出版画册，推荐政府收藏。

2010年底安徽省文化厅启动了安徽省重大历史题材美术创作工程，合肥市文联美术创作中心又积极地行动起来，组织合肥的国、油、版、雕作者进行草图创作。

体制内外合为一体实效可行

像合肥市文联美术创作中心这样，十年中没有行政编制却又以在编学术机构正常开展工作的，在全国文联系统是少有的。像合肥市文联美术创作中心这样，十年中取得如此大的成果，在全国省会城市美术团体中也是少有的。

十年来，合肥市文联美术创作中心每前行一步都得到合肥市委宣传部、合肥市文联各届领导的支持和关怀。在合肥市文联的工作例会上美术创作中心的工作一直列入议事日程，美术创作中心工作也一直由文联主要领导分管负责，如《生死印——1978安徽凤阳》创作组成员第一次赴凤阳县小岗村采风就是合肥市文联领导亲自带队前往。2006合肥工笔重彩画晋京展是由合肥市文联统一部署实施的。美术创作中心的每一次深入生活、采风写生、学术交流、习作观摩、画册编辑几乎都有市委宣传部、合肥市文联领导的参与和指导。2010—2011年合肥市中青年重大题材美术创作系列活动的艺术指导是市委宣传部长林存安，项目负责人就是合肥市文联党组书记王浩。在文联办公场地紧张的情况下美术创作中心一直有自己的工作室，尤其是美术创作中心版画工作室的设备条件是国内一流，安徽最好的。

实践证明，没有合肥市文联的体制功能的支撑，美术创作中心的平台就失去了其存在的意义，就失去了领引、链接、参与合肥市各类美术活动以及全省全国的重大美术创作项目的话语权和主动权。实践也证明由于美术创作中心的设立和有效的工作成绩，使文联的体制功能的社会作用落到实处，操作性主动了，效应扩大了，成绩更直接了。

美术创作中心没有政府编制，唯一编制内美术干部张国琳负责中心日常工作，策划统筹、组织实施各项美术活动，也是重大题材美术创作的主持人和主要执笔人。中心聘用日常办公人员汤晓云是美术院校毕业的画家，有很强的办事能力和吃苦耐劳的工作态度，其劳动报酬来源于项目经费和对外服务收入。中心秘书组成员是中心的重要支柱和活力因素，他们来自合肥的各民间美术团体领导人、媒体网络负责人、社会活动家和著名画家等，秘书组成员都有一定的组织、社交、创作、办事能力，他们没有劳动报酬，是地道的合肥美术义工。

十年努力，让体制内外的力量合为一体，是合肥市文联美术创作中心的生存之道，这也是合肥市文联党组将美术创作中心作为文化体制改革的试点的初衷和目的。

美术创作中心的存在仍然是个话题

十年来经过大家的努力，我们堆砌起了当下合肥市文联美术创作中心的阶段性辉煌，但也可能因为某种因素会瞬间消失。我们认为美术创作中心存在不能受某人某事的变化而受影响。如今美术创作中心已经成为中青年画家向往的艺术沙龙，大家需要它，依靠它，寄希望于它。所以我们希望它的存在有山可依，要保证它的稳定性必须有固定的场所才可持续发展。美术创作中心仍然面临着体制下如何争取存在的问题，尽管不祈求行政编制，但希望政府坚持“做事才养人，无事不留人”的用人标准。美术创作中心需要在城区有一块400平方米的中国画、油画、版画、雕塑、设计在内的，集聚会、交流、观摩、展示于一体的群体创作综合工作场所。

请相信：给美术创作中心一份支持，回报社会的将是一个文化亮点！

合肥市文联美术创作中心十年走过的路，就是体制内美术团体今后的改革之路，必由之路，成功之路！

（责任编辑　张启生）

凤阳凤画的起源与演变

●穆仲夏　程洪涛

凤阳凤画是一种极富有地方特色的文化现象，是皇陵石雕中龙凤形象与民间艺术融入一炉的艺术品，具有独特的艺术魅力。凤画之所以诞生在凤阳，与明朝开国皇帝朱元璋有着密不可分的联系。凤画产生之后，经历了发展、兴盛、衰落、复兴、创新的过程。由于对凤画由衷喜爱，笔者因此着力探讨了凤画的起源与演变，现就教于大家。

一、有凤来仪：凤凰与凤阳

凤阳，古为淮夷之地，春秋时隶属楚国。楚人喜鸟，将鸟作为崇拜的图腾，凤凰则是鸟图腾的代表，是鸟中之王。汉代许慎在《说文解字》中说："凤，神鸟也。"《诗经》、《楚辞》、《山海经》、《禽经》等文献中对凤凰皆有描述，并赋予凤凰美丽、吉祥、善良、祥瑞等诸多美好特征。

中国古代有帝王即位凤凰来庆贺的传说，《尚书·益稷》、《汉书·王莽传上》等古籍中均有"凤凰来仪"之说。正是由于凤凰是美丽、高尚、圣洁的神鸟，古代用以比喻吉祥的征兆和祥瑞的感应，素有"凤凰不落无宝之地"的说法。朱元璋开创大明王朝后，传说他父母的墓地（即今明皇陵）曾降落过凤凰，是块风水宝地，因此民间流传很多朱元璋爱凤凰的故事。实际上，他的确对凤凰情有独钟，不仅在《清风操》中以"钧天奏兮列丹墀，俄翩翩兮凤凰仪。敛翱翔兮栖梧枝，彼观德兮直为我辞"赞颂凤凰，而且在《赠刘伯温》诗里发出"不居凤阁调金鼎"的感叹，后又在《皇陵碑》文中写道，"倚金陵而定鼎，托虎踞而仪凤凰"。正是出于对桑梓之地以及凤凰的喜爱，所以建设中都时，朱元璋把城中部的几座相连的山统称为凤凰山，又把城西南角围进来的山称为凤凰嘴。"凤阳"地名也与凤凰有关。据《明一统志》记载，凤阳因在凤凰山之阳，故名。宋濂《凤阳府新铸大钟颂》一文曰："临濠为龙凤之地，赐名曰凤阳。"《凤阳新书》则有："席凤凰山以为殿，势如凤凰，斯飞鸣而朝阳，故朱元璋赐名凤阳，希望家乡从此美丽而吉祥。"凤阳真是与凤凰结下了不解之缘。

二、凤阳凤画的起源

上古时期的太昊、少昊崇“凤”。太昊率领的部族以“风”为姓，故也称“风夷”。古代文字中，“风”和“凤”是同一个字，因此，“风夷”也可视作“凤夷”——是崇尚凤凰之类的意思。凤阳凤画其源流可上溯到少昊时代“鸡崇拜”、“凤图腾”文化，而凤文化的直接载体凤阳凤画就成为淮河流域历史文化遗传的一个特殊印记。凤阳凤画中传统题材《丹凤朝阳》就是“鸡崇拜”、“凤图腾”活态的历史文化缩影，是“凤文化”传承的极好例证。凤画老艺人说，《丹凤朝阳》中的“凤”应是“鸡属”，凤凰以锦鸡独立的造型迎着朝阳。

关于凤阳凤画的产生，多数观点认为起源于元末明初，虽有诸如“卧龙石、凤凰台”、“凤凰点穴”等传说，但既缺乏实物证明，也无史料记载。而凤阳民间认为凤画的产生与朱元璋有关系，首先，朱元璋为家乡赐名“凤阳”是将家乡比作一只朝着阳光的美丽的凤凰，取其吉祥如意之义。在这位封建帝王思想的影响下，一些美化凤阳并取悦于帝王官僚的民间艺术诞生了，这其中就包括凤阳凤画。这是凤画产生的社会原因和历史原因。其次，凤画与皇陵石雕中大量的凤凰浮雕有关联。朱元璋召集天下百工云集凤阳兴建中都城，建完之后，部分艺术精湛的宫廷画师和雕刻家或因安家定居凤阳等原因，他们以把建筑雕绘的龙凤图像改为纸画、屏幅出售为生，后经历代画师不断创作，逐渐形成了将皇陵石雕中龙凤形象与民间艺术融入一炉的凤画。

三、凤阳凤画的艺术特点

凤阳凤画（又称龙凤画），与一般“正统”画家画笔下的凤凰有着本质的区别。这些区别主要体现在风格和画法上。凤阳凤画属于“重彩工笔画”，近似于国画中的花鸟画，但又不同于花鸟画，因凤画以画凤凰为主，翎毛等为辅，花卉更次之，属于民间传统工艺美术。

凤阳凤画经过六百多年的不断创造，逐渐形成一套独特的民间艺术风格和程式，其凤凰造型必须是蛇头、龟背、鹰嘴、鹤腿、如意冠、九尾十八翅等独一无二的特征，集聚了百鸟之长。凤阳凤画中的“凤”在表现形式上有三种：墨凤、素凤和彩凤或称水墨、素彩和五彩。墨凤，全身以黑墨浓淡深浅画成；素凤，在墨凤基础上，仅用少许绿色或青色、蓝色并外加金泥，勾勒和圈点凤身的局部花纹等；彩凤，即涂染大红大绿大青大紫，交织形成鲜丽耀目、五彩缤纷的图案。

绘制时亦有严格工序要求。画法有全墨色、半墨色（素色）、全彩色，其中全墨色有九道工序：画骨、披毛、勾线（黑）、头道墨（深色）、二道墨（中色）、三道墨（浅色）、描粉、涂黄、点金。半墨色（素色）和全彩色又分别达十道和十一道工序。凤阳凤画作品主要有：百鸟朝凤、丹凤朝阳、龙凤呈祥、带子上朝、五凤楼、五伦图、凤撵麒麟、四条屏（飞、鸣、宿、食）八类，各类作品从形式到内容都大同小异。

此外，画上的图章也有区分。明代和清代有三种大印章分为“品”字形盖在画面上方正中央，一是“凤阳画印”，这种印章各画店都有，随买随盖；二是“凤阳县印”，必须具有相当面子或买通掌印的人方能盖到；三是“凤阳府印”，则更难盖到。一张凤画如能三种印章齐全，说明这张画已经过官方鉴定，画的身价一下增长百倍。

凤阳凤画中包含着丰富的文化内涵。蛇头，龙的象征；龟背，含长寿之意；鹤腿，亦为长寿的象征；如意冠，造型美观，又有吉祥如意之意。凤画艺人把凤凰喻为明初的凤阳府，其“九尾十八翅”的造型代表所辖九州十八县，这是一种崇拜朱元璋的思想意识在凤画中的表现；另外“九”为极数，即数中的最大之数，用此数与凤凰相连，也体现了凤为鸟中之王和凤的高贵、华丽。凤阳凤画中的传统题材《龙凤画》是龙凤文化的相对互补、相渗合一，体现着“阴阳和谐”；《五凤楼》画的是四只飞、鸣、宿、食的小凤围绕着老凤或歌舞或饮食，体现着儒家思想中的“和合”；《五伦图》、《龙凤呈祥》等也寄寓着中华民族自帝王将相到普通市井百姓的人生理想。

四、凤阳凤画的盛衰之变

凤阳凤画经过明代的发展，至清嘉庆、道光年间达到极盛阶段。当时出色的凤画师有近百名，当时府城内的府东街，画店竟达数十家之多，以至于人们将此街誉为“凤凰街”。光绪《凤阳府志》卷十二对此也有记载：“四方宾客所至，踵而购者，岁犹不下千百万纸。”各州县来凤阳投考者、经商者、探亲者以及过路者，大多也要在这里购上几张凤画，带回家中悬挂或赠送亲友。府县各衙门经常订购成批凤画，以作讨好上司的礼品。民国年间，凤阳天主教堂中的意大利传教士回国时，也曾购买大批凤画回国收藏或转卖。新中国成立前甚至还出现专门从事贩卖凤画的小商贩。

嘉庆、道光年间的凤画艺术虽如日中天，盛极一时，而以此糊口度日的画匠们却清贫穷困，囊空如洗。民国初年，凤画艺术逐渐衰落。当时最出名的画匠王同（人称“同翁画师”）死后，仅有柳大夫、严奇、华存恩、尹茂安、哑巴和一个姓范的五六家画店。不久，因画店生意每况愈下，日益凋零，艺人们生计窘迫，无力收徒，画店纷纷倒闭，仅存华、尹两家画店。华存恩画店因兼营米业，尚可糊口，他除去让其子华先荣、华荣生继承画艺外，还收了两名徒弟：大徒弟李凤鸣、二徒弟王德鑫。尹茂安画店收入更加微薄，他只好让其子尹杰承从事绘凤，勉强维持门面。抗日战争时期，画店多被日军焚烧，画师也四处逃亡。华存恩、尹茂安去世，仅存的华、尹两家画店倒闭，凤画近乎绝迹。抗战胜利后，华家重操旧业，不久复闭，凤阳从此消失了专以绘凤为主的家庭画店。

新中国成立后，凤阳仅存华姓一门传授凤画技艺，传承人为华先荣、华荣生兄弟及门徒李凤鸣、王德鑫、吴恒元、王云之等。为拯救凤画艺术，华先荣、李凤鸣、王德鑫被请到蚌埠专区文化部专门作画，他们创作了大量具有代表性的传统凤画。1958年，华先荣、李凤鸣还被选派到北京，与全国著名画家叶浅予、陈半丁等老画家共商绘画之计。至此，凤画有了新的发展。但凤画还没来得及再次叫响大江南北，又遭遇了“十年文革”的浩劫，凤画被视为封建艺术惨遭封杀，凤画艺人惨遭迫害，华先荣、李凤鸣也先后去世，王德鑫改行卖菜，所有凤画作品都被造反派焚烧，凤画从此销声匿迹。

五、凤阳凤画重放异彩

1983年春，在县委、县政府的关怀和支持下，凤阳县成立了“凤阳美协”，其首要任务就是挖掘、搜集、整理凤阳凤画。1985年和1991年两次邀请已定居四川的凤画老艺人华荣生先生来凤举办凤画学习班，传授凤画技艺，华荣生还自编《凤画概述》，较详细地介绍了凤阳凤画的历史演变。此间，在“凤阳美协”成员的多方探寻中找到了在菜市卖菜的凤阳凤画老艺人王德鑫，经过多次拜访、动员和邀请，王德鑫老人终于答应重拾画笔。在华荣生、王德鑫等人的大力支持和共同努力下，一批批传统凤画得以重见天日。

在“凤阳美协”的发动和带领下，美协成员和凤画爱好者也开始学习创作，一批批创新凤画不断问世，在各大画展上纷纷亮相。“凤阳美协”成立当年，还协助安徽省群众艺术馆和滁州地区文化局、凤阳县文化馆三家单位联合出版了单行本凤画册《凤阳凤画》，书中收集了近20位作者的29幅作品，该书由中国美协主席吴作人题词。凤画作品也开始在全省报刊发表，安徽人民出版社出版的《丹凤朝阳》和《百花彩凤》在全国新华书店发行销售。1984年，新凤画《凤阳名歌唱乡情》参加了文化部主办的第六届全国画展。1988年4月13日，香港《文汇报》以整版篇幅刊发了凤阳凤画，90高龄的著名画家刘海粟先生亲自题写刊头“华采”，凤画艺术闻名海内外。1988年底，中央新闻纪录片厂摄制的《从凤阳花鼓谈起》纪录片时，又邀请华荣生回凤阳参加凤画教学的现场拍摄，最后，该片在《祖国新貌》栏目里向全国播放，影响很大。1994年5月，凤阳成立“中山凤画院”，聘请华荣生为特级画师。凤画得以重放异彩，受到全国美术界的重视，各大媒体也开始关注宣传凤阳凤画。

六、凤阳凤画的传承与创新

为更好地传承、发展凤阳凤画这一民间艺术，培养更多的凤画新秀，凤阳先后成立了凤阳县凤画研究所、中国凤阳凤画院、凤阳县非物质文化遗产保护中心和凤阳县华氏凤画研究会，积极组织创作培养凤画新作者。凤画传人和爱好者在各类学校免费开设凤画兴趣班、培训班。为配合凤画教学活动，还编写了《凤画之歌》、《少儿凤画三字经》等，让同学们传唱、传诵。2000年，凤阳师范开设了凤画选修课。凤阳把凤阳师范作为凤画培育基地，并通过“传、帮、带”，以老带新，以新促老，使得凤画发展得以不间断传承，凤阳凤画创作者的队伍不断扩大，大批传统凤画作品和创新佳品不断问世。

为打造“凤画之乡”，凤阳还多次制作宣传展板，举办大型凤画展，并积极有效地利用电视、报刊、网络等新闻媒体，多渠道在县内外宣传。凤阳凤画多次获得全国大奖，2004年8月，凤画作品《春到小岗》在中国国家博物馆展出。2007年，凤阳凤画被列入安徽省非物质文化遗产名录。2008年至今，多位凤画艺人先后多次赴澳门展演，并在安徽中国国际博览会、第二届中国农民歌会和上海世博会上展演。《百鸟朝凤》等凤画精品还被加拿大、美国、法国、日本等国家美术馆及个人收藏，凤阳凤画的对外影响力不断提升。

凤阳凤画在重放异彩的20多年来，在广大凤画艺人的共同研究和大胆尝试下，凤画从形式到内容不断得到充实和发展。

在表现形式上突破了原来的三种形式，可以用油画、壁画、水粉、丙稀画、岩彩画、西藏唐卡、磨漆画等形式；也可以采取墨彩、大泼墨、兼工带写等手法；还可以采用西方的印象派、抽象派手法表现；局部造型亦可紧缩简约或变形夸张，只要其造型、要领不离传统，都是凤阳凤画范畴。在内容上，加入了人物、场景、建筑等新元素，进一步体现了地方特色和时代特征。一切美好事物均可与凤凰合为画面加以创造性地表现和表达，亦可再配以诗词，从而达到图文并茂的效果。如，创新后的传统凤画代表作《丹凤朝阳》与传统作品相比，太阳的大小和色彩，牡丹、祥云、石头的姿态、色彩、线条都有很大变化和突破；吴德椿创作的《凤阳名歌——唱乡情》就融入了花鼓女并配以诗文，反映了大包干后的凤阳新貌；《大包干·凤还巢》将小岗村标志性建筑、红手印和欢腾的花鼓队融入了画中，该作品被国家博物馆收藏；吴文军为喜庆奥运所创作的《福娃巡天图》也将五个福娃、天坛等物融入画中，该作品被北京奥组委收藏。所有这些作品，内容都更加丰富，更贴近生活，时代气息更强。此外，凤阳凤画衍生出了众多工艺品，不断丰富了凤画的载体。除传统纸质凤画外，凤阳凤画还以水晶凤画、金箔凤画、花鼓凤画、工艺葫芦凤画、竹雕凤画等多种艺术形式呈现。凤阳凤画正以不断创新的艺术形式和更加丰富多彩的内容名扬四海。

（责任编辑　张启生）

编辑谈小说的故事

●陈晓农

——作家们的创作应尽可能地保持着精神和身体与所描写的现场相一致的状态。

从事文学编辑工作30余年，与国内外的作家和文学爱好者建立了广泛的联系，通过与他们的交流和沟通，从中体验到文学创作的苦与乐，也有幸先睹了他们各类题材的好小说。

给我们刊物投稿的多数作者，一般都从事文学创作多年，很多人的个人阅历也都很丰富，平时也较善于观察、采集和积累自己身边的生活点滴，手中拥有大量的、丰厚的生活素材。可我们要怎样将这些材料通过思考和研究，发挥我们的艺术想象，设计出一个独一无二的故事，引导读者和我们一起去体验这其中的丰富多彩、新颖别致和千变万幻的社会生活。从而重构读者的阅读期待，给予他们所期待的阅读分享，甚至能给予他们超出的原有的艺术想象。

我们的每一位作者所创作的每一个故事，都是思想和激情迸发的体现，都是想向读者注入自己的情感和见识的一种最真诚的客观表达。因为，我们对自己作品中所想要表达的一切相关事物都应该是知晓的，对文中故事发生的时间、地点、人物等等的相关事物、对故事中所包括的生活、事件的方方面面都是经过审慎、周密、自觉地思考过的，是经过反复的推敲、琢磨，并且要让它们释放出新的知识和见解，以增加我们所讲的故事的深度和广度、增强作品的感召力、感染力和深刻的社会性。

一篇好读的小说主要是通过完整的故事情节来展现人物性格、表现中心思想的，辅之以环境的、心理描写的作用来揭示复杂的社会关系和表达人物的心情、渲染气氛。我们的故事来源于生活，但将它整理、推敲、提炼和再安排，就会比现实生活中发生的真实更集中、更完整、更具有代表性和艺术感染力。

大家都读过老舍先生的《骆驼祥子》，有些读者也许还读过他《我怎样写〈骆驼祥子〉》，其中有这样一段。1936年春天，“山大”的一位朋友跟我闲谈，随便地谈到他在北平时曾用过一个车夫。这个车夫自己买了车，又卖掉，如此三起三落，到末了还是受穷。听了这几句简单的叙述，我当时就说：这颇可以写一篇小说。紧跟着，朋友又说：有一个车夫被军队抓了去，哪知道，转祸为福，他乘着军队移动之际，偷偷的牵回三匹骆驼回来……记住了车夫与骆驼。这便是骆驼祥子的故事的核心。不管用得着与否？我首先向生长在北平的西山齐铁恨先生打听骆驼的生活习惯，得到他的回信，我看出来须以车夫为主，骆驼不过陪衬，因为假若以骆驼为主，恐怕就须到“口外”去一趟，看看草原与骆驼的情景了。若以车夫为主呢，我无须到口外去，而随时随处可以观察。这样，我便把骆驼与祥子结合到一处，而骆驼只负引出祥子的责任……从春到夏，心里老在盘算，怎样把那一点简单的故事扩大，成为一篇十多万字的小说……

老舍先生的这段述说是他的创作体验，但也是我们每一个从事写作的人所要遵循的准则。我们的作者在最初的小说构思时，对自己的作品将要选择的故事背景，以及背景中所包含的一切事物，人物活动首先得有深刻的理解、了解和洞察。

我们的故事叙述的是处在一个什么时间位置上的事件，这一点是不能模糊不清的。如：我们的故事背景是上世纪 80 年代，那个时期的中国人的思想、艺术素养、生活结构、行为方式、语言习惯等等，与我们现时期就有着很大的区别，这就要求我们的作者在创作前期，对故事背景的设计上就得有细致入微的考量和准确把握。我们的故事时间跨度有多长，发生在什么地方，故事是放在一个什么样的冲突层面上去表现：政治的、经济的、意识形态的、心理的等等。你是要将故事聚焦于人物的内心，还是人际关系的冲突；是聚焦于社会机构的争斗，还是与生存状态的斗争，等等这些也都需要通过我们的每一个个体创作者生活的多重体验，来明确定位、组合。

故事素材与我们的故事形式的选择，既要相辅相成又得相反相成的。你选择的故事既要是我们的日常现实，与我们的生活息息相关，又能表达自己的想象，能满足读者的阅读欲望，还要独辟蹊径选择别人没有选择过的内容，设计别人没有设计过的形式，将它们来融合成为一种不会被别人误解，只属于自己个性化的写作。如何来实现呢，一句话：来源于生活，高于生活，到生活中去发现去探寻。

来源于生活：我们的日常生活中，一些现象、一些事件简单的存在于我们的身边，并被人们所熟悉、所认可，但也因此麻木了人们对其存在的深入探究，而一般存在着。可当我们的作者一旦赋予了它新的视角，充分发挥想象，进行再创造，给它一个新的面孔再现时，往往会收到意料不到的文学效力。

我的一位山东作者凌可新，在文学创作上沉寂了 3 年。这期间，他三下农村体验生活，吃住在农民家里，采集了大量的现代农村生活素材，回城后一口气创作了三部作品，《清明》2009 年第 1 期发表了其中一篇《猫腻》。

《猫腻》这篇小说故事的背景是放在一个传统的自然形态下经济较为落后、自然资源较为缺乏的贫困农村，主要人物的设置，一个是以县长为首的各级基层领导群体，一个是以贫困农民为主体的群体；作者截取了一个我们现实生活中普遍存在、习以为常的现象——“送温暖”事件。逢年过节，各级领导带着慰问金、慰问品，给贫困家庭送去“温暖”。

故事以这样一个大家都熟悉且认可的话头展开：春节前，县长要来村里给贫困家庭送温暖，县电视台随行拍摄，新闻跟踪报道……贫困家庭收到了县长亲自送来的五十斤白面，一块约十多斤重的五花肉，高兴非常，有了这些年货，“这个年真的会过得万分的好了”……然而，接下来事情发生了一个戏剧性变化，县长前脚离开村子，后脚乡里就有人来这个贫困农民家里拎走了这批年货，还美其名曰是来拿“道具”的。作者在深入农村生活期间，观察到了这一现象，就紧紧抓住了这一事件中的特别之处，糅入了当地的一些风俗习性，设计出一连串的悲悲喜喜的故事情节。表层的意味是对乡村基层政治生活的悲悯的调侃，透射出一种灰色的幽默，更深层的社会意义，揭示了我们的一些基层官员的官僚作风和另一形式的官场腐败现象——“庸官懒政”，传递出政治文明建设亟待加强的信息。

高于生活：是保留生活原味且又不是现实生活，它是生活的精华。这就要求我们的作者平时要深入生活，并密切的观察生活，挖掘生活，善于捕捉生活中的细节，深入事物的表象中去寻找，力求从中找出新的见解、新的价值和深刻的社会意义。再与我们个体的知识链相融合，得以创造性转化的生活体验，将是高于生活的真实。

仍以《猫腻》为例，作者将在农村的生活体验中采集到的实际发生的事件，进行再思考，并有机地转化为更有力度、更加明确、更富于意味的新的体验。把一个原本一般存在于生活中的一个表层现象，在保持了它的生活原味，提取其中的精华后，作了一番深远而新颖的艺术想象。并为它量身制定了一系列独出心裁的情节设计，将其重新构建成一个内容丰富、各色人物间的冲突饱满、情节冲击力强大、高潮跌宕起伏的故事，以一种新的形式向人们展现出生活的真谛、生活“真实”的别一番意义。其结果必然会给读者带来阅读的极大兴致，使读者能够很自然的参与到作品中，与故事中的人物一起欢笑、愤怒、激动或爱恋，再生了我们阅读后新的思考。

故事内容的要求，一般来说，我们也是要尽可能地做到，对作品中的实际生活描写得要尽可能的精确，讲述的故事要力求真实，让它具有生动的想象力和强有力的思辨力、洞察力和创造力，使故事丰富多彩、纷繁复杂、跌宕起伏、神妙莫测。每个作家各有自己的社会实践、重点关注对象和写作习惯，作家们只要尽可能地保持着自我精神和身体力行与所描写的现实一致的状态来写作，其作品必能反映出时代的强音，传播先进的文化理念，透射出作者的理想光芒。我国当代文学史上，山西的赵树理是一个道道地地的晋城市人，也是一个道道地地的晋城土生土长的人民作家。他的小说故事大多是以华北农村为背景，反映农村社会的变迁和存在其间的矛盾斗争，塑造农村各式人物的形象。他开创的文学“山药蛋派”，成为新中国文学史上最重要、最有影响的文学流派之一，他创作的《小二黑结婚》、《李有才板话》、《三里湾》等作品在我国文学史中具有深远的影响，被文坛誉为语言大师、人民作家、写农村生活的“铁笔圣手”。安徽作家陈登科，解放战争时期曾以战地记者的身份参加了淮海战役，枪林弹雨中辗转七个县，走遍整个战场，对淮北这片土地产生了深厚的感情。上世纪 50 年代又多次去淮北农村走访，60 年代初以安徽省委工作队负责人的身份，任亳县张集区委、公社、大队书记，并由此创作了反映淮北农村 50 年代农业合作社时期农村社会生活的《风雷》，塑造了祝永康、何老久、黄龙飞、羊秀英等一系列栩栩如生的人物形象，至今仍为人津津乐道。陕西作家柳青以县委副书记的身份挂职长安县，之后又在皇甫村生活了 14 年，为其代表作《创业史》的完成打下了坚实的基础。路遥、陈忠实、贾平凹等都曾先后走进基层，关注底层平凡人的生存状态，才有了《平凡的世界》、《白鹿原》以及《浮躁》等作品问世。

赵树理、柳青、陈登科、周立波、康濯、马烽、孙犁、李准、梁斌……一大批新中国精英作家们，他们的创作都是尽可能地实践着精神与身体同所描写的社会生活、人们生存场景保持一致的状态来创作，写出了一批精品、佳作。改革开放新时期，一些省市纷纷选派青年作家到基层挂职，深入到农村和社会生活的最底层。他们的作品现已经受到全国文坛的关注。“一位曾经写过不少农村题材小说的作家说，他觉得，生活变化得太快，自己以往的作品都写错了，他所写的根本不是现在的农民，他们的所思所想。而经过这一年的挂职，他熟悉了基层，与农民们成为了朋友，如今再写这些人，他就有了把握。”（转引自《文学报》2006.02.24）

一篇小说的创作，甚至是一部电影或电视剧的拍摄，如有一个完整的、新颖独特的故事叙述，必然会引起广大受众的注重。故事讲述过程中所表达出的人生观、价值观、及所提出的问题都给予了解答，也必将会满足广大受众的审美需求。

（责任编辑　张启生）

从地方文化中撷取精华

——新农村少儿舞蹈的选材探讨

●邓晓焰　金洁田

在我们的少儿舞蹈创作中，地域文化的影响清晰可见，或许是一些作品“成功的秘诀”。

山野的风纯净清新，田间的花清香怡人。这些年来，我们立足农村实际，充分挖掘地方文化资源，在望江县共创作出少儿舞蹈、歌表演节目三十多个。其中：有从泥土中挖出来的《筛筛乐》、《挑花趣》、《渔家娃》、《扒柴火》、《快乐莲湘》、《洗衣谣》、《呀子依子呀》、《唱着山歌上山来》等乡味十足的作品，有《我行，我能行》、《每天进步一点点》、《毛毛虫的梦想》等励志类的作品，还有《背篓情》、《小石桥》、《反哺情》等表现亲情的作品，也有《拍手读唐诗》、《晨读三字经》、《巧学弟子规》等崇尚国学的作品等等。这些作品有的还不是很成熟，但是她们就像一朵朵开在山间的小花清新别致，散发着泥土的芳香。

一、从生产生活中捕捉美好的瞬间

人们的生产劳作场面就像一幅幅美丽的舞蹈画面，只要些许艺术加工搬上舞台就是一个充满地域风情的舞蹈作品。

1. 生产劳动者就是山野田间的舞蹈者。传统的劳作方式就像一个个原生态舞蹈，散落在山野田间，美不胜收。如：少儿舞蹈《筛筛乐》。筛子是当地农村一种常见的生活用具，用来清除稻米等谷物中的杂物，其动作有筛、团、颠、抖等。农作物收获后，三五成群的农家妇女围坐在晒场上、粮囤边，用筛子清理谷物，她们或筛或团、或颠或抖，高兴时还唱上一曲民歌小调，随着音乐的节奏，做着各种筛筛的动作，逐渐演变成一种独具特色的舞蹈“筛子舞”。少儿舞蹈《筛筛乐》就是根据该舞蹈创作而成。舞蹈分为两个层次，第一层次表现了孩子们将筛子当做玩具，拿在手里嬉戏打闹；第二层次表现了孩子们模仿大人们使用筛子，筛子里装满了金灿灿的谷物，他们一招一式，惟妙惟肖，突出反映了少年儿童天真烂漫、热爱劳动的特点，也从一个侧面反映了农村丰收后的幸福祥和景象。

该舞蹈参加了 2009 年安徽省首届新农村少儿舞蹈展演，获得第一名的好成绩，有专家点评：舞蹈《筛筛乐》巧用农具“筛子”，通过孩子夸张、可爱的动作设计，极其生活形象的展现出紧张劳作的场景和“筛”获丰收时的喜悦。舞蹈结束的瞬间，道具“筛子”出人意料地变成了张张拟人的笑脸。舞蹈编排缜密有序，孩子表演有抑有扬，实属难得。

2. 一幅幅生活场景就是一幅幅美丽的图画。太多的生活场景，特别是在过去农村中，就像是一幅幅水墨画，清新别致。虽然有些已开始遥远，但还是深深刻画在我们的心间。如：少儿舞蹈《洗衣谣》。舞蹈取材于当地一首民谣——《洗衣谣》，大意为：山脚下，小村旁，一群小女孩来到小河边，她们架起洗衣凳，模仿大人来洗衣。她们或坐、或俯，用手划水，用脚打水，继而取出纱巾放在水中，或搓、或揉、或用棒槌敲击。舞蹈《洗衣谣》突出表现了乡村少女爱劳动、崇尚美的情怀。

在农村的池塘边、小河旁，常有排成队的农家妇女在水边架起洗衣凳浣纱洗衣，少儿舞蹈《洗衣谣》的创意就来源于此。为了增加舞蹈的童趣和意境，里面用上了一首既具有浓郁地方特色又具有鲜明少儿情趣的童谣：

棠梨树，开白花
青青河边是我家
卷裤脚，光脚丫
走来一群小女伢
棠梨树，开白花
青青河边是我家
洗衣凳，河边架
双脚打水起浪花
棠梨树，开白花
青青河边是我家
棒槌飞，pia pia pia
吓走水中鱼和虾

春末夏初，山间地头，棠梨树开满白花，在微风中香气扑鼻，好一幅山野美景。河边架凳，双脚打水，棒槌飞舞，鱼虾嬉戏，童真童趣，自然和谐。这幅水边洗衣的场景随着生活水平的提高将慢慢退出人们的视野，但是这种美丽的生活小景却永远留在我们的心间。

少儿舞蹈《洗衣谣》参加了 2011 年全省少儿文艺调演获得一等奖，并入围最后的汇报演出；获 2011 年安徽省少儿舞蹈展演一等奖，第二届全省少儿舞蹈汇演获最高分，并参加了在北京举行的第六届“小荷风采”全国少儿舞蹈展演的演出。

二、传统文化是一个取之不尽的创作源泉

每个地方都有着自己丰富的传统文化，她代表着一个地方的文明，也是这个地方

的宝贵财富。近些年来，我们从本土传统文化宝库中撷取精华，创作了一批与地方传统文化一脉相承的舞蹈作品。

1. 丰富多彩的民间文艺是文艺百花园里的瑰宝。每个地方都有散发着泥土芳香的民间文艺。如：少儿舞蹈《快乐莲湘》。打莲湘是流传在民间的一种传统文艺形式，介于曲艺和歌舞之间，过去多在乞讨时表演。莲湘为一长约三尺的竹竿，中间雕挖出若干个孔，孔中穿挂铜钱，敲打时能发出铜钱声。打莲湘是用莲湘有节奏地敲击身体的各个部位，表演者一边敲打莲湘一边演唱。由此发展而成的莲湘舞在新中国成立后多次参加各类演出比赛活动，2010 年被列入安徽省非物质文化遗产保护名录。

2009 年，在由中宣部等十部委联合主办的“爱国歌曲大家唱——走进望江”的演出活动中，根据传统莲湘舞创作出的少儿莲湘舞《快乐莲湘》被中央电视台导演融入开场舞蹈中，在中央电视台多次播出，受到好评；2010 年参加上海世博会的演出获金奖。

2. 戏曲小调是一首唱不完的歌，地方戏曲对舞蹈创作影响较大。黄梅戏是发源并发展于本地的地方剧种，近年来，涌现出很多黄梅戏题材的作品，如第四届“小荷风采”少儿舞蹈展演的金奖作品《戏伢子》等，还有《唱起黄梅跳起舞》、《小小黄梅花》、《状元郎》、《闹花灯》等等。在 2011 年全省少儿舞蹈汇演中也出现了一个黄梅戏舞蹈《呀子依子呀》，舞蹈以一句来自传统黄梅戏《打猪草》中的衬词“呀子依子呀”贯穿始终，表现一群女孩来到山野田间，时而做游戏，时而打猪草。整个舞蹈充满泥土的芬芳与山野的清新，舞蹈音乐以黄梅戏音乐为基调，犹如随风飘散的山歌。

谈到舞蹈的音乐创作，更是与当地的戏曲小调密不可分。望江县文化馆的鲁敬之从事音乐创作多年，特别是近年来创作了一大批少儿舞蹈音乐作品，其中很多的音乐都融入了当地的戏曲和小调的元素，如：《挑花趣》、《小背篓》、《唱着山歌上山来》、《快乐莲湘》、《洗衣谣》等等。

三、儿童游戏是少年儿童童真童趣的自然体现

儿童游戏是少儿舞蹈另一个重要的选材渠道。2009 年，我们创作的舞蹈《拍手读唐诗》就是取材于一个随处可见的拍手游戏。两个小孩对坐，双手交叉对拍，合着有韵律的说词，边念边拍：

你拍一，我拍一
两个小孩坐飞机
……

这种游戏各地都有，我们在创作过程中，将内容各不相同的说词换成唐诗名句，以提升舞蹈的文化品位。翻看了很多的唐诗读本，好不容易凑齐了从拍一到拍十的唐诗语句，可拍二的下句至今也觉得不够理想：

你拍二、我拍二
满城尽带黄金甲

实在没招了，才用这一句来凑合一下。不过这个舞蹈的创意还是得到了中国舞协专家的认同，被选送参加了第五届“小荷风采”全国少儿舞蹈展演活动。在澳门与濠江中学的师生联谊演出中，获得高度评价。后又参与了“激情广场——走进望江”的大型演出活动，在央视三套播出。

少儿舞蹈《我行，我能行》是一个励志类的舞蹈作品，节目名来自一个学生的作文题。由于农村学校基础设施落后，体育器材匮乏，在上体育课时经常做那种人体跳马游戏。舞蹈《我行，我能行》就是表现了一群小朋友在做这种“跳马”游戏，在许多小朋友跳过的情况下，一位小朋友由于害怕没能成功，但是在大家的鼓励下，小朋友鼓起勇气，最终获得了成功。

里面有几句歌词，第一部分写的是游戏本身，突出表现少年儿童树立战胜困难的信心；第二部分表现少年儿童从小立志好好学习，长大报效祖国的信念。

我行，我能行
我们大家都能行
跳高跳远我能行
跳绳跳马我能行
我行，我能行
我们大家都能行
好好学习我能行
报效祖国我能行

该舞蹈参加了由中国教育学会主办的第六届全国校园文艺汇演并荣获金奖。

四、农村少年儿童也有自己的童话梦想

利用少年儿童丰富的想象力，选择一些容易被他们接受和理解的富有童话色彩的题材。

在少儿舞蹈《毛毛虫的梦想》创作之初，我们只是想做一个有关毛毛虫的舞蹈。毛毛虫的形象在舞蹈中是很少见的，而蝴蝶的形象出现得非常多，为了增强舞蹈破茧成蝶的寓意，最后决定做《毛毛虫的梦想》。舞蹈一开始，穿着毛茸茸外套的小朋友，犹如一条条柔软可爱的毛毛虫，忽而在舞台上扭动，忽而在舞台上翻滚，一派和谐自然的景象。经过一番痛苦的挣扎与蜕变，毛毛虫破茧，化作一只只漂亮的小蝴蝶，展开美丽的双翼，在舞台上展翅飞翔。这是毛毛虫的梦想，更是我们小朋友从小就有的梦想。

在表现毛毛虫的主要舞段，还用了一段歌词：

毛毛虫，真神奇
上下左右扭身体
扭到东来扭到西
追寻梦想不放弃

尽管只是扭来扭去，毛毛虫的心里却藏着一个远大的梦想。

伴随着翻滚与呻吟，像是在痛苦地挣扎，毛毛虫终于化茧成蝶，伴随着轻盈舒缓的音乐，一只只毛毛虫长出了美丽的翅膀，轻轻摆动，时而列队向前，时而穿梭飞行，个个脸上洋溢着飞翔带来的愉悦与满足。

花蝴蝶，真美丽
儿时梦想记心里
飞过河流，飞过小溪
飞向梦中的芳草地

变成花蝴蝶了，毛毛虫实现了自己的梦想，她们展翅高飞，飞过河流，飞过小溪，一直飞向梦中的芳草地。

该舞蹈参加了 2011 年安徽省少儿文艺调演和安徽省少儿舞蹈汇演均获一等奖，同年 7 月参加了在淮南举行的第六届“小荷风采”全国少儿舞蹈展演的演出。

在农村，蕴藏着丰富的舞蹈素材，在农村，有太多渴望接受舞蹈艺术熏陶的眼神，让我们在美育春风的吹拂下，携起手来，扎实工作，让更多的农村孩子走进舞蹈艺术的殿堂。

我们关注西部母亲水窖工程，因为她能让很多西部孩子喝上干净的水；我们关注贵州山区学生的字典用书，因为她能让山区孩子更好地去学习；我们同样要关注农村孩子的美育工程，因为她能让农村孩子更加茁壮地成长。

（责任编辑　张启生）

浅谈群众艺术的专业化趋势

●金　强

“民族社稷以舞见兴衰”。

事实上，就舞蹈与民族生活的关系而言，舞蹈就是一个民族精神生活的画像和肢体传记。舞蹈来源于生活，是人民大众表达自己情感的一种最直接的形式。人们将自己的情感以肢体语言表现出来，一方面反映现实生活，同时又反作用于现实生活。唐代学者孙颖达曾说“是乐出于人而还感人，犹雨出于山而还于山，火出于木而还燔木”，这段话以生动的比喻，准确地阐明了意识形态和经济基础之间的关系。

号称为人类艺术之母的舞蹈，伴随着人类文明的演进繁衍不息传流至今。从远古时代开始，舞蹈就和人民大众密切相关。

从周朝开始，就有专门的官员对民间的民生、歌舞乐进行采集。西汉设立“乐府”，东汉则设“黄门鼓乐署”。这些国家乐舞机构专门管理俗乐俗舞，并从各地广泛采集民间歌舞。它的存在一方面是为了满足当时统治阶层的享受需要，另一方面也为群众民间舞蹈的继承与发展起到一定的推动作用。在唐代，盛行“踏歌”，该舞蹈遍及宫廷和民间，“踏歌者，连手而歌，踏地为节”。现代，从事舞蹈的研究者、专家们，怀揣着对舞蹈的热情，去各地采风，吸收最纯朴的民风舞蹈元素。

舞蹈的发展与促进来自多个方面：（1）社会生活的发展；（2）自然环境的变迁；（3）社会思潮的演变；（4）各个历史时期舞蹈的影响；（5）各个国家和民族舞蹈之间的相互作用。

舞蹈艺术具有自身独特的艺术魅力，它包含着别的艺术所不可替代的社会功能和作用。它不仅具有赏心悦目的直观形体美，而且从反映表象走向表现更深刻的内涵，使人们从中获得极大的审美情趣和美感享受。因此，在人们心目中的审美价值也越来越高。自古以来爱美之心人皆有之，人们对美的追求伴随着整个人类的历史发展进程。生命是宇宙间最有魅力的，而运动着的人类则充满了生机勃勃的无限生命力。舞蹈是以人为载体的艺术，是人类自身对自我意识到的生命力的美的一种外化表现，因为“舞蹈是生命情调最直接、最实质、最强烈、最尖锐、最单纯而又最充足的表现。”“它将是现在和未来社会中极有前途的艺术门类。”

我们所说的“群众舞蹈”，一般是指由非职业舞者创作和表演的舞蹈作品。这类舞蹈作品大多以群舞的形式出现；而舞蹈的形象，又直接关系到群众的日常生活。“群众舞蹈”与职业舞蹈相比，其表现的“生活”面更广、线更密、点更深……

因而，群众舞蹈更加突显出它的普及性以及专业化，而群众舞蹈专业化发展必须依赖于两个立足点：

（一）社会发展的必然趋势

随着中国社会在经济上的全面改革开放，人们的物质生活水平显著提高，文化和意识形态的进一步解放，广大人民群众越来越注重对美的享受和追求。这使得我国群众艺术呈现出前所未有的发展态势，其中舞蹈艺术尤为突出。专业舞蹈教育正逐渐扩展到普通舞蹈教育的领域。

首先，幼、少儿舞蹈的启蒙教育，随着我国城镇子女艺术教育意识的增强，随着“芭蕾舞考级”、“中国舞考级”的规范和深入，出现了良好的发展趋势。如，长沙市仅周六周日自3至12岁的非职业学习舞蹈的儿童就达到8000余人。

其次，80年代以来，“企业文化”之倡导与发展极大推进了群众舞蹈由非职业向职业舞蹈团体迈进的步伐。作为一种企业文化的风貌，众多的企事业单位都建立了自己的艺术团体。

这些无不表明舞蹈艺术已深入到广大群众中，壮大了群众舞蹈的队伍，也使群众舞蹈水平得到了提高。

我们欣喜地看到舞台上不断涌现出更多的群众舞蹈，它们和专业舞蹈一起共同推进着我们的舞蹈艺术。以前人们一直都认为群众舞蹈演员与专业舞蹈演员相比存在很多的不足，比如在技术技巧上和舞蹈感觉上，这就是因为没有进行过系统的专业训练。

然而现在的群众创作表演的舞蹈作品在整个舞蹈大舞台上可谓是群星璀璨。“群众舞蹈”是从独特视角把握具体生活中的独特形态，我们可以感受到它的艺术形态是动态的自我裂变或关门编织，其真正有价值的突破在于植根生活、提炼生活并创造性地表现生活。群众舞蹈用其特殊的舞蹈魅力开创出一片更加清新的天空。

2007年的“交银理财杯”第四届CCTV舞蹈大赛就专门开辟了业余群众的专场，即大秧歌专场和群众创作表演专场。这两场晚会中的舞蹈其选送单位就是各地的群艺馆，乃至社区。虽然不是来自于专业从事舞蹈的舞者，但是所选送的节目还是令人耳目一新，不乏精彩的作品。让人还记忆犹新的有《祭鼓》、《老朋友》、《快乐甲板》、《盐路向天边》、《长白鼓韵》、《春蚕》等。

《老朋友》是从一个剪影开始的，当音乐响起时，帷幕拉开了，上场的是12位手提鸟笼子的老大爷，全场观众沸腾了。他们的年纪实在是不小啊，最小的一位大爷也有55岁，而且舞蹈中还有一位老大爷竟然下板腰了。观众哗然，无比的兴奋，掌声不断，笑声不断，演出取得了意想不到的成功。该舞蹈是由天津市红桥区文化馆和天津市群众艺术馆共同合作，由刘欣、项燕编导，红桥区文化馆“老朋友舞蹈队”表演的。通过12位老人养鸟、玩鸟、爱鸟的过程，表现出老人离不开鸟，鸟离不开老人的亲切的“老朋友”关系。在整个舞蹈中始终贯穿了“天津快板”独特的风韵和浓郁的天津特色。老人们在舞台上尽情地展示着捧鸟、荡鸟、挂鸟、放鸟、亲鸟、爱鸟的情节，体现出人与鸟、人与自然、人与人的和谐关系，表现了今天的老年人幸福、快乐的生活。舞蹈给人的感觉十分贴近生活，自然，风趣。那是老人们幸福情感自然的流露。

舞蹈《长白鼓韵》取材于朝鲜族民间舞蹈，表现了一群朝鲜族姑娘歌唱美好生活的欢乐情景。该舞蹈吸取了朝鲜族舞蹈动作幅度大、表演者的内在情绪与动作和谐一致的特点，并且大胆创新，在舞蹈语汇上加入了男性阳刚之美的豪放粗犷，表现出朝鲜族女性温柔的外表下蕴藏着刚毅性格，实现了刚中有柔，柔中有刚的审美追求，以空中有变，变中有空的创作意识力图挖掘民族传统舞蹈语言的本体意识。欢快的舞步跳出了她们喜悦的心情，欢乐的鼓点敲出了振奋人心的幸福。舞蹈《长白鼓韵》的编导高国英原是空军飞行学院的教官，被誉为“军中孔雀”，因为热爱舞蹈，退休之后创建了“国英艺术舞蹈团”。而表演该舞蹈的演员平均年龄为 52 岁。在晚会的现场，潘志涛老师点评道：“在民族舞之中，朝鲜舞蹈被业内人士一直定为是最难的少数民族舞蹈。朝鲜舞的手形，臂形，脚形，腿形都比较特殊。但是在舞台上整个舞蹈整齐划一，动作干净有力。鼓舞节奏的配合上十分的好，舞蹈与鼓在一个节奏点上。”演员们充分地把握住了朝鲜舞的韵律和舞蹈特点，表现了居住在长白山脚下美丽活泼的朝鲜族女子追求美好生活、积极向上的精神。

舞蹈大赛的专家评论说，他们都不敢相信有的作品是非专业的。可见舞蹈的专业化趋势在现今的各个赛事上都有很好地体现。

（二）市场的需求

大众审美情趣由于接触艺术领域和境界的扩大，一般水准的舞蹈已经不能满足人们的现代品位。大家更加感兴趣于专业舞蹈给人们带来的视觉感受。这也是群众舞蹈专业化发展的一个重要原因。视觉上的享受近几年来越来越被人们所重视。粗糙简单的舞蹈容易让人产生审美疲劳。审美意识的提高，使更多的群众舞蹈艺术的创作者把自己的眼光以及审美情趣定位到更高的水准来符合现今人们的要求。“专业化”就是他们追求的目标。

“专业化”作为现今群众舞蹈发展的趋势，是和中国在国际上频繁的文化交流息息相关的。经济全球化在信息革命的推动下，已是 21 世纪一个无可争议的客观事实。随着经济全球化的深入，传统的文化和艺术势必受到冲击。所谓全球化不仅是政治经济学的概念，同时也意味着它已经开始介入各民族、各国家的文化，形成一种国际间不同文化的融合。舞蹈文化是没有国界的，然而舞蹈的交流不仅仅局限于少数专业演员的对外交流。2004 年黄山市举办世界文化艺术节，一些国家带来的异域风格的舞蹈其实有很多都不是专业的艺术团体，可见，群众舞蹈俨然登上了国际舞台。

最值得一提的莫过于北京市二中舞蹈队。该中学舞蹈队曾经获得过北京市第七届中小学生艺术节一等奖、第二届 CCTV 舞蹈大赛金奖、第十届全国群星奖舞蹈大赛金奖。他们以青春的活力，走出国门，到过日本、法国、英国等地进行友好访问，参加演出，在不同类型的比赛中拿的都是第一名。他们带给国际友人的不仅仅是中国的舞蹈，而且展现着中国舞蹈蓬勃发展的未来。该舞蹈队的指导老师孟艳毕业于北京舞蹈学院，她把最正规、最优秀的舞蹈用肢体展示给孩子们，使北京市二中的孩子们深刻地感受到舞蹈的独特魅力，把握住舞蹈的真正内涵与深意。《红扇》的“主题变奏”使舞蹈作品中的基本动态发展线索清晰、层次有序。主题动作的发展变化、舞台调度的“舞群”织体拓展了作品的内涵并增添了形象的风采。我们无法忘记《红扇》演出时给我们带来的意想不到的效果，无法忘记这群孩子的完美技巧和矫健的舞姿。虽然这些孩子并非从事专业舞蹈，但是在我们的心中，他们的演出无疑是专业的。

今天群众舞蹈作为社会主义精神文明建设的重要形式之一，在扎根基层、引领示范、构建和谐、服务社区的定位中，要以业余的风格和专业的水准，贴近生活，服务群众。在共建和谐社会这样一个大环境中，舞蹈创作者们唯有秉承为群众而舞，为生活而舞，为生命而舞的优良传统，更多的专业化的群众舞蹈才会源源不断地涌上我们的大舞台，促使我国的舞蹈事业更加辉煌灿烂。

【参考文献】

[1] 隆荫培，徐尔充：《舞蹈艺术概论》，上海音乐出版社，1997 年 4 月版。
[2] 平心：《舞蹈心理学》，高等教育出版社，2004 年 9 月版。
[3] 王克芬：《中国舞蹈发展史》，上海人民出版社，2003 年 11 月版。
[4] 北京舞蹈学院民间舞系：《文舞相融》，上海音乐出版社，2004 年版。
[5] [美] 约翰·马丁著，欧建平译：《舞蹈概论》，文化艺术出版社，2006 年版。

（责任编辑　张启生）